LE SCANDALE MODIGLIANI

Ken Follett est né à Cardiff en 1949. Diplômé en philosophie de l'University College de Londres, il travaille comme journaliste à Cardiff puis à Londres avant de se lancer dans l'écriture. En 1978, *L'Arme à l'œil* devient un best-seller et reçoit l'Edgar des Auteurs de romans policiers d'Amérique. Ken Follett ne s'est cependant pas cantonné à un genre ni à une époque : outre ses thrillers, il a signé des fresques historiques, tels *Les Piliers de la Terre*, *Un monde sans fin*, *La Chute des géants* ou encore *L'Hiver du monde*. Ses romans sont traduits dans plus de vingt langues et plusieurs d'entre eux ont été portés à l'écran. Ken Follett vit aujourd'hui à Londres.

KEN FOLLETT

Le Scandale Modigliani

ROMAN TRADUIT DE L'ANGLAIS PAR VIVIANE MIKHALKOV

LE LIVRE DE POCHE

Titre original :

THE MODIGLIANI SCANDAL

INTRODUCTION

De nos jours, les héros de thrillers sont censés sauver le monde. C'est du moins ainsi qu'on les représente le plus souvent. Avant cela, ils étaient portés par des ambitions plus modestes et se contentaient de sauver seulement leur peau, voire celle d'un ami fidèle ou d'une jeune fille courageuse. Dans ces récits du temps passé, les enjeux au cœur de l'aventure ne se voulaient pas aussi spectaculaires. Pendant plus d'un siècle, ces romans sans prétention, moins tournés vers le sensationnel mais pourvus d'une intrigue bien ficelée, ont constitué la nourriture de base des lecteurs. Pourtant, là aussi, c'était bien grâce à leurs luttes et à leurs efforts personnels, grâce à des décisions prises à titre individuel, que les héros façonnaient leur destin.

Je ne crois pas, pour ma part, qu'il en aille ainsi dans la vie. Dans le monde réel, ce sont principalement à des circonstances indépendantes de notre volonté que nous devons de trouver au bout du chemin le salut ou la mort, le bonheur ou le malheur, la richesse ou le dénuement. Considérez ces quelques exemples : les gens, la plupart du temps, doivent leur richesse au fait d'avoir touché un héritage, leur bonne santé au fait d'être nés dans un pays développé, et leur joie de vivre à la chance d'avoir connu, enfants, l'affection au sein de leur famille, contrairement aux gens malheureux qui bien souvent ont manqué de repères dans leur enfance.

Je ne suis pas fataliste ; je ne crois pas qu'un sort aveugle règle tout dans la vie. Je dis simplement que le contrôle que nous pouvons exercer sur notre existence n'est en rien comparable à celui d'un joueur d'échecs. Pour autant, je n'irais pas jusqu'à dire que la vie est un jeu de hasard. Comme toujours, la vérité est plus complexe. Si des mécanismes indépendants de notre volonté – voire obscurs à notre entendement – déterminent notre destin, il n'en demeure pas moins que les choix que l'on fait dans la vie engendrent des conséquences – conséquences parfois même à l'opposé de ce que nous en attendions.

Avec *Le Scandale Modigliani*, je voulais écrire un roman d'un genre nouveau, un roman qui reflète l'état de subtile dépendance dans lequel se retrouve la liberté individuelle lorsqu'elle est en butte à des mécanismes plus puissants qu'elle. Projet présomptueux s'il en est. Et qui s'est soldé par un échec. Peut-être est-il impossible d'écrire un tel roman. Peut-être la littérature, à l'inverse de la vie, est-elle bel et bien affaire de choix individuel.

Finalement, l'œuvre née de ma plume a pris la forme d'un roman policier enjoué, dans lequel une foule de personnages, jeunes pour la plupart, se retrouvent embarqués dans toutes sortes d'aventures, dont aucune ne se déroule exactement comme l'avaient prévu les divers héros. La critique a salué dans ce livre son ton enlevé, exubérant et léger, son brillant, sa gaieté et sa légèreté (encore), sa vivacité pétillante. À mon grand regret, personne n'a remarqué ce qu'il y avait de sérieux dans ma démarche littéraire.

Aujourd'hui, je ne considère plus ce livre comme étant raté. C'est vrai qu'il possède une sorte de vivacité – et cela ne gâche en rien le résultat. Le fait qu'il soit si différent du roman que je comptais écrire au départ n'aurait jamais dû m'étonner : tout bien considéré, cela ne fait qu'apporter de l'eau à mon moulin.

Ken Follett

PREMIÈRE PARTIE

Préparation de la toile

On n'épouse pas l'art. On le séduit.

Edgar DEGAS

CHAPITRE I

Le boulanger passa un doigt enfariné sur sa moustache et, bien malgré lui, ses poils noirs devenus gris lui donnèrent d'emblée dix années de plus. À la vue des baguettes fraîches et croustillantes réparties tout autour du magasin sur les étagères et les comptoirs, à l'odeur familière qui venait titiller agréablement ses narines, sa poitrine se bomba d'une fierté tranquille. C'était une nouvelle fournée, la seconde de la matinée. Les affaires marchaient bien, comme toujours quand il faisait beau. On pouvait compter sur le soleil pour attirer les Parisiennes hors de chez elles et les inciter à lui acheter un de ses pains délicieux.

Il regarda dans la rue, clignant les yeux à cause de la réverbération : une jolie fille traversait la chaussée. Il tendit l'oreille. De l'arrière-boutique lui parvint la voix de son épouse morigénant un employé. La litanie allait se prolonger plusieurs minutes, comme d'habitude. Se sachant en sécurité, il s'autorisa à détailler la jeune fille avec concupiscence.

Sa légère robe d'été avait dû lui coûter une fortune, pensa-t-il, sans se croire expert en la matière pour autant. Le bas, évasé, qui ondulait avec élégance et découvrait ses jambes fines jusqu'à mi-cuisses, permettait d'imaginer des dessous charmants. De les imaginer seulement, hélas.

Trop mince pour moi, décréta-t-il tandis que la jeune fille se dirigeait vers la boutique d'un pas assuré. Et de fait, sa poitrine à peine marquée ne tressautait pas au rythme de ses longues enjambées. Vingt années de mariage avec sa Jeanne-Marie n'avaient pas rassasié l'appétit du boulanger pour les poitrines généreuses.

La fille entra et il put se convaincre que c'était loin d'être une beauté : un visage allongé, une bouche petite, des lèvres minces, les dents du haut un peu en avant. Une crinière blonde décolorée par le soleil, avec des mèches plus foncées en dessous. Elle prit un pain sur le comptoir, en caressa la croûte et hocha la tête avec satisfaction.

Non, rien d'une beauté ! conclut le boulanger. Et en même temps tout à fait désirable.

Elle avait le teint rose et blanc, la peau douce et lisse, semblait-il. Mais ce qui en elle retenait surtout le regard, c'était son maintien : un maintien qui révélait l'assurance et la maîtrise de soi, qui indiquait au monde entier que cette fille n'en faisait toujours qu'à sa tête, sans se soucier du reste. Inutile de jouer avec les mots, se dit le boulanger. Ce qu'elle a, c'est qu'elle est sexy, voilà tout !

Il fléchit un peu les épaules pour décoller sa chemise de son dos trempé de sueur.

— *Fait chaud, hein*[1] ?

---

1. En français dans le texte. Toutes les occurrences en français seront, pour tout le reste de l'ouvrage, indiquées en italique.

Elle extirpa des pièces de monnaie de son sac et paya. Elle sourit à sa remarque et, subitement, devint belle.

— *Le soleil ? J'adore.*

Elle referma son sac et ouvrit la porte du magasin.

— *Merci !*

Elle remonta la bandoulière sur son épaule et sortit.

Elle avait un très léger accent. Anglais, se plut à imaginer le boulanger. Mais peut-être que c'était juste une idée, parce que ça collait bien avec son teint. Il resta à fixer ses fesses pendant qu'elle traversait la rue, hypnotisé par le jeu des muscles sous le coton. Elle retournait probablement à l'appartement d'un musicien chevelu qui traînait encore au lit après une nuit de débauche.

La voix aiguë de Jeanne-Marie brisa net ses rêveries. Sur un soupir montant du fin fond de sa gorge, le boulanger fit tomber les pièces dans son tiroir-caisse.

Dee Sleign marchait sur le trottoir, le sourire aux lèvres. Oui, les Français étaient bien plus sensuels que les Anglais, ce n'était pas un mythe. Le boulanger l'avait déshabillée du regard sans la moindre gêne, il avait même fixé son bas-ventre d'un œil franchement lubrique. Un boulanger anglais aurait regardé furtivement sa poitrine par-dessous ses lunettes, sans s'aventurer plus loin.

Elle pencha la tête en arrière, repoussa ses cheveux derrière ses oreilles et tendit son visage au soleil. Quelle merveille de passer l'été à Paris, de n'avoir aucune obligation ! Pas d'examen à passer, pas de devoirs à rendre, pas de cours à suivre. Strictement rien à faire, sinon batifoler avec Mike et se lever à midi. Après, siroter un bon café en se gavant de pain frais, se plonger dans les livres qu'elle avait toujours eu envie de lire ou admirer des tableaux qu'elle n'avait encore jamais vus ; et, le soir, retrouver des gens passionnants et excentriques.

Malheureusement, ça n'allait pas durer. D'ici peu, il faudrait bien qu'elle prenne une décision concernant son avenir. Pour l'heure, elle était sur un petit nuage, heureuse de faire ce qu'elle aimait, affranchie du diktat des convenances et des emplois du temps à respecter.

Elle tourna le coin de la rue et pénétra dans un petit immeuble sans prétention. Comme elle passait devant la porte de la loge, la concierge, une femme aux cheveux gris, poussa un cri aigu en l'apercevant par la petite lucarne de sa porte.

— Mademoiselle !

En prenant soin de bien détacher les syllabes, la gardienne était parvenue à donner à son interjection une inflexion accusatrice parfaitement justifiée à ses yeux, puisque, ô scandale, cette jeune fille n'était pas légitimement mariée au locataire en titre de l'appartement. Le sourire de Dee s'accrut : des amours à Paris ne seraient pas complètes sans une pipelette à langue de vipère dans le paysage.

— Télégramme, lâcha le dragon.

Elle déposa une enveloppe sur le rebord de la fenêtre et se retira dans la pénombre de sa loge parfumée au pipi de chat. Probablement pour ne rien avoir à faire avec les jeunes filles de moralité douteuse qui recevaient des télégrammes.

Dee s'empara de l'enveloppe et grimpa l'escalier au pas de course. Le pli lui était adressé personnellement et elle savait déjà ce qu'il lui annonçait.

Une fois dans l'appartement, elle alla à la cuisine et déposa le pain et le télégramme sur la table. Puis elle remplit le moulin à café et enfonça le bouton. La machine se mit à concasser les grains brun-noir avec force grésillements.

Le doux gémissement du rasoir électrique de Mike lui parvint en écho. La perspective d'un bon café était parfois le seul stratagème efficace pour tirer du lit son amant. Dee en prépara une pleine cafetière et coupa plusieurs tranches de pain.

L'appartement de Mike était petit et meublé de vielleries d'un goût incertain. L'Américain aurait préféré un appartement plus raffiné, d'autant qu'il en avait les moyens, mais Dee avait insisté pour qu'ils se tiennent à l'écart des grands hôtels et des quartiers chic. Cet été, elle côtoierait des Français, c'était décidé, au lieu de traîner parmi ses amis de la jet-set internationale. Et elle était parvenue à ses fins.

Le bourdonnement du rasoir cessa. Mike entra au moment où Dee posait deux tasses de café pleines sur la table ronde. Il portait un vieux jean passé et rapiécé. Sa chemise en coton bleu, ouverte au col, laissait entrevoir des poils noirs et un médaillon suspendu à une courte chaîne en argent.

— Bonjour, chérie, lança-t-il de la porte, et il fit le tour de la table pour venir l'embrasser.

Passant les bras autour de sa taille, elle le plaqua contre elle et répondit avec passion à son baiser.

— Eh bé ! Du costaud, d'aussi bon matin !

Il lui décocha son grand sourire californien et s'assit.

Tout en le regardant boire son café avec gratitude, elle s'interrogea : voulait-elle passer le reste de sa vie avec lui? Cela faisait maintenant une année qu'ils étaient ensemble et elle commençait à s'habituer. Elle aimait le cynisme de Mike, son sens de l'humour et son style boucanier. Ils avaient l'un et l'autre une passion pour l'art qui frisait l'obsession, quand bien même l'intérêt du jeune homme se concentrait davantage sur l'argent qu'on pouvait gagner dans le milieu de l'art, et celui de la jeune fille sur le processus créateur en soi, sur le pourquoi et le comment de la naissance des œuvres. Ils se stimulaient l'un l'autre, au lit comme dans la vie. Bref, ils formaient un bon couple.

Il se remplit une autre tasse et alluma deux cigarettes, pour elle et pour lui.

— Tu es bien silencieuse, dit-il avec son accent américain, grave et rocailleux. Tu t'inquiètes pour tes résultats ? Tu devrais déjà les avoir reçus !

— Le télégramme est arrivé aujourd'hui, répondit-elle. Je ne l'ai pas encore ouvert.

— Quoi ?! Mais je tiens à savoir comment tu t'en es sortie.

— D'accord.

Elle alla récupérer l'enveloppe et prit encore le temps de s'asseoir avant de la décacheter à l'aide de son pouce. Une unique feuille de papier, qu'elle déplia. Elle y jeta un coup d'œil et releva la tête avec un large sourire.

— Mention Très Bien !

Il bondit sur ses pieds, ravi.

— *Yippee* ! hurla-t-il. J'en étais sûr. Tu es géniale !

À grand renfort de « Yee-hah » braillés à tue-tête et de sons évoquant les guitares à cordes d'acier, il se lança dans un quadrille endiablé mélangeant western et country, qui s'acheva sur un tour de la cuisine à cloche-pied au bras d'une cavalière imaginaire.

— Tu es le plus immature de tous les types de trente-neuf ans que je connais! s'exclama Dee entre deux hoquets de rire.

Mike s'inclina comme sous des applaudissements et se rassit enfin.

— Bien. Ça signifie quoi pour ton avenir?

Dee retrouva son sérieux.

— Que je vais devoir m'inscrire en doctorat.

— Quoi? Encore des diplômes? Tu as déjà une licence en histoire de l'art et un autre machin en arts appliqués. Tu as décidé d'être étudiante jusqu'à la fin de tes jours, d'en faire ton métier?

— Et pourquoi pas, si j'adore ça? S'il y a des gens prêts à me payer pour que je fasse des études toute ma vie, pourquoi je me priverais de ce bonheur?

— Ils ne te paieront pas des masses.

— C'est vrai, reconnut Dee d'un air pensif. En fait, je ne serais pas contre l'idée de faire fortune d'une manière ou d'une autre. Enfin, à vingt-cinq ans, j'ai encore le temps de voir venir.

Mike étendit le bras à travers la table et saisit sa main.

— Et si tu travaillais avec moi? Je te payerai des mille et des cents, tu vaux bien ça!

Elle secoua la tête.

— Je veux y arriver toute seule. Je ne veux pas profiter de toi dans ton dos.

— Alors que, par-devant, ça ne te dérange pas du tout! rétorqua-t-il en riant.

Elle lui coula un regard volontairement libidineux et répliqua, imitant son accent:

21

— Pas le moins du monde !

Ayant retiré sa main, elle ajouta :

— Je vais faire ma thèse. Si elle est publiée, ça pourrait me rapporter un peu de fric.

— C'est quoi, le sujet ?

— Eh bien, j'hésite encore. Le plus payant, ce serait les rapports entre l'art et la drogue.

— Tout à fait dans l'air du temps.

— Mais original aussi, quand même. Démontrer que la drogue, c'est bon pour l'art et mauvais pour l'artiste. Je devrais y arriver.

— Joli paradoxe. Et où comptes-tu commencer tes recherches ?

— Ici même, à Paris. Les artistes fumaient déjà de l'herbe au tournant du siècle, et ils ont continué jusque dans les années 1920. Sauf qu'ils appelaient ça du haschisch.

Mike hocha la tête.

— Ça te fâcherait si je te donnais un petit coup de pouce ? Minuscule, juste pour le début.

Dee tendit la main vers le paquet de cigarettes et se servit.

— Pas du tout.

Il lui passa son briquet par-dessus la table.

— Un vieux type que je connais. Il faudrait que tu le rencontres. Il m'a vachement aidé plusieurs fois quand j'étais à la recherche de certains tableaux. Il était pote avec une bonne demi-douzaine des peintres qui vivaient ici avant la Première Guerre mondiale.

« C'était une sorte de malfrat, à l'époque. Il engageait volontiers des prostituées comme modèles. Et pour d'autres activités aussi, destinées aux jeunes peintres.

Il doit aller sur ses quatre-vingt-dix ans aujourd'hui, mais il a bonne mémoire.

Le local sentait mauvais. L'odeur de poisson qui montait de la boutique du rez-de-chaussée imprégnait tout, s'infiltrait à travers les lames du plancher laissé à nu et pénétrait jusqu'à l'intérieur des meubles déglingués, dans les draps du lit à une place qui occupait tout un coin de la pièce ou dans les plis du rideau fané qui encadrait l'unique lucarne, résistant même à l'odeur du tabac que fumait le vieillard. Et l'atmosphère confinée de cette chambre de bonne rarement lavée à grande eau n'était pas faite pour dissiper ces miasmes.

Une fortune en tableaux postimpressionnistes s'étalait sur les murs.

— Tous offerts par çui qui les a barbouillés, expliqua le vieil homme sur un ton désinvolte, et Dee dut se concentrer pour le comprendre à cause de son accent parigot. Z'avaient jamais d'quoi payer leurs dettes. Alors, j'prenais leurs croûtes, parce que j'savais qu'y z'auraient jamais l'fric. À l'époque, j'les aimais pas du tout, ces toiles. Maintenant, je vois pourquoi ils peignaient comme ça, et ça m'plaît. Et puis, ça me rappelle le bon temps.

Le vieillard n'avait plus un poil sur le crâne ; il avait le teint pâle et la peau distendue. Il était de petite taille et se déplaçait difficilement, mais, par moments, l'enthousiasme de la jeunesse brillait dans ses petits yeux noirs. Cette belle Anglaise qui parlait bien le français et lui souriait comme à un garçon de son âge lui redonnait de la verdeur.

— Vous n'en avez pas assez de tous ces gens qui veulent vous acheter vos tableaux ? demanda Dee.

— Plus maintenant. J'suis toujours d'accord pour les prêter. Contre un p'tit défraiement, s'entend. Ça m'paye mon tabac, ajouta-t-il avec un éclat dans la prunelle, et il leva sa pipe en un geste qui avait tout d'un toast.

Dee comprit alors ce qui entrait encore dans l'odeur générale du lieu. Du cannabis ! Le vieux en mélangeait au tabac de sa pipe ! Elle hocha la tête avec un sourire de connivence.

— Z'en voulez ? proposa-t-il. J'ai du papier.

— Merci.

Il lui passa un pot à tabac, plusieurs feuilles de papier à cigarettes et un petit bloc de résine. Elle entreprit de se rouler un joint.

— Jeunes filles, jeunes filles ! soupira le vieux. Les drogues, c'est pas bon pour vous, vraiment. Et moi, j'devrais pas corrompre la jeunesse. En ce qui m'concerne, j'en ai pris toute ma vie. J'suis trop vieux pour changer.

— Ça vous fait déjà une vie plutôt longue.

— C'est vrai, c'est vrai. J'aurai quatre-vingt-neuf ans c'te année, je pense. Soixante-dix ans que j'fume mon tabac à moi. Tous les jours que Dieu fait. Sauf en taule, naturellement.

Dee lécha le papier et acheva de se rouler son joint. Elle l'alluma à l'aide d'un petit briquet en or et inhala la fumée. Puis elle demanda :

— Les peintres, dans le temps, ils prenaient beaucoup de haschisch ?

— Oh oui ! Je m'suis fait un petit pactole grâce à eux. Y en avait qui dépensaient jusqu'à leur dernier sou pour s'en procurer.

Il porta les yeux sur un croquis accroché au mur, un crayon exécuté à main levée représentant une tête de femme, un visage ovale au long nez étroit.

— Dedo. C'était le pire d'eux tous… reprit-il avec un sourire lointain.

— Modigliani ? demanda Dee qui venait de déchiffrer la signature au bas du dessin.

— Oui.

À présent, les yeux du vieillard ne voyaient plus que le passé. Son discours s'adressait avant tout à lui-même.

— Je l'revois dans sa veste en velours côtelé marron, avec son grand chapeau en feutre. Il répétait que l'art devait produire sur les gens le même effet qu'le haschisch : leur montrer la beauté des choses, cette beauté qu'ils étaient pas capables de voir d'habitude. Il buvait, aussi. Pour voir la laideur des choses. Mais le haschisch, c'était ça qu'il aimait.

« Dommage qu'il se soit senti tellement coupable après. Je crois qu'il avait été élevé dans des règles très strictes. Et puis, côté santé, l'était pas très gaillard. Ça l'angoissait, sa dépendance à la drogue, ouais, ça l'angoissait. Mais pas au point d'y r'noncer.

Le vieil homme sourit et hocha la tête comme pour signifier que sa mémoire ne le trompait pas.

— Il habitait impasse Falguière. Dans une de ces dèches… j'vous dis pas. L'avait toujours l'air exténué. Je m'rappelle, le jour où il a visité le département d'égyptologie du Louvre. Au retour, l'arrêtait pas de dire que c'était la seule section qui valait le déplacement !

Le vieillard laissa échapper un rire heureux, puis reprit sur un ton moins exalté :

25

— Pourtant, l'était du genre mélancolique, Dedo. L'avait toujours sur lui *Les Chants de Maldoror*. Il pouvait réciter par cœur des tonnes de poésies en français. Il était déjà sur la fin d'sa vie quand le cubisme est apparu. Cette forme, c'était pas son truc. Mais alors, pas du tout. C'est peut-être ça qui l'a tué.

Dee voulait guider les souvenirs du vieil homme mais sans faire dérailler le train de ses pensées. Ce fut donc presque à voix basse qu'elle demanda :

— Est-ce qu'il lui arrivait de peindre sous influence ?

Le vieillard eut un rire léger.

— Dedo ? Et comment ! Quand il planait, il peignait à toute vitesse, barbouillait la toile de couleurs criardes en braillant que ce tableau allait être son chef-d'œuvre, *son grand œuvre* ; que maintenant, tout Paris verrait ce que c'était, la vraie peinture ! Ses amis avaient beau lui ressasser que le résultat était affreux, il leur répondait d'aller se faire voir, qu'ils étaient trop ignares pour comprendre que c'était justement ça, la peinture du XXe siècle. Après, quand il était redescendu au niveau du commun des mortels, il reconnaissait qu'ils avaient raison et il balançait son œuvre dans un coin.

Le vieillard tira sur sa pipe et constata qu'elle s'était éteinte. Il tendit le bras vers des allumettes. Le charme se rompit.

Piquée sur sa chaise dure à dossier droit, Dee se pencha en avant, les doigts serrés autour de son joint oublié depuis longtemps. D'une voix intense, elle demanda :

— Et qu'est-il advenu de ces tableaux-là ?

Il tira par petites bouffées sur sa pipe jusqu'à ce que le tabac s'enflamme, et il se rejeta en arrière sans cesser de pomper. Cette répétition régulière de succions et d'exhalaisons finit par le replonger dans sa rêverie.

— Pauv' Dedo, incapable de payer son loyer et sans nulle part où aller… Son proprio lui avait donné vingt-quatre heures pour déguerpir. L'a bien essayé de vendre quelques-unes de ses toiles, mais les rares copains qu'étaient capables de voir ce qu'elles valaient n'avaient pas plus d'pognon que lui.

« Au bout du compte, l'a dû emménager chez un pote, je sais plus qui. Là-bas, y avait à peine la place pour lui. Alors, pour ses tableaux, vous pensez ! Ceux qu'il aimait, il les a laissés en gage à des copains de défonce. Les autres…

Un grognement lui échappa, comme si ce souvenir lui avait causé un élancement douloureux. Il reprit :

— Je l'vois encore les entassant dans une charrette à bras et les trimbalant le long de la rue… Arrivé dans une cour, il les a empilés au beau milieu et y a foutu le feu… Face à ça, qu'est-ce que vous voulez faire ? J'aurais pu lui prêter de l'argent, je suppose, mais il m'en devait déjà un paquet. Et moi, j'ai jamais été un saint. Surtout dans ma jeunesse.

— Et toutes ces toiles exécutées sous haschisch ont brûlé sur le bûcher ? s'enquit Dee d'une voix presque inaudible.

— Oui, répondit le vieux. Pratiquement toutes.

— Pratiquement ? Il en a donc gardé quelques-unes ?

— Non, pas une seule. Mais il en avait déjà donné plusieurs. J'avais oublié, ça m'revient maintenant que j'vous parle. Donné à un curé, notamment, qu'était de la même ville que lui et qui s'intéressait aux drogues orientales. Pour leurs qualités médicinales ou spirituelles, quequ'chose comme ça. J'sais plus bien. Dedo s'était confessé à lui sans rien cacher de ses habitudes et l'autre lui avait donné l'absolution. Après, le curé a demandé à voir ses tableaux peints sous influence. Dedo lui en a fait parvenir un. Je m'souviens maintenant. Un seul.

Le joint s'était consumé entre les doigts de Dee ; elle le laissa choir dans un cendrier. Le vieil homme ralluma sa pipe. La jeune fille se leva.

— Je vous remercie infiniment de m'avoir reçue.

— Mmmm, marmonna le vieillard, encore à demi immergé dans son passé. J'espère que ça vous aidera pour votre thèse.

— Oh, c'est certain ! s'exclama-t-elle et, sans réfléchir, elle déposa un baiser sur le front chauve du vieillard. Vous avez été si gentil !

Un éclair de joie passa dans les yeux du vieux monsieur.

— Ça f'sait lurette qu'une jolie fille m'avait pas embrassé !

— Oh, le gros mensonge ! Je refuse d'y croire ! rétorqua Dee et, sur un dernier sourire, elle franchit la porte.

Elle jubilait. Une chance pas croyable ! Et avant même de s'être inscrite en thèse ! Dans la rue, elle s'efforça de contenir son enthousiasme. Il fallait absolument qu'elle raconte ça à quelqu'un ! Et Mike qui n'était pas là. Reparti à Londres pour deux jours. À qui raconter ça ?

Sur un coup de tête, elle acheta une carte postale dans un café et commanda un verre de vin. La photo représentait le bistro en question et la rue dans laquelle il se trouvait.

28

Elle but quelques gorgées de son *Grand Ordinaire*[1]. À qui écrire ? Elle devait aussi annoncer à sa famille ses résultats aux examens. Sa mère serait contente, de sa manière un peu distante, comme toujours. À ses yeux, une mention Très Bien n'avait rien de glorieux. Ce qui l'aurait été, c'est que Dee évolue avec succès dans le monde guindé et décadent des bals et des rallyes mondains. Le rêve de sa mère... Alors, avec qui partager sa joie de maintenant ?

Mais oui, bien sûr !

Elle écrivit :

Cher oncle Charles,

Mention Très Bien, que tu le croies ou non ! Mais il y a plus ahurissant encore : je suis sur la trace d'un Modigliani perdu !!!

Je t'embrasse, D.

Elle acheta un timbre et posta la carte en rentrant à l'appartement.

---

1. Vin de Bourgogne.

CHAPITRE 2

Le glamour avait déserté la vie quotidienne, songeait Charles Lampeth tout en se prélassant dans son fauteuil Queen Anne. Cette demeure, en effet, plus précisément celle de son ami lord Cardwell, avait jadis servi de cadre à des réceptions et des bals tels qu'on n'en voyait plus de nos jours, sinon dans les films historiques à gros budget. Mais aujourd'hui, cette salle à manger, qui avait accueilli pas moins de deux ministres autour de sa longue table en chêne assortie aux moulures des lambris, donnait l'impression d'appartenir à une race menacée d'extinction, comme d'ailleurs la maison tout entière – son propriétaire y compris.

Lampeth choisit un cigare dans la boîte que lui tendait le maître d'hôtel et l'alluma à la flamme qui lui était présentée. Une gorgée de vieux cognac acheva de le plonger dans la félicité. Le repas avait été grandiose et, maintenant, il était seul avec son ami. Leurs deux épouses, sacrifiant aux usages d'autrefois, s'étaient retirées pour bavarder.

Ayant également allumé le cigare du maître des lieux, le domestique se retira. Les deux hommes restèrent un moment à fumer avec béatitude. Une trop longue amitié les liait pour qu'un silence crée une gêne entre eux.

— Comment se porte le marché de l'art ? finit par demander Cardwell.

Lampeth esquissa un sourire satisfait.

— Il continue d'exploser selon la tendance de ces dernières années.

— Je n'ai jamais compris les lois économiques qui présidaient aux fluctuations de ce marché, avoua Cardwell.

— Il y a de multiples raisons à cela. Je suppose que ça remonte à l'époque où les Américains ont commencé à s'intéresser à l'art, juste avant la Deuxième Guerre mondiale. Vieille loi de l'offre et de la demande. Les cotes des vieux maîtres s'étaient envolées ; il n'y avait pas assez d'œuvres en circulation. Les collectionneurs ont été contraints de s'intéresser aux modernes.

— Et c'est là que tu es entré en jeu ? l'interrompit Cardwell.

Lampeth hocha la tête et but une gorgée de cognac.

— Quand j'ai ouvert ma première galerie, juste après la guerre de 1940, il fallait se battre pour arriver à vendre un tableau postérieur à 1900. Mais nous avons tenu bon. Les amateurs se comptaient sur les doigts de la main, les prix grimpaient lentement. Et puis les investisseurs sont entrés dans la danse. À ce moment-là, les impressionnistes crevaient le plafond.

— Oui, renchérit Cardwell, et une foule de gens ont raflé un paquet d'argent.

— Pas autant que tu le crois, objecta Lampeth, et il desserra son nœud de cravate sous son double menton. Investir dans l'art, c'est un peu comme acheter des actions ou miser sur un cheval. Si tu paries sur une valeur sûre, tu t'aperçois bien vite que tout le monde l'a fait aussi. Résultat, la cote est basse. Or toi, tu veux une valeur de premier ordre. Pour l'acquérir, tu es obligé de débourser une grosse somme. De sorte qu'à la revente, ton profit est marginal.

« Il en va de même avec les tableaux : à moins d'être immensément riche, tu n'achèteras pas un Vélasquez. Tu le paierais tellement cher qu'il te faudrait des années pour faire la culbute. Finalement, seuls ceux qui achètent des œuvres en se fiant uniquement à leur instinct peuvent véritablement affirmer avoir gagné de l'argent en investissant dans l'art. Par la suite, quand la valeur de leur collection monte en flèche, ils peuvent également se vanter de posséder un goût sûr. Je veux parler des gens comme toi.

Cardwell hocha la tête et ses rares cheveux blancs ondulèrent comme de petites vagues sous la brise. Il tira sur l'extrémité de son long nez.

— À combien estimes-tu la valeur de ma collection aujourd'hui ?

— Que te dire, mon Dieu !

Lampeth fronça les sourcils au point qu'ils ne formèrent plus qu'une seule ligne noire au-dessus de son nez.

— Pour commencer, ça dépend de la façon dont tu la vendrais. Et puis, il faudrait toute une semaine de travail à un expert pour en donner une estimation exacte.

— Une évaluation à la louche me suffit. Tu connais ces tableaux. Pour la plupart, c'est toi qui as servi d'intermédiaire quand je les ai achetés.

Lampeth fit défiler devant ses yeux les vingt ou trente toiles réunies sous ce toit en leur assignant à chacune un prix approximatif. Puis, les yeux fermés, il additionna les montants obtenus.

— Ça devrait tourner autour du million de livres[1], dit-il enfin.

Cardwell hocha la tête à nouveau.

— C'est bien ce que je pensais. Et c'est justement la somme qu'il me faut, Charlie.

— Bon Dieu ! s'écria celui-ci en se redressant vivement sur son siège. Tu ne penses quand même pas à te séparer de ta collection ?

— J'ai bien peur d'y être obligé, avoua Cardwell tristement. J'espérais la léguer au pays, mais il faut être réaliste, les affaires passent en premier. Ma compagnie s'est trop développée. Si je ne réalise pas une augmentation de capital dans les douze mois à venir, je vais droit dans le mur. Tu n'es pas sans savoir que depuis des années je vends mes terres par petits bouts pour la maintenir à flot.

Il prit son verre et but une gorgée de cognac.

— Les jeunes loups ont fini par me rattraper. Le monde de la finance subit un grand balayage d'un genre nouveau. Nos méthodes sont périmées. Je sortirai de la compagnie dès qu'elle sera assez solide pour être laissée entre d'autres mains. Je transmettrai le pouvoir à un jeune loup ambitieux.

— Les jeunes loups ! répéta Lampeth avec mépris. Ils ne perdent rien pour attendre !

Il était irrité d'entendre son ami s'exprimer sur ce ton de lassitude désespérée.

---

1. L'histoire se passe au début des années 1980. Que le lecteur ne s'étonne pas tout au long de l'ouvrage des cotations ou estimations qui seraient aujourd'hui des milliers de fois supérieures.

Cardwell eut un rire léger.

— Allons, allons, Charlie ! Nous en avons été nous-mêmes. Quand j'ai annoncé à mon père mon intention d'entrer à la City, il a été horrifié. Je l'entends encore me dire : « Mais tu dois hériter du titre ! » Comme si cela devait m'interdire tout contact physique avec l'argent. Comment a réagi le tien lorsque tu t'es lancé dans l'art ?

Au sourire réticent de son ami, Cardwell comprit qu'il avait touché juste.

— Il a trouvé que, pour un fils de militaire, je choisis-sais un métier par trop gnangnan, a reconnu Lampeth.

— Tu vois bien ! Le monde appartient aux jeunes loups. Par conséquent, occupe-toi de vendre ma collec-tion, Charlie.

— Pour en obtenir le meilleur prix, il va falloir la disperser.

— C'est toi l'expert. Pas de sentimentalité inutile.

— Mais quand même ! Certaines pièces doivent res-ter ensemble. Pour une exposition. Voyons : un Renoir, deux Degas, plusieurs Pissarro, trois Modigliani… Il faut que je réfléchisse. Le Cézanne devra être vendu aux enchères, naturellement.

Cardwell se leva, et l'on put voir combien il était grand : une bonne dizaine de centimètres au-dessus du mètre quatre-vingts.

— Ne traînons pas. Allons plutôt rejoindre ces dames !

La galerie d'art Belgrave avait un air de musée de province réputé. Lorsque Lampeth y fit son entrée, le silence était presque palpable. Il foula la moquette vert olive de ses souliers à bouts renforcés sans produire le moindre bruit. À dix heures du matin, la galerie ouvrait à peine ; les clients ne s'étaient pas encore présentés. Néanmoins, trois assistants en costume sombre à fines rayures s'affairaient déjà près de la réception.

Lampeth leur fit un signe de tête et traversa la salle du rez-de-chaussée. Au passage, il jaugea de son œil acéré la façon dont les tableaux étaient accrochés. Quelqu'un avait eu l'idée saugrenue de placer un abstrait à côté d'un primitif, et il nota mentalement qu'il faudrait le décrocher et le changer de place. Le prix des œuvres n'était pas affiché et ce choix délibéré, hautement politique, visait à susciter le sentiment que la moindre allusion monétaire devant des employés aussi élégants serait tout à fait déplacée. Touchés dans leur vanité, les visiteurs se disaient alors qu'ils appartenaient eux aussi à ce monde où l'argent n'était qu'un détail – un détail aussi insignifiant que la date sur un chèque –, et ces réflexions les incitaient à dépenser davantage par la suite. Car Charles Lampeth était avant tout un homme d'affaires. Chez lui, l'amour de l'art ne venait qu'en second.

Il grimpa le large escalier menant au premier étage et surprit son reflet dans le verre d'un tableau. Nœud de cravate petit, col amidonné, costume impeccable issu de Savile Row. Un surpoids regrettable, mais une silhouette encore bien tournée pour son âge.

Redressant les épaules d'un air songeur, il se fit la remarque que cette toile mériterait un verre antireflet. Et l'on apercevait une marque au crayon juste en dessous du cadre. Manifestement, celui qui l'avait accroché avait fait une erreur de mesure.

Il pénétra dans son bureau, accrocha son parapluie au portemanteau, puis il alla à la fenêtre et alluma son premier cigare de la journée. Tout en suivant des yeux la circulation dans Regent Street, il établit mentalement la liste de ce qu'il devrait faire à la galerie avant de s'offrir son premier gin tonic, à cinq heures du soir.

Quand il entendit entrer son associé, il pivota sur lui-même.

— Bonjour, Willow, dit-il, tout en allant prendre place à son bureau.

— Bonjour, Lampeth, répondit Stephen.

Les deux hommes avaient conservé l'habitude de s'appeler par leurs noms de famille, bien que leur association remontât déjà à six ou sept ans. Lampeth avait fait entrer Willow dans son affaire pour élargir l'éventail des artistes attachés à la Belgrave : Willow en effet avait monté de toutes pièces une petite galerie qui représentait une demi-douzaine de jeunes talents promis à un succès rapide et il entretenait avec eux des relations très suivies. À l'époque, la Belgrave commençait à marquer le pas par rapport au marché. Willow lui offrait un moyen rapide de se refaire une place de choix sur la scène contemporaine. Malgré une différence d'âge de dix ou quinze ans, l'union s'était révélée fructueuse, ces deux galeristes possédant les mêmes qualités de base en matière de goût artistique et de sens des affaires.

Le plus jeune posa un dossier sur la table et refusa le cigare que lui proposait son aîné.

— Nous devons discuter de Peter Usher, dit-il.

— Ah, oui. Il y a quelque chose qui cloche avec lui, mais je ne sais pas quoi.

— Il est avec nous depuis que la Soixante-Neuf a fait faillite, commença Willow. Chez eux, il avait bien marché pendant un an. Une de ses toiles s'était même vendue plus de mille livres. Quant aux autres, elles atteignaient pour la plupart les cinq cents. Mais depuis qu'il est chez nous, il n'a pas vendu trois tableaux.

— Et nous, quels prix pratiquons-nous ?

— La même fourchette.

— Ils trafiquaient peut-être un peu les choses, à la Soixante-Neuf, tu ne crois pas ? lança Lampeth.

— Si. Un certain nombre de tableaux très chers ont réapparu peu de temps après avoir été vendus. C'est toujours suspect.

Lampeth acquiesça. C'était un secret de polichinelle que les galeries rachetaient parfois des œuvres leur appartenant à seule fin de faire monter la cote d'un artiste.

Il reprit :

— D'un autre côté, nous ne sommes pas la bonne galerie pour lui, tu le sais bien.

Voyant son associé hausser les sourcils, il précisa :

— Ce n'est pas une critique, Willow. Au moment où tu as pris Usher, on pouvait croire que ce serait une valeur montante. Mais il est très avant-garde. D'être sous contrat avec une galerie aussi bon chic bon genre que la nôtre ne l'a probablement pas servi. Quoi qu'il en soit, c'est du passé. Je persiste à croire qu'il est bourré de talent. Nous nous devons de le soutenir de notre mieux.

Willow changea d'avis concernant le cigare et se servit dans la boîte posée sur le bureau en marqueterie de Lampeth.

— Oui, c'est tout à fait mon avis et je lui en ai touché un mot. Il m'a dit qu'il avait assez d'œuvres nouvelles pour monter une exposition.

— Bien. La nouvelle salle, peut-être ?

La Belgrave était trop vaste pour que tout l'espace soit consacré au travail d'un seul artiste vivant, de sorte qu'elle présentait les expositions personnelles dans certaines salles seulement de ses locaux de Regent Street ou dans d'autres galeries plus petites.

— Parfait.

Lampeth cependant demeurait songeur :

— Je continue à me demander si ce ne serait pas lui rendre un sérieux service que de le laisser partir.

— Peut-être, mais pas terrible pour le qu'en-dira-t-on.

— C'est certain.

— Tu veux que je lui en parle ?

— Non, c'est trop tôt. On a peut-être quelque chose d'assez gros en perspective. Hier soir, j'ai dîné chez lord Cardwell. Il veut vendre sa collection.

— Eh bien, mes aïeux ! C'est triste pour lui, mais pour nous, quel programme !

— Oui, et nous devrons y apporter tous nos soins. Cela dit, je ne perds pas de vue le problème Usher. Attendons encore un peu avant de prendre une décision.

Comme Willow glissait un regard vers la fenêtre, Lampeth se dit qu'il cherchait à se rappeler quelque chose. Et de fait, son associé lança bientôt :

— Est-ce que Cardwell n'a pas deux ou trois Modigliani ?

— C'est exact, répondit Lampeth, nullement étonné que Willow soit au courant. Un bon galeriste se devait de savoir où se trouvaient des centaines de tableaux, à qui ils avaient appartenu et quelle était leur cote.

Willow enchaînait déjà :

— Je te demande ça parce qu'hier, après ton départ, j'ai eu Bonn au téléphone. Il m'a justement parlé d'une collection de croquis de Modigliani.

— Quel genre ?

— Des esquisses pour des sculptures. Au crayon. Elles ne sont pas encore sur le marché, naturellement, mais nous pouvons les avoir si ça nous intéresse.

— Achetons-les de toute façon. Modigliani devrait grimper, je pense. Ça fait un moment qu'il est sous-estimé, sous prétexte qu'il n'entre dans aucune catégorie bien définie.

Willow se leva.

— Je rappelle mon contact et lui dis de procéder à l'achat. Et si Usher m'interroge sur une date pour son expo, je le fais patienter.

— Oui. Mais gentiment.

Willow sorti, Lampeth attira vers lui un plateau contenant le courrier de la matinée. Il s'emparait d'une enveloppe déjà ouverte à son intention quand une carte postale qui dépassait du tas accrocha son regard. Il reposa l'enveloppe pour s'en saisir. Il commença par regarder la vue représentée et se dit que ce devait être une rue de Paris. Il retourna la carte et lut le texte. La prose essoufflée assortie d'une forêt de points d'exclamation lui arracha tout d'abord un sourire amusé. Puis il se laissa retomber sur le dossier de son fauteuil et réfléchit. Sa nièce avait une manière bien à elle, gracieuse et féminine, de jouer les écervelées, mais sous cette apparence elle cachait une intelligence très aiguë

40

et une grande détermination. Quant à ses propos, ils exprimaient généralement ses intentions exactes. Abandonnant le reste de son courrier sur le plateau, Lampeth glissa la carte dans sa poche intérieure et sortit, muni de son parapluie.

Tout dans cette agence respirait la discrétion, à commencer par l'entrée, conçue de telle sorte qu'un client déposé par son taxi dans la cour de l'immeuble ne pouvait en aucun cas être aperçu depuis la rue pendant qu'il descendait de voiture, réglait la course et pénétrait dans ces locaux par la porte située à côté du porche.

Ici, comme à la Belgrave, les employés déployaient une servilité de bon ton, mais leur attitude était justifiée par des motifs bien différents. Lorsqu'ils étaient contraints d'expliquer en quoi consistait leur activité, ils murmuraient que l'agence effectuait des enquêtes. Les détectives ne risquaient pas de révéler le nom des clients pour la simple et bonne raison qu'ils l'ignoraient la plupart du temps. Chez Lipsey, la discrétion importait plus que le succès d'une opération.

Si à la Belgrave, le mot d'argent était banni des conversations, ici, c'était celui de détective et, de fait, Lampeth n'en avait jamais croisé un seul.

À peine entré, Lampeth fut aussitôt reconnu, bien qu'il ne fût venu ici que deux ou trois fois. Débarrassé de son parapluie, il fut conduit dans le bureau du patron. M. Lipsey était un petit homme guilleret aux cheveux raides et noirs, qui s'efforçait d'afficher en permanence l'air un peu soucieux et plein de tact d'un coroner plongé dans une enquête. Il serra la main de son visiteur et lui proposa un siège.

La pièce, avec ses lambris en bois sombre, ses commodes en guise de meubles d'archivage et son coffre-fort aménagé dans le mur, évoquait davantage le bureau d'un avocat-conseil que celui d'un détective. La table, encombrée d'objets divers, était ordonnée, les crayons disposés sur une seule rangée et les papiers rassemblés en piles rectilignes. Il y avait aussi une calculette de poche.

Cette calculette rappela à Lampeth que la majorité des affaires traitées ici concernait des fraudes, d'où la situation géographique de l'agence en plein cœur de la City. L'officine s'occupait également de rechercher des individus et, dans le cas de Lampeth, des tableaux. Elle pratiquait des honoraires élevés, ce qui était aux yeux du galeriste un gage d'efficacité.

— Puis-je vous offrir un verre de sherry ? proposa Lipsey.

— Volontiers.

Tandis que son hôte s'emparait d'une bouteille, Lampeth sortit la carte postale de sa poche et la lui remit en échange du verre qu'on lui tendait. Lipsey s'assit, posa son verre sur le bureau sans y toucher et étudia la carte.

Une minute plus tard il disait :

— Vous voulez que nous retrouvions le tableau en question, je suppose ?

— Oui.

— Humm. Vous avez l'adresse de votre nièce à Paris ?

— Non, mais sa mère, ma sœur, l'aura sûrement et je pourrai vous la communiquer, mais je doute que Delia s'y trouve encore. Telle que je la connais, elle se sera déjà lancée à la recherche de ce Modigliani. À moins qu'il ne soit à Paris.

— Dans ce cas, il nous reste ses amis là-bas. Et cette photo. Est-il possible qu'elle ait flairé quelque chose ? Une voie comme disent les chasseurs. L'odeur, en quelque sorte, qu'aurait pu laisser cette œuvre, quelque part près de ce café ?

— C'est une supposition très juste et tout à fait probable, répondit Lampeth. Ma nièce est plutôt impulsive.

— C'est ce que je m'étais dit d'après, hum, sa manière d'écrire. Maintenant, l'enquête risque fort de ne rien donner, non ?

Lampeth leva les épaules en signe d'ignorance.

— C'est toujours une possibilité, avec les tableaux perdus. Mais que le style de Delia ne vous leurre pas ! Elle vient de passer son diplôme d'histoire de l'art avec la mention Très Bien. Pour une jeune fille de vingt-cinq ans, elle est très maligne. Si elle voulait travailler dans ma galerie, je l'embaucherais immédiatement. Ne serait-ce que pour empêcher un concurrent de l'engager.

— Les chances de réussite ?

— Cinquante/cinquante. Non, mieux. Soixante-dix/trente. En sa faveur.

— Bien. Il se trouve que la bonne personne pour ce type de recherche est justement libre actuellement. Nous pouvons nous mettre tout de suite sur l'affaire.

Lampeth se leva. Il hésitait, fronçant les sourcils comme s'il ne savait pas très bien comment formuler ce qu'il voulait dire encore. Lipsey attendit patiemment.

— Ah, il est important qu'elle ignore que je suis à l'origine de l'enquête. Vous comprenez...

— Très bien, dit Lipsey avec délicatesse. Cela allait de soi.

La Belgrave était remplie de gens qui bavardaient et trinquaient sans se préoccuper d'éparpiller leurs cendres sur la moquette. La réception était donnée pour présenter une petite collection d'expressionnistes allemands acquise récemment par Lampeth au Danemark. Personnellement, il n'aimait pas ces œuvres, mais il les avait eues à un bon prix. Les invités étaient des clients, des artistes, des critiques et des historiens d'art. Certains n'étaient là que pour être vus dans ce lieu prestigieux, pour pouvoir se vanter ailleurs de fréquenter le monde de l'art, mais ils achèteraient. Plus tard. Pour prouver qu'ils n'étaient pas venus simplement pour parader. La plupart des critiques présents pondraient un article sur l'exposition, parce qu'ils ne pouvaient pas se permettre de passer sous silence un événement organisé par la Belgrave. Quant aux artistes, ils s'étaient déplacés pour les petits-fours et le vin. Se remplir la panse à l'œil, ce n'était pas du luxe pour plusieurs d'entre eux ! Finalement, les seuls à être véritablement intéressés par les tableaux exposés étaient les historiens d'art et quelques collectionneurs sérieux.

Lampeth soupira et jeta un coup d'œil discret à sa montre. Encore une heure avant de pouvoir s'esquiver honorablement. Son épouse avait cessé depuis longtemps d'assister aux réceptions de la galerie, prétextant qu'on s'y ennuyait ferme. Elle avait bien raison. À l'heure qu'il était, Lampeth aurait préféré être chez lui, un verre de porto dans une main, un livre dans l'autre, avachi dans son fauteuil préféré – un siège en vieux cuir et crin de cheval à l'accoudoir brûlé à l'endroit où il posait toujours sa pipe –, son épouse assise en face de lui et Siddons entrant dans la pièce pour préparer une dernière flambée dans la cheminée.

— Vivement qu'on rentre au bercail traînasser devant la télé en regardant Barlow ! Pas vrai, Charlie ?

Ces mots, prononcés dans son dos, brisèrent sa rêverie. Il se força à sourire. D'abord, il regardait rarement la télévision ; ensuite, il ne supportait pas qu'on l'appelle Charlie, sauf ses plus vieux amis. Or l'homme auquel il souriait maintenant n'était pas même un copain : c'était un critique, assez perspicace au demeurant, notamment en sculpture, mais d'un ennui mortel.

— Bonjour, Jack, heureux que tu aies pu venir. En fait, je suis un peu fatigué de ce genre de soirée.

— Je comprends, dit le critique. La journée a été dure. D'autant que le moment est mal choisi pour rabioter deux cents livres à un peintre qui crève la misère.

Lampeth s'obligea à sourire pour la seconde fois. L'insulte avait été prononcée sur le ton de la badinerie ; ce critique travaillait pour un magazine de gauche. Il se croyait obligé de fustiger quiconque gagnait de l'argent dans le domaine de la culture.

En voyant son associé fendre la foule dans sa direction, Lampeth éprouva soulagement et gratitude. Son interlocuteur dut le percevoir car il s'éloigna.

— Merci, tu me sauves la vie ! souffla-t-il à Willow.

— C'est bien naturel. En fait, je suis venu te dire que Peter Usher était là. Tu veux t'en occuper ?

— Oui. Dis donc, j'ai décidé de monter une expo Modigliani. Nous avons déjà les trois de lord Cardwell et les esquisses dont tu m'as parlé. Il y a aussi une autre œuvre qui m'a été signalée ce matin. C'est assez pour un début. Tu veux bien chercher à savoir qui possède quoi ?

— Bien sûr. Ça veut dire qu'on repousse l'expo Usher ?

— J'en ai peur. Nous n'avons pas un seul créneau de libre dans les mois à venir. Je vais le lui dire. Il ne va pas apprécier, mais, au bout du compte, ça ne lui nuira pas tant que ça. Son talent finira par être reconnu, quoi qu'on fasse.

Willow s'écarta sur un hochement de tête et Lampeth partit à la recherche d'Usher. Il le découvrit à l'autre bout de la galerie, assis devant certaines des nouvelles toiles en compagnie d'une dame. Ils avaient entre eux tout un plateau de canapés piqué au buffet.

— Puis-je me joindre à vous ? lança Lampeth.

— Naturellement, dit Usher. Les sandwichs sont délicieux. Un bail que je n'avais pas mangé de caviar.

Lampeth répondit au sarcasme par un sourire, et se servit d'un petit triangle de pain blanc.

— Peter aime bien jouer les rebelles, mais il est un peu vieux pour ça, déclara la dame.

— Je ne crois pas que tu connaisses ma femme, la reine du bla-bla, ironisa Usher.

Lampeth inclina la tête.

— Enchanté, madame. Nous avons l'habitude. Nous aimons tant le travail de Peter que nous supportons volontiers son humour.

Le peintre accepta la pique avec élégance. Lampeth comprit qu'il l'avait placée exactement comme il le fallait : dissimulée sous les bonnes manières et enrobée de flatterie.

46

Usher engloutit un autre sandwich et fit passer sa bouchée avec une lampée de vin.

— Alors, quand est-ce que mon expo est programmée, finalement ?

— C'est justement ce dont je voulais te parler, commença Lampeth. J'ai peur que nous ne soyons obligés de reporter la date…

Le visage d'Usher, à demi dissimulé par ses cheveux longs et sa barbe de Jésus, vira au grenat.

— Épargne-moi les excuses bidons. Tu as trouvé quelqu'un de mieux ? Qui ça ?

Lampeth soupira. Arrivait précisément ce qu'il avait voulu éviter, une scène devant tout le monde.

— Nous préparons une exposition Modigliani. Mais ce n'est pas la seule…

— De combien de temps ? demanda Usher en haussant le ton.

Son épouse posa une main apaisante sur son bras.

— De combien de temps est-ce que tu reportes mon expo ?

À la sensation d'avoir le dos soudain lacéré de coups de poignard, Lampeth comprit qu'on s'intéressait à leur trio. Il sourit d'un air de conspirateur et se pencha vers Usher pour l'inciter à baisser le ton.

— Je ne peux pas le dire encore. Nous avons un calendrier très chargé. Si tout va bien, au début de l'année prochaine…

— L'année prochaine ! s'écria Usher. Bon Dieu ! Ton Modigliani peut se passer d'expo. Je dois vivre, moi ! Nourrir ma famille !

— Je t'en prie, Peter…

— Non ! Je ne me tairai pas !

À présent, le silence s'était fait dans la galerie et Lampeth se rendit compte avec désespoir que l'assemblée tout entière observait la querelle. Usher hurlait :

— Je le sais bien que Modigliani te rapportera plus de fric. Parce qu'il est mort et enterré. Toi, t'auras rien apporté de nouveau à l'humanité, mais tu te seras fait un paquet de pognon. Les gros lards comme toi, les profiteurs, y en a trop dans le métier, Lampeth ! T'as une idée des prix que j'obtenais avant d'entrer dans ta galerie de merde ? Putain, mais j'ai souscrit un crédit, moi ! Tout ce que la Belgrave a fait pour moi, ça a été de baisser mes prix et de cacher mes tableaux pour que personne ne les achète. J'en ai ras le bol de toi, Lampeth ! Je reprends mes œuvres. Ta galerie, tu peux te la foutre au cul !

Sous le feu de l'attaque, Lampeth se crispa. Il était en train de devenir grenat, c'était sûr et certain. Hélas, que pouvait-il y faire ?

Opérant un demi-tour théâtral, Usher fonçait déjà vers la sortie. La foule s'écarta pour lui laisser le passage. Il se précipita dans la rue, la tête haute, son épouse courant derrière lui, les yeux rivés au sol. Tout le monde se tourna vers Lampeth, en quête d'explication.

— Je vous présente mes excuses pour... cet esclandre, dit-il. Oubliez cela, s'il vous plaît, et amusez-vous.

Pour la énième fois, il se força à sourire.

— Quant à moi, je vais de ce pas m'offrir un verre de vin. J'espère que vous allez tous m'imiter.

Les conversations repartirent en divers endroits et un bourdonnement continu et trompeur eut bientôt repris possession de la salle. La scène était finie. À l'évidence, discuter de ce sujet avec Usher au beau milieu de la réception n'avait pas été très adroit, se dit Lampeth. D'autant qu'il avait pris sa décision au terme d'une journée longue et riche en émotions. Dorénavant, il rentrerait chez lui plus tôt. Ou alors, il commencerait sa journée de travail plus tard. Tant d'activité, ce n'était plus de son âge !

Il descendit son verre de vin presque d'un trait. Ses genoux cessèrent de trembler, sa transpiration diminua. Dieu, que c'était gênant ! Ah, ces artistes, il fallait vraiment se les coltiner !

CHAPITRE 3

Peter Usher appuya sa bicyclette contre la vitrine de la galerie Dixon & Dixon, dans Bond Street. Il retira les pinces autour de ses chevilles et secoua les jambes l'une après l'autre pour redonner un aspect présentable aux plis de son pantalon. Il vérifia sa tenue dans la vitre : son costume à rayures anthracite bon marché était chiffonné, mais sa chemise blanche, sa large cravate et son gilet lui assuraient une certaine élégance. Il était en nage. Le trajet était long depuis Clapham et ça donnait chaud de pédaler, mais il n'avait pas les moyens de se payer le métro.

Ravalant sa fierté, il se promit une fois de plus de ne pas se laisser aller à la colère, de rester poli et de faire preuve de modestie. Sur ces bonnes intentions, il pénétra dans la galerie.

Une jolie fille portant lunettes et minijupe l'accueillit près de la réception. « Elle gagne probablement bien plus que moi », ne put-il s'empêcher de penser, et il se força à chasser de son esprit cette pensée négative, contraire à ses résolutions.

La fille souriait aimablement.

— Puis-je faire quelque chose pour vous, monsieur ?

— Je voudrais voir M. Dixon si c'est possible. Mon nom est Peter Usher.

— Prenez un siège pendant que je vais voir si M. Dixon est là.

— Merci.

Il se laissa tomber dans un fauteuil en similicuir vert et suivit des yeux les mouvements de la fille qui s'asseyait au bureau et décrochait l'Interphone. On apercevait ses genoux sous le plateau du meuble, entre les caissons à tiroirs. Elle remua sur son siège. Ses jambes s'écartèrent, livrant à l'appréciation du peintre un panorama sur sa douce intimité. Il se demanda… « Ne sois pas idiot ! » se gronda-t-il. Elle s'attendrait à ce que tu lui payes des cocktails hors de prix, les meilleures places au théâtre et des tournedos Rossini arrosés de bordeaux, alors que tu ne pourrais lui proposer qu'un film underground au Roundhouse et une virée chez toi avec un magnum de riesling yougoslave ! Non, les portes de ces genoux lui étaient fermées à tout jamais.

— Voulez-vous passer dans le bureau ? dit la fille.

— Je connais le chemin, répondit Usher en se levant.

Il franchit une porte et suivit un couloir au sol recouvert de moquette jusqu'à une seconde porte. Une autre secrétaire se trouvait dans la pièce. « Putain de secrétaires ! pensa-t-il. Sans nous, les artistes, il n'y en aurait pas une seule à se prélasser ici ! » Celle-ci était plus âgée, également désirable et nettement plus distante. Elle dit :

— M. Dixon est terriblement occupé ce matin. Si vous voulez bien patienter un instant, je vous préviendrai quand il sera libre.

52

Peter s'assit à nouveau et, pour ne pas rester à la regarder en chien de faïence, il entreprit d'examiner les œuvres accrochées aux murs : des aquarelles pas vraiment remarquables représentant des paysages. Le genre d'art qu'il trouvait mortel. La secrétaire avait de gros seins qui saillaient sous son fin chandail aux mailles lâches. Qu'est-ce que ça donnerait si elle se levait et faisait passer lentement ce pull-over par-dessus sa tête… « Imagination de merde, tu ne peux pas la fermer ?! » Un jour, il faudrait qu'il les peigne, ces visions. Pour les chasser définitivement de son esprit. Naturellement, personne n'achèterait ces tableaux et lui-même ne voudrait sûrement pas les garder. Mais qui sait ? Ça lui ferait peut-être du bien.

Il regarda sa montre. Il prenait son temps, le Dixon ! Et si je faisais des dessins porno pour des magazines cochons. Ça mettrait peut-être du beurre dans les épinards. Mais quelle déchéance, quelle prostitution pour quelqu'un aussi doué que moi !

Un léger bourdonnement retentit, la secrétaire saisit le combiné.

— Merci, monsieur.

Elle raccrocha. Elle se leva et contourna le bureau pour lui ouvrir la porte.

— Si vous voulez vous donner la peine…

À l'entrée de son visiteur, Dixon se leva. C'était un homme de haute taille, avec des lunettes demi-lune et un air de médecin de famille. Il lui serra la main sans un sourire et le pria sèchement de s'asseoir.

Derrière son bureau d'époque, les coudes en appui sur le plateau, il s'enquit :

— Que puis-je faire pour vous ?

Peter avait préparé son discours tout au long de son trajet à vélo. Dixon allait forcément le prendre dans sa galerie, cela ne faisait aucun doute, mais mieux valait quand même ménager sa susceptibilité.

— Depuis quelque temps, je ne suis pas très content de la façon dont la Belgrave s'occupe de moi, dit-il. Je me demandais si cela vous intéresserait de présenter mon travail.

Dixon haussa les sourcils.

— C'est un peu soudain comme proposition, non ?

— À première vue, oui. Mais comme je le dis, cela fait un bout de temps que cette idée me trotte dans la tête.

— Bien. Voyons, qu'avez-vous fait récemment, côté ventes ?

Peter se demanda brièvement si Dixon avait entendu parler de la scène de la veille. Si oui, il n'en laissait rien voir. Il répondit :

— *Ligne brune* est parti pour six cents livres il y a déjà quelque temps, et *Deux boîtes* s'est vendu cinq cent cinquante.

Un bon prix *a priori*, mais, en réalité, c'étaient les deux seuls tableaux qu'il avait vendus au cours des dix-huit derniers mois.

— Bien, dit Dixon. Dites-moi, en quoi consiste votre problème avec la Belgrave ?

— Je ne sais pas bien, répondit Peter en toute sincérité. Je suis peintre, pas marchand de tableaux. Mais ils ne me donnent pas l'impression de mettre un tant soit peu mon travail en avant.

— Humm.

Visiblement, Dixon avait décidé de se montrer dur à convaincre, pensa Peter.

54

— Eh bien, monsieur Usher, reprit le galeriste au bout d'un moment. Je crains… Je ne pense pas que nous puissions vous inclure dans notre prochaine programmation. Je regrette.

Peter le dévisagea, ahuri.

— Pas m'inclure ?! Qu'est-ce que vous voulez dire ? Il y a deux ans, toutes les galeries de Londres se battaient pour m'avoir !

D'un geste brutal, il écarta ses cheveux de son visage.

— Enfin ! Vous ne pouvez pas me rejeter comme ça !

Dixon parut inquiet, comme s'il craignait une explosion de violence, et ce fut sur un ton brusque qu'il précisa :

— Mon avis, c'est que vous avez été surestimé pendant un certain temps. Je crois que vous seriez aussi mécontent de nous que vous l'êtes de la Belgrave, parce que le problème, fondamentalement, ce n'est pas la galerie mais votre travail. Avec le temps, votre cote va remonter, mais actuellement peu de vos toiles méritent qu'on les paye plus de trois cent vingt-cinq livres. Je suis désolé, mais c'est ma décision.

— Je vous en prie, dit Usher avec une intensité proche du plaidoyer. Si vous me rejetez, je n'aurai plus qu'à me recycler dans le bâtiment. Vous ne voyez donc pas que j'ai absolument besoin d'une galerie !

— Vous n'en mourrez pas, monsieur Usher. En fait, ce sera même excellent pour vous. Dans dix ans, vous serez le plus grand peintre d'Angleterre.

— Raison de plus pour me prendre chez vous dès aujourd'hui !

Dixon laissa échapper un soupir d'impatience. Cette conversation lui était particulièrement déplaisante.

— Nous ne sommes pas la galerie qu'il vous faut à l'heure actuelle. Comme vous le savez, nous sommes surtout spécialisés dans la peinture et la sculpture de la fin du XIXᵉ siècle. Nous n'avons sous contrat que deux artistes vivants, et ce sont tous les deux des talents reconnus. De plus, votre style ne correspond pas du tout au nôtre.

— Qu'est-ce que vous entendez par là?

Dixon se leva.

— Monsieur Usher. Depuis un moment, j'essaie de vous expliquer les choses poliment. Je vous expose ma position raisonnablement, sans dureté ni brutalité inutiles et avec bien plus de courtoisie que vous ne m'en manifesteriez vous-même, j'en suis sûr. Mais vous me forcez à parler sans détour : hier soir, à la Belgrave, vous vous êtes comporté d'une façon inqualifiable. Vous avez insulté le galeriste et scandalisé l'assistance. Je ne veux pas que ce genre de scène se produise chez nous. Sur ce, je vous souhaite le bonjour.

Peter se leva, rageur, la tête penchée en avant. Il commença à dire quelque chose, s'interrompit, tourna les talons et s'en alla.

Il traversa le couloir, la galerie et sortit dans la rue. Il récupéra son vélo. Une fois en selle, il hurla :

— Toi aussi, tu peux aller te faire foutre, connard!

Ce n'est qu'après ce cri qu'il partit.

Il fit passer sa fureur sur son pédalier, activant ses muscles avec violence, accélérant de plus en plus sans s'inquiéter des feux de circulation, des sens uniques ou des voies d'autobus. Aux croisements, il fonçait sur le trottoir, obligeant les piétons à se pousser dans tous les sens. Dans son costume d'homme d'affaires, sa longue barbe et ses cheveux flottant au vent, il avait tout d'un forcené.

Au bout d'un moment, il se retrouva à rouler sur le quai Victoria ; sa fureur était retombée. Tout ça, c'était sa faute ! Parce qu'il s'était acoquiné avec des marchands ayant pignon sur rue ! Dixon avait dit vrai : leur style et le sien n'avaient rien en commun. À l'époque, l'idée d'être sous contrat avec l'une des galeries les plus reconnues et les plus chic de Londres l'avait séduit comme une solution qui lui apporterait la sécurité éternelle. Mais ce n'était pas bon pour un jeune peintre. Son travail avait dû s'en ressentir.

Il aurait dû rester fidèle aux galeries d'avant-garde et aux principes des jeunes rebelles, coller à des lieux tels que la Soixante-Neuf, qui avait été le bastion des idées révolutionnaires pendant plusieurs années avant de faire faillite.

Inconsciemment, il roulait en direction de King's Road. Il comprit soudain pourquoi. Un vague copain de ses années à l'école d'art ouvrait une galerie là-bas, à ce qu'il avait entendu dire. La Black Gallery. Un type brillant et lumineux que ce Julian Black : un iconoclaste qui se fichait bien des conventions du monde de l'art, un malheureux barbouilleur qui n'avait aucun espoir de se faire un nom dans la peinture un jour, mais qui était véritablement un passionné de peinture.

Peter freina et s'arrêta près d'une vitrine blanchie à la chaux devant laquelle des piles de planches s'entassaient sur le trottoir. Un ouvrier juché sur une échelle peignait le nom du lieu. Jusqu'ici il avait écrit : « La Black Ga. »

Peter gara son vélo. Julian serait le type idéal. Il allait se lancer à la recherche de peintres et il serait ravi d'avoir chez lui quelqu'un d'aussi connu que lui.

La porte n'étant pas fermée, Peter entra. Il se retrouva dans une salle aux murs blancs et au plancher recouvert d'une bâche tachée de peinture. Un électricien fixait des projecteurs au plafond et, tout au fond, un ouvrier collait de la moquette sur le sol en béton.

Peter reconnut immédiatement Julian dans le vestibule, en train de parler avec une dame qu'il avait vaguement l'impression de connaître. Il portait un costume en velours côtelé noir et un nœud papillon. Ses cheveux, bien coupés, lui descendaient jusqu'aux épaules. Dans le style étudiant raffiné, il avait une certaine allure.

À l'arrivée de Peter, Julian se retourna, prêt à dire : « Que puis-je faire pour vous ? » Mais, sitôt qu'il eut reconnu son visiteur, son expression aimable et polie se mua en un étonnement ravi.

— Peter Usher ? Eh bien ça, alors ! Pour une surprise… Bienvenue à la Black Gallery !

Ils échangèrent une poignée de main.

— Ben dis donc ! On dirait que ça marche fort pour toi ! lança Peter.

— Faut bien faire illusion. Dans le genre, tu ne te débrouilles pas mal non plus, à ce qu'on dit : une maison à toi, une femme, un bébé. Tu te rends compte, toi qui devrais être en train de crever la dalle dans une mansarde ?

Il prononça ces derniers mots en riant.

Comme Peter jetait un coup d'œil interrogateur vers la dame debout près de lui, il ajouta :

— Ah, pardon. Je ne t'ai pas présenté Samantha. Que tu avais reconnue, bien évidemment.

— Bonjour, dit celle-ci.

— Naturellement ! s'écria Peter. L'actrice ! Enchanté !

Il lui serra la main et enchaîna, se retournant vers Julian :

— J'aurais bien aimé te voir un instant, pour parler affaires.

Julian, surpris, parut un peu sur ses gardes.

— Ouais…

— Il faut que j'y aille, intervint Samantha. À bientôt.

Julian lui tint la porte. Revenu auprès de Peter, il s'assit sur une caisse.

— Allez, mon pote, déballe.

— J'ai quitté la Belgrave et je cherche un autre lieu pour accrocher mes croûtes, annonça Peter. Il me semble que celui-ci devrait faire l'affaire. On avait fait bonne équipe ensemble pour le Bal des Chiffons, tu te souviens ? Je crois qu'on remettrait ça avec le même succès.

Julian détourna les yeux. Regardant la fenêtre, il dit, les sourcils froncés :

— Tes toiles ne se vendent pas très bien ces derniers temps, Peter.

Peter leva les mains au ciel.

— Allez, Julian, tu ne peux pas me faire ça ! Je serai en exclusivité chez toi.

Julian lui posa la main sur l'épaule.

— Que je t'explique une chose, mon vieux. J'avais en tout vingt mille livres pour démarrer cette galerie. Tu sais combien j'en ai déjà dépensé ? Dix-neuf mille. Tu sais combien de tableaux j'ai achetés avec ça ? Pas un seul.

— Où est-ce que tout ce fric est parti ?

— En loyer anticipé, mobilier, décoration, personnel, acompte sur ceci, acompte sur cela, publicité… Pas
facile de se faire une place dans ce business, Peter. Si je
te prends avec moi, je devrai te réserver un bon espace
– et pas seulement parce que nous sommes amis, mais
parce que, autrement, ça se saurait très vite. Les gens
diraient que je te sous-estime et ça nuirait à ma réputation. Tu sais combien ce petit cercle est incestueux.

— M'en parle pas !

— Tes toiles ne se vendent pas, mon vieux, et je ne
peux pas me permettre de réserver un précieux espace
de mur à un travail qui ne se vend pas. Au cours des six
premiers mois de l'année, quatre galeries ont fermé à
Londres. Je ne veux pas faire faillite à mon tour.

Peter hocha la tête lentement. Il n'éprouvait pas
de colère. Julian n'était pas un de ces gros parasites
du monde de l'art. Il était tout au bas de l'échelle, au
même niveau que les artistes.

Que pouvait-il dire de plus ? Il gagna lentement la
porte. Comme il l'ouvrait, Julian lui lança :

— Sans rancœur, vieux ?

Peter secoua la tête et sortit.

À sept heures et demie, quand les élèves entrèrent
dans la classe, il était déjà juché sur son tabouret. À
l'époque où il avait accepté ce poste de professeur
d'arts plastiques dans un lycée technique de quartier,
il n'imaginait pas combien il serait heureux un jour de
toucher chaque semaine ses vingt livres. Enseigner à
des jeunes parmi lesquels un seul, et encore, manifes-

tait un vague talent lui était d'un ennui pesant, mais, au moins, cela couvrait le crédit souscrit pour sa maison et les dépenses d'alimentation. Ric-rac.

Il les regarda en silence s'installer derrière leurs chevalets et attendre qu'il leur donne le signal du départ ou qu'il commence un cours théorique.

Comme professeur, il avait du succès : les élèves aimaient son enthousiasme et ses formules directes, voire ses jugements impitoyables sur leur travail. Il parvenait à faire progresser jusqu'aux moins doués d'entre eux : il leur dévoilait des trucs, expliquait les erreurs techniques et savait faire en sorte qu'ils retiennent ses conseils.

La moitié de ses élèves voulait entrer aux Beaux-Arts. Les imbéciles ! Quelqu'un se devait de leur dire qu'ils perdaient leur temps, qu'ils feraient mieux de faire de la peinture un passe-temps, de s'y adonner tout au long de leur vie s'ils le voulaient, mais en ayant un métier à côté, informaticien ou employé de banque.

Putain, ouais ! Quelqu'un devait absolument leur tenir ce discours !

Justement, ils étaient tous là aujourd'hui. Et lui, il s'était offert deux ou trois verres sur le chemin du lycée. Dépense minime... de toute façon, au point où il en était... Quelques shillings, ce n'était rien comparé ou désastre de sa carrière. Il se leva.

— Aujourd'hui, nous allons parler du monde de l'art. Je me doute que certains parmi vous rêvent d'y entrer au plus vite.

Un ou deux hochements de tête accueillirent ses propos.

— Eh bien, pour ceux que cela concerne, voici le meilleur conseil qu'on puisse vous donner : mettez une croix dessus !

« Laissez-moi vous dire pourquoi en deux mots. Il y a deux mois de ça, à Londres, huit tableaux se sont vendus pour un total de quatre cent mille livres. De ces huit peintres, deux sont morts dans la misère. Que je vous explique comment ça marche. De son vivant, l'artiste se consacre à son art, il déverse sur sa toile le sang de sa vie. Un peu mélo, n'est-ce pas ? ajouta-t-il en hochant la tête d'un air narquois, mais c'est la stricte vérité. Vous voyez, la seule chose qui compte pour lui, c'est de peindre. Mais voilà. Il y a les nantis, les types bourrés aux as, les femmes de la haute, les marchands et les collectionneurs à la recherche d'un investissement rentable ou d'une niche fiscale. Ces gens-là, ils n'en ont rien à foutre de son travail. Ce qu'ils veulent, c'est quelque chose de pas dérangeant. Pire : de rassurant. Et, en plus, ils ne connaissent rien à l'art, mais alors : rien de rien ! Zéro pointé. Résultat, ils n'achètent pas ses toiles et le malheureux peintre meurt dans la fleur de l'âge. Plus tard, quelques années après, un ou deux individus doués de sensibilité commencent à entrevoir ce qu'il cherchait à exprimer et ils achètent ses tableaux, soit auprès d'amis à qui il les avait donnés, soit dans des brocantes merdiques ou encore dans des galeries de troisième zone, à Bournemouth ou Watford. Sa cote monte, des marchands aussi commencent à acquérir des pièces. Et brusquement voilà qu'il devient : primo, à la mode, secundo, intéressant en termes d'investissement. Ses peintures atteignent des prix astronomiques : cinquante mille, deux cent mille livres, plus même. Et qui se fait du gras sur la bête ? Les marchands, les investisseurs judicieux, les amateurs qui ont eu assez de goût pour acheter ses œuvres avant qu'elles ne soient à la mode. Sans oublier les commissaires-priseurs et leurs employés, la salle des ventes et son personnel. Bref, tous ceux qui grouillent autour du peintre en question sauf lui, vu qu'il n'est plus de ce monde. Et pendant ce temps-là, les jeunes artistes continuent de se battre pour que leur corps et leur âme ne se dissocient pas. Plus tard, leurs tableaux aussi se vendront à des prix faramineux. Mais, pour l'heure, la sécurité financière n'est paraît-il pas bonne pour eux.

« On pourrait croire que le gouvernement aurait à cœur de consacrer une partie du bénéfice issu de ces transactions à construire des ateliers bon marché pour les artistes. Je t'en fiche ! Dans l'affaire, c'est le créateur le grand perdant. Il l'est toujours !

« Je vais vous confier maintenant certaines choses sur moi-même. J'ai été, voyez-vous, une sorte d'exception à la règle : mon travail a commencé à bien se vendre de mon vivant. Sur cette base, j'ai souscrit un crédit, fait un enfant. J'étais le peintre anglais des années à venir. Mais le vent a tourné et on considère aujourd'hui que j'ai été "surestimé", comme ils disent. Je ne suis plus à la mode. Mon comportement non plus ne correspond pas très bien aux critères de politesse en vigueur dans cette société. Et me voilà devenu soudain désespérément fauché. Mis au rancart. Bien sûr, je possède toujours un talent énorme, m'assure-t-on, et, d'ici dix ans, je serai au sommet. Mais en attendant, je peux crever de faim, m'engager comme terrassier ou cambrioler des banques. Ils s'en fichent royalement. Vous comprenez ?

Il fit une pause et, pour la première fois, il se rendit compte qu'il s'était laissé emporter par son discours.

Face à sa rage et à sa passion, face à ce grand déballage, la classe demeurait pétrifiée.

— Vous voyez donc que l'artiste, dit encore Peter en guise de conclusion, je veux dire l'homme qui emploie véritablement le don qu'il a reçu de Dieu pour produire ce miracle qu'est un tableau, est bien le cadet de leurs soucis !

Il se rassit sur son tabouret, les yeux fixés sur le bureau devant lui. C'était un vieux bureau d'écolier parsemé d'antiques taches d'encre et d'initiales gravées dans le bois. Il regarda le grain du bois. Ses nervures formaient comme une œuvre op art.

Les élèves semblèrent prendre conscience que le cours était fini. Ils se levèrent un par un, rassemblèrent leurs affaires et sortirent. Cinq minutes plus tard, la salle était déserte. N'y restait plus que Peter, la tête sur le bureau, les yeux clos.

Il faisait nuit quand il atteignit Clapham et sa petite maison vétuste nichée parmi des voisines identiques. Bien que son prix en ait été peu élevé, il avait eu du mal à obtenir un crédit pour l'acheter, mais finalement tout s'était bien terminé.

Transformé en bricoleur, Peter s'était aménagé un atelier au premier étage en abattant des cloisons et en perçant une fenêtre sur le toit. Le rez-de-chaussée était devenu une grande chambre à coucher pour eux trois ; la salle à manger, la cuisine, la salle de bains et les toilettes avaient été déplacées dans un appentis à l'arrière de la maison.

Il entra dans la cuisine et embrassa Anne.

— J'ai bien peur de m'être défoulé sur les mômes, dit-il.

— Tant pis ! répondit-elle avec un sourire. Ce fou de Mitch est venu te remonter le moral. Il est à l'atelier. J'étais en train de préparer des sandwichs.

Peter grimpa l'escalier. Ce fou de Mitch, c'était Arthur Mitchell, un ami rencontré à l'école Slade qui avait embrassé la carrière d'enseignant, trouvant celle d'artiste à plein temps trop risquée et trop dépendante des aléas du marché ; il partageait avec lui un mépris total pour le monde de l'art et ses mondanités.

Mitch était en train d'examiner une toile récente de Peter quand celui-ci fit son entrée.

— Qu'est-ce que tu en penses ?

— Mauvaise question, répliqua Mitch. Elle incite à déverser des tombereaux de conneries sur le mouvement, la facture, le concept du peintre au moment de se mettre au travail et l'émotion obtenue au final. Demande-moi plutôt si je l'accrocherais dans mon salon.

— Tu l'accrocherais dans ton salon ?

— Non. Ça n'irait pas avec ma *Suite en trois morceaux*.

Peter éclata de rire.

— Tu vas l'ouvrir, ta bouteille de scotch, oui ou merde ?

— Ben voyons. Une si belle veillée funèbre, je m'en serais voulu de rater ça.

— Anne t'a raconté ?

— Ouais. Tu as découvert par toi-même ce contre quoi je t'avais mis en garde voilà des années. Comme on dit : l'expérience est une lampe qui n'éclaire que celui qui la porte.

— Ça, c'est sûr.

Peter alla prendre deux verres sales sur une étagère. Mitch les remplit de whisky. Ils mirent un disque de Jimmy Hendrix et restèrent un moment à écouter en silence les feux d'artifice de la guitare. Anne apporta des sandwichs au fromage et ils entreprirent tous les trois de se soûler méthodiquement.

— Le plus important dans une croûte merdique, déclara Mitch, c'est la nature même de sa « merdicité ».

Peter et Anne accueillirent par un éclat de rire cet axiome d'un genre nouveau.

— Continue, l'encouragea Peter.

— Ce qui est essentiel, dans une merde exécrable, c'est son caractère unique. C'est une qualité que très peu d'œuvres possèdent véritablement. Or, à moins de posséder ce quelque chose d'unique, d'insaisissable – son sourire chez Mona Lisa, pour reprendre un exemple éculé –, n'importe quel tableau peut être copié !

— Pas exactement, intervint Peter.

— Si, exactement. Je veux dire : aux endroits qui comptent. Le petit vide de quelques millimètres, la différence de teinte à peine visible. Ces subtilités-là, tu ne les trouves pas dans les tableaux que tu vois tous les jours, ceux qui valent leurs cinquante mille livres. Prends Manet, enfin ! Tu crois qu'il a peint la réplique parfaitement exacte d'une image idéale qu'il avait dans la tête ? Pas du tout ! Il a simplement appliqué la peinture grosso merdo là où il avait l'impression qu'elle devait être. Il a juste mélangé ses couleurs jusqu'à ce que la teinte obtenue lui paraisse correcte.

« Pareil avec *La Vierge au rocher*. Il y en a une au Louvre et une autre à la National Gallery. Le monde

66

entier s'accorde à dire que l'une des deux est un faux. Laquelle ? Celle du Louvre, affirment nos experts de Londres ; celle de la National Gallery, soutiennent les Français. Nous ne le saurons jamais, et quelle importance ? Il suffit de les regarder pour comprendre ce qu'elles ont de sublime. Pourtant, si on découvrait avec certitude laquelle des deux est la copie de l'autre, plus personne n'irait la voir. Si c'est pas une connerie !

Il éclusa son verre et se reversa une rasade de whisky.

— Je ne te crois pas, intervint Anne. Il faut presque autant de génie pour copier un tableau sublime – et le faire bien – que pour peindre l'original.

— N'importe quoi ! s'écria Mitch. Je le prouverai. Donne-moi une toile, je te peins un Van Gogh en vingt minutes.

— Il a raison, dit Peter. Moi aussi, j'en serais capable.

— Mais pas aussi vite que moi !

— Bien plus vite !

— Très bien, dit Mitch en se mettant debout. Faisons la course, alors. La course au chef-d'œuvre.

Peter bondit sur ses pieds.

— Je te prends au mot. Allez, deux feuilles de papier. On ne va pas gaspiller de la toile.

Anne rit.

— Quels cinglés vous faites, tous les deux !

Mitch punaisa au mur deux feuilles de papier tandis que Peter apportait deux palettes.

— Anne, nomme un peintre ! ordonna Mitch.

— Bon. Van Gogh.

— Un nom de tableau.

— Humm… *Le Fossoyeur*.

— Maintenant, dis : à vos marques, prêt, partez !

— À vos marques, prêt, partez !

Les deux hommes se mirent à peindre furieusement. Peter traça la silhouette d'un homme penché sur une pelle, ajouta de l'herbe à ses pieds et entreprit d'habiller son personnage d'une combinaison. Mitch commença par le visage : un visage las et ridé de vieux paysan. Anne regardait, stupéfaite, les deux images se matérialiser sous ses yeux.

Il leur fallut à tous deux bien plus longtemps que les vingt minutes annoncées. Ils étaient complètement absorbés par leur travail. À un moment donné, Peter alla prendre un livre sur l'étagère et l'ouvrit à une page avec une illustration en couleurs. Le fossoyeur de Mitch s'épuisait à enfoncer du pied la pelle dans la terre dure, son corps lourd et sans grâce plié en deux. Le jeune homme resta plusieurs minutes à fixer son papier, ajoutant des touches par endroits et s'arrêtant pour regarder encore.

Peter venait de commencer à tracer en noir quelque chose de tout petit au bas de sa feuille, quand soudain Mitch hurla :

— Fini !

Peter regarda l'œuvre de son ami.

— Salaud !

Il scruta mieux la feuille.

— Mais pas du tout, t'as pas signé !

— Mes couilles !

Mitch entreprit de gribouiller sa signature. Peter acheva la sienne. Anne ne put se retenir de rire devant la paire qu'ils faisaient tous les deux.

Ils reculèrent d'un même pas, braillant à l'unisson :

— Gagné !

Et, ensemble, ils éclatèrent de rire.

Anne battit des mains.

— Eh bien voilà ! Le jour où nous n'aurons plus une seule miette de pain à nous mettre sous la dent, vous pourrez toujours barbouiller des croûtes !

— C'est une idée ! s'esclaffa Peter.

Il échangea un regard avec Mitch et, lentement, comiquement, leurs rires s'éteignirent en même temps tandis qu'ils contemplaient leurs deux œuvres fixées au mur.

Et c'est d'une voix étouffée, froide et pleine de gravité, que Peter déclara :

— Mais oui, putain de merde ! La voilà, l'idée !

CHAPITRE 4

Julian Black pénétra dans l'immeuble du journal non sans une certaine inquiétude. Ces derniers temps, bien des choses l'angoissaient : la galerie, l'argent, Sarah, sa belle-famille. En fait, c'était simplement les différents aspects d'un seul et même problème.

Dans ce hall en marbre plutôt imposant avec sa belle hauteur sous plafond, ses fresques sur les murs et ses pièces de bronze poli, il se sentit un peu décontenancé. Il s'était attendu à pénétrer dans un lieu mal entretenu, rempli d'une foule de gens courant dans tous les sens, et voilà qu'il se retrouvait dans l'antichambre d'un bordel du siècle dernier.

Le bâtiment était occupé par un quotidien du matin et un autre du soir, ainsi que par une quantité de magazines et périodiques. Un panneau à lettres dorées indiquait aux visiteurs à quel étage trouver la personne qu'ils recherchaient.

— Vous avez besoin d'aide, monsieur ?

Julian se retourna. Un portier en uniforme se tenait devant lui.

— Peut-être, dit Julian. Je voudrais voir M. Jack Best.

— Remplissez un formulaire, je vous prie.

Embarrassé, Julian suivit l'homme jusqu'à un bureau dans un coin du vestibule. On lui remit une feuille de papier vert avec des cases dans lesquelles indiquer son nom, celui de la personne qu'il souhaitait voir et le motif de sa visite. Il sortit de sa poche un Parker en or en songeant charitablement que ces vérifications étaient probablement un mal nécessaire. Il devait y avoir pas mal de zigotos qui cherchaient à forcer les portes d'un journal.

Le fait d'être autorisé à parler à un journaliste donnait aussi au visiteur l'impression d'être un privilégié, se dit-il encore. Mais tout en attendant que son message soit porté, il se demanda s'il avait été bien inspiré de venir ici en personne. Il aurait peut-être mieux fait de lui envoyer les revues de presse par la poste. Il lissa ses cheveux et tira nerveusement sur sa veste.

À une époque, rien ne parvenait à le déboussoler, mais ça, c'était il y a bien des années. À l'école, il avait été champion de course à pied sur longue distance, délégué de classe, chef d'équipe lors des débats en cours de rhétorique. Il réussissait dans tout ce qu'il entreprenait. À croire qu'il ne pouvait que gagner. C'est alors qu'il avait changé d'orientation et choisi l'histoire de l'art. Pour la énième fois, il refit le parcours de ses ennuis, depuis le jour où il avait pris cette décision folle, complètement irrationnelle, de remporter Sarah. Mais là, il n'avait pas tiré le gros lot ! Depuis, il n'avait fait que perdre… Sarah et ses Parker en or… Il prit soudain conscience qu'il était en train de faire cliquer de façon compulsive le bouton actionnant la pointe de son stylo-bille. Il le fourra dans sa poche en poussant un soupir exaspéré. Tous ces trucs en or que possédait sa femme! Sans compter sa Mercedes, ses robes et, par-dessus tout, son papa.

Des Hush Puppies dépenaillées et usées jusqu'à la corde apparurent au milieu de l'escalier et descendirent les marches en raclant le marbre. Suivit un pantalon marron informe, puis une main tachée de nicotine glissant le long de la rampe en cuivre. L'homme mince qui venait d'entrer dans son champ de vision consultait d'un air plutôt agacé le papier vert qu'il tenait entre ses doigts tout en s'avançant vers Julian.

— Monsieur Black? dit-il.

Julian tendit la main.

— Bonjour, monsieur Best.

Celui-ci chassa une longue mèche de cheveux noirs de son visage.

— Que puis-je pour vous?

Julian promena les yeux autour de lui. Manifeste-ment, le journaliste n'avait pas l'intention de le faire monter dans son bureau ni même de lui proposer un siège. Il se lança néanmoins avec détermination:

— J'ouvre sous peu une galerie dans King's Road et je compte beaucoup sur votre présence à l'inaugu-ration. Mais, avant cela, j'aimerais vous exposer les objectifs de cette galerie, puisque vous êtes le critique d'art du *London Magazine*.

Best eut un hochement de tête qui ne l'engageait à rien. Julian fit une pause pour lui laisser la possibilité de l'inviter dans son bureau. Best garda le silence

— Eh bien, reprit Julian, l'idée consiste à ne pas nous placer aux côtés d'une école précise ou d'une ligne artistique particulière, mais à conserver notre liberté de choix de façon à pouvoir prêter nos murs à différents mouvements marginaux trop excentriques pour être accueillis dans les galeries ayant pignon sur rue. Bref, à exposer de jeunes artistes aux idées neuves et radicales.

À l'évidence, Best n'en avait rien à faire.

— Est-ce que je peux vous offrir un verre ? insista Julian.

L'autre regarda sa montre.

— C'est pas encore l'heure.

— Un café alors ?

Le journaliste jeta encore un coup d'œil à sa montre.

— En fait, je crois que ce serait mieux de se voir après l'inauguration. Envoyez-moi une invitation, un communiqué de presse et des informations sur votre parcours personnel. Nous verrons alors si nous pouvons trouver un moment pour nous rencontrer.

— Ah, d'accord ! répondit Julian.

Il était confondu.

Best lui serra la main.

— Merci de votre visite.

— Ouais, bien sûr.

Julian fit demi-tour et partit.

Tout en marchant le long de la petite rue en direction de Fleet Street, il s'interrogea sur sa vie. À quel moment avait-il fait fausse route ? Apparemment, son idée d'envoyer une invitation personnelle à tous les critiques d'art de Londres n'était pas la bonne. Mieux valait peut-être leur adresser une courte notice exposant le concept de la Black Gallery. De toute façon, ils viendraient tous à l'ouverture : ils n'allaient pas rater l'occasion de se rincer le gosier gratis en compagnie de copains.

Merde, espérons qu'ils viendront. Quel bide, si personne ne se pointait !

Mais comment un type comme Best pouvait-il être aussi blasé ! Ce n'était pas toutes les semaines, ni même tous les mois, qu'une galerie ouvrait ses portes à Londres. D'accord, les critiques devaient aller à quantité d'expositions et la plupart avaient à peine quelques lignes par semaine dans leur canard. Mais quand même ! On pouvait imaginer qu'ils passent au moins cinq minutes, histoire de jeter un coup d'œil. Best était peut-être un mauvais critique après tout. Le pire de tous, même, tant qu'à faire ! Ce calembour[1] involontaire le fit sourire, puis aussitôt frissonner. Aujourd'hui, rien ne se changeait plus en or.

Il revint mentalement au moment où les choses avaient commencé à ne plus marcher pour lui. Plongé dans ses pensées, il alla prendre sa place dans la file d'attente pour l'autobus et se tint au bord du trottoir, les bras croisés.

À peine entré dans son école d'art, il avait constaté que tout le monde arborait cet air ultra cool de je-m'en-foutisme hippie qui lui avait valu tant de succès pendant ses deux dernières années dans son collège huppé. Les étudiants connaissaient tous Muddy Waters et Allen Ginsberg, Kierkegaard et les amphétamines, le Viêtnam et Mao. Pire, ils avaient tous un don plus ou moins marqué pour la peinture. Sauf lui ! Subitement, il n'avait plus ni style ni talent.

Il ne s'était pas laissé abattre pour autant. Il avait même obtenu son diplôme. Malheureusement, cela ne

1. *Best* : meilleur.

lui avait pas rapporté grand-chose. Il avait dû se décarcasser pour trouver un boulot pendant que les gens vraiment doués, comme Peter Usher, poursuivaient leurs études à la Slade ou ailleurs.

La queue avançait par à-coups, Julian releva les yeux et vit son autobus à l'arrêt. Il bondit à l'intérieur et grimpa sur l'impériale.

En fait, à l'époque où il avait rencontré Sarah, il travaillait déjà. Un livre pour enfants à illustrer que lui avait refilé un copain de classe entré dans l'édition. L'avance touchée pour ce boulot lui avait permis de se faire mousser devant Sarah, de se prétendre un peintre à succès. Le temps que la vérité éclate au grand jour, il avait embobiné sa dulcinée et le papa de celle-ci. Cette victoire s'était soldée par son mariage avec Sarah. Du coup, il avait cru que sa chance lui était revenue. Hélas, ça n'avait pas duré.

Julian descendit de l'autobus, espérant de tout cœur que sa femme ne serait pas encore rentrée. Ils habitaient à Fulham, bien que Sarah s'évertue à dire Chelsea. C'était son père à elle qui leur avait acheté cette maison. Petite – trois chambres, un salon, une salle à manger et un bureau –, mais ultramoderne. Tout en béton et aluminium. Et Julian devait admettre que ce vieil emmerdeur avait plutôt fait un bon choix.

Il ouvrit la porte et entra. Il grimpa une volée de marches et pénétra dans le salon.

Des baies vitrées occupaient trois des quatre murs. Malheureusement, l'une de ces fenêtres monumentales donnait sur la rue et la deuxième sur le mur d'angle de la dernière maison de la rangée en face, constituée de maisonnettes en pin et brique bâties à l'identique. De la troisième, à l'arrière, on avait vue sur une pelouse pas plus grande qu'un timbre-poste, entretenue avec soin par un jardinier qui passait la majeure partie de ses vingt heures de travail par semaine à se rouler des cigarettes et à tondre l'herbe. En cette fin de journée, le soleil qui entrait à flots dans la pièce faisait miroiter joyeusement le velours vieil or des sièges.

L'une des vastes chauffeuses avait l'honneur d'accueillir la silhouette longiligne de sa femme. Julian se pencha pour déposer du bout des lèvres un baiser sur sa joue.

— Bonjour, dit Sarah.

Il résista à la tentation de regarder sa montre. Il était dans les cinq heures de l'après-midi, et Sarah n'avait dû se lever qu'à midi.

Il s'assit en face d'elle.

— Qu'est-ce que tu as fait de beau, aujourd'hui ? demanda-t-il.

Elle haussa les épaules. Elle tenait une longue cigarette entre les doigts de sa main droite et un verre dans sa main gauche. Elle ne faisait rien. Sa capacité à ne rien faire des heures durant ne cessait de stupéfier Julien.

Elle surprit son regard posé sur son verre et demanda :

— Tu veux boire quelque chose ?

— Non… Oh, puis si, après tout. Pour te tenir compagnie.

— Je m'en occupe.

Elle se leva et marcha jusqu'au bar en faisant très attention à la façon dont ses pieds se posaient sur le sol. En remplissant son verre, elle renversa de la vodka sur le comptoir en bois ciré.

— Depuis combien de temps tu bois ? demanda-t-il.

— Oh, Seigneur ! jura-t-elle, et, dans sa bouche, l'expression retentit comme un blasphème. Tu ne vas pas commencer !

Julian réprima un soupir. Sarah était de ces femmes qui savent faire sonner les mots orduriers.

— Excuse-moi, dit-il.

Il prit le verre qu'elle lui tendait et en but une gorgée.

Elle croisa une jambe par-dessus l'autre. Sa longue robe de chambre glissa sur le côté, révélant un mollet élancé et joliment tourné. Ses jambes ravissantes… C'était la première chose qu'il avait remarquée chez elle, se rappela-t-il. « Des jambes qui lui montent jusqu'aux épaules », avait-il confié sans grande finesse à un ami, ce jour-là. Sa taille aussi ne cessait de l'obséder depuis leur rencontre, car même sans ses horribles chaussures à semelles compensées, Sarah avait cinq bons centimètres de plus que lui.

— Comment ça s'est passé ? voulut-elle savoir.

— Mal. Je me suis senti plutôt snobé.

— Pauvre petit chou que les autres regardent de haut !

— Je croyais que nous étions convenus de ne pas entamer les hostilités.

— C'est exact.

Julian reprit :

— Je vais devoir envoyer des communiqués de presse à tous les critiques. Espérons que ces plumitifs nous feront la grâce de venir. Pourvu que la fête soit réussie !

— Pourquoi ne le serait-elle pas ?

— À cause du prix, bien sûr. Tu sais ce que je devrais faire, en réalité ?

— Tout laisser tomber.

Il ne releva pas.

— Servir uniquement des sandwichs au fromage et de la bière pression, et acheter des tableaux avec l'argent du buffet.

— Tu n'en as pas acheté assez ?

— Je n'en ai pas acheté un seul ! s'exclama Julian. Trois artistes ont accepté de me prêter des œuvres sur la base d'une commission. En cas de vente, je toucherai dix pour cent. Ce que je devrais faire en vérité, c'est les acquérir, ces œuvres. Comme ça, si l'artiste prend de la valeur, je me fais un paquet. C'est comme ça que ça marche, dans ce milieu.

Il y eut un silence. Comme Sarah ne faisait aucun commentaire, Julian finit par dire :

— J'ai juste besoin de deux mille livres de plus, c'est tout.

— Tu vas taper papa ?

Il y avait un soupçon de mépris dans sa voix.

— Je n'arrive pas à m'y résoudre.

Julian s'enfonça dans son fauteuil et but une longue gorgée de sa vodka tonic.

— Ce qui est douloureux, ce n'est pas tant le fait de lui demander quelque chose que de savoir avec certitude qu'il me dira non.

— Et il aura bien raison ! Je me demande bien ce qui a bien pu le pousser à foutre son pognon dans ta petite aventure pour commencer.

— Moi aussi ! renchérit Julian en se gardant bien de mordre à l'hameçon.

S'armant de courage, il lança :

— Dis, tu ne trouverais pas quelques centaines de livres en raclant tes fonds de tiroir ?

Ses yeux s'écarquillèrent.

— Petit salopard ! Tu tapes mon père de vingt mille livres, tu habites une maison qu'il a payée de ses deniers, tu bouffes la nourriture que j'achète et tu oses me demander du fric ! J'ai à peine trois malheureux sous pour vivre, et tu veux me les arracher. Putain !

Elle détourna les yeux avec dégoût.

Mais Julian n'avait plus rien à perdre et c'est avec ferveur qu'il insista :

— Tu pourrais vendre quelque chose. Ta voiture rapporterait assez pour me permettre de démarrer sur des bases solides. De toute façon, tu ne t'en sers quasiment pas. Ou tes bijoux. Tu en as que tu ne portes jamais.

— Tu me donnes envie de dégueuler !

Elle reporta les yeux sur lui et un ricanement sortit de ses lèvres pincées.

— Tu es incapable de gagner de l'argent, incapable de peindre, incapable de diriger une saloperie de galerie de tableaux…

— Ferme-la !

Julian avait bondi sur ses pieds, le visage blanc de rage.

— Arrête ! hurla-t-il.

— Tu veux savoir encore de quoi tu es incapable ? continuait-elle sans le moindre remords, prenant plaisir à retourner le couteau dans la plaie, ravie de voir la vieille blessure saigner à nouveau. De me *baiser* !

*C*e dernier mot, crié, elle le balança à Julian en pleine figure, à la façon d'un poing. Dressée face à lui, elle dénoua sa ceinture et laissa sa robe de chambre glisser de ses épaules jusqu'à terre. Saisissant dans ses mains ses seins plantureux, elle les caressa de ses doigts écartés, les yeux plantés dans les siens.

— Tu pourrais me baiser, là, maintenant? demanda-t-elle d'une voix pleine de douceur. Tu y arriverais?

La rage et la frustration laissaient Julian hébété, ses lèvres blanches écartées en un rictus de fureur humiliée.

Une main posée sur son bas-ventre, elle poussait ses hanches vers lui.

— Essaie, Julian, reprit-elle sur ce même ton enjôleur. Essaie de la lever pour moi.

Sa voix, maintenant, était à mi-chemin entre le soupir et le sanglot.

— Salope, hurla-t-il. Sale bonne femme! Salope!

Il se précipita vers l'escalier de service et fila jusqu'au garage du rez-de-chaussée avec la sensation d'être transpercé de part en part. Il appuya sur le bouton commandant l'ouverture de la porte et s'installa au volant de la voiture. Sarah laissait toujours les clefs sur le contact.

Il n'avait jamais conduit sa Mercedes, ne voulant pas lui demander de la lui prêter, mais, là, il la prit sans le moindre repentir. Puisqu'elle ne l'aimait pas, tant pis pour elle!

— Grosse vache! éructa-t-il à haute voix tout en remontant le raidillon qui débouchait dans la rue.

Il prit au sud, en direction de Wimbledon. Depuis le temps, il aurait dû s'habituer à ces scènes; être un peu immunisé, il le méritait bien ! Mais plus les années passaient, plus sa souffrance augmentait.

Sarah prenait un plaisir pervers à souligner son impuissance, certes. Mais de son côté, il n'était pas moins à blâmer qu'elle, se dit-il. Il avait connu des filles avant elle et, s'il n'avait pas été un amant génial, du moins avait-il toujours réussi à exécuter ce qu'elles attendaient de lui. Le problème avec sa femme devait venir de ce qui en elle l'avait séduit au premier abord : son corps parfait, sa taille, ses manières aristocratiques en toutes circonstances et ses origines friquées.

Cela dit, elle aurait pu se donner un peu de mal. Elle savait ce qu'il convenait de faire dans ces cas-là, et c'était tout à fait dans ses cordes. Patience, bonté et absence d'hystérie dans ce domaine l'auraient guéri depuis des années. Mais Sarah ne lui manifestait qu'indifférence et mépris.

Peut-être que son impuissance était en fait le but recherché par sa femme : qu'elle la protégeait de ses propres défaillances ; qu'elle lui permettait de dissimuler ses faiblesses. Julian écarta cette pensée : en transférant tout le poids du blâme sur Sarah, il refusait seulement d'assumer ses responsabilités de mari.

Il s'engagea dans l'allée menant à la grande demeure de son beau-père et arrêta la voiture sur le gravier ratissé, devant le perron. Une bonne répondit à son coup de sonnette.

— Lord Cardwell est là ?

— Non, monsieur Black. Il est à son club de golf.

— Merci.

Julian remonta en voiture et partit. Il aurait pu s'en douter, que le vieux s'offrirait une partie de golf par une soirée aussi agréable.

Il conduisait avec délicatesse, sans chercher à tester la tenue de route de la Mercedes ou son accélération fulgurante. La puissance de l'engin ne faisait que lui rappeler sa propre impuissance.

Le parking du golf était bondé. Julian gara la voiture n'importe comment et pénétra dans le club-house. Le père de Sarah n'était pas au bar. Il interrogea le serveur.

— Avez-vous vu lord Cardwell ce soir ?

— Oui. Il fait un parcours en solitaire. À cette heure, il doit en être au trou numéro sept ou huit.

Julian ressortit et partit à la recherche de son beau-père. Il le trouva en train de viser le neuvième trou.

Lord Cardwell portait aujourd'hui un coupe-vent et un pantalon beige foncé. Un chapeau en toile dissimulait presque entièrement sa calvitie.

— Belle soirée, dit Julian.

— N'est-ce pas ? Eh bien, puisque tu es là, tu vas pouvoir jouer les caddies.

D'un long putt, Cardwell envoya la balle dans le trou et reprit son parcours.

— Les choses avancent comme tu veux, à la galerie ? demanda-t-il tout en se préparant au dixième trou.

— Très bien, dit Julian. Les travaux sont presque achevés, j'attaque la publicité.

Cardwell fléchit les jambes, jaugea la distance du club à la balle et effectua un swing.

— Cependant, reprit Julian en marchant à côté de lui le long du parcours, les frais dépassent largement mes prévisions.

— Je vois, fit Cardwell sans manifester d'intérêt plus marqué.

— Pour assurer un bon bénéfice dès le départ, je dois encore dépenser deux mille livres en tableaux. Mais à la vitesse à laquelle l'argent file, je ne les aurai pas.

— Dans ce cas-là, il faut que tu sois très économe au début, répondit Cardwell. Ça ne peut que te faire du bien.

Julian jura intérieurement. La conversation se déroulait exactement comme il l'avait prévu. Il dit :

— En fait, je me demandais si vous ne pourriez pas m'accorder une petite rallonge. Ça sécuriserait votre investissement.

Cardwell ramassa sa balle et la tint devant lui, comme s'il la contemplait.

— Tu as encore bien des choses à apprendre, Julian. On me considère peut-être comme quelqu'un de riche, mais je ne peux pas produire deux mille livres d'un claquement de doigts. Je ne pourrais pas m'offrir un costume trois pièces si je devais le payer demain. Mais toi, et c'est beaucoup plus important, tu dois apprendre l'art et la manière de lever des fonds. On n'aborde pas quelqu'un en lui disant : « J'suis fauché, vous pourriez pas m'filer du fric ? » Tu dois expliquer que tu es sur un coup fumant et que tu aimerais l'en faire profiter.

« Concernant ta demande, je ne te donnerai pas un penny de plus, c'est impossible. D'abord, j'ai déjà investi dans ton projet en sachant très bien que c'était une erreur. Mais ne revenons pas là-dessus, c'est de l'histoire ancienne.

« Permets-moi de te dire ce que je ferais à ta place. J'ai beau être collectionneur, et pas marchand de tableaux, je sais cependant une chose : c'est qu'un galeriste doit avant tout posséder le talent de découvrir les bons coups sur le marché des tableaux. Trouve des affaires juteuses, je te donnerai les fonds nécessaires.

Il se pencha sur sa balle et prépara un swing.

Julian acquiesça d'un petit hochement de tête pincé en s'efforçant de masquer sa déception.

Cardwell effectua un swing puissant et suivit des yeux la trajectoire de sa balle. Elle atterrit en bordure du green. Il se tourna alors vers Julian.

— Je le reprends, dit-il en faisant passer sur son épaule la bandoulière de son sac de golf. Je me doute bien que tu n'es pas venu ici dans le seul but de me servir de caddie.

Il avait pris un ton affreusement condescendant.

— Pars et n'oublie pas ce que je t'ai dit.

— Bien sûr, répondit Julian. Salut !

Il fit demi-tour et partit.

Au pont de Wandsworth, coincé dans un embouteillage, il se demanda comment faire pour ne pas croiser Sarah ce soir.

Il se sentait curieusement libéré. Il avait accompli toutes les choses déplaisantes qu'il avait à faire et il en éprouvait une sorte de soulagement, quand bien même il n'en avait réglé aucune. Il ne s'était pas vraiment attendu à ce que Sarah ou son père crache au bassinet, mais il se devait de tenter le coup. Vis-à-vis de Sarah, il se sentait détaché de toute responsabilité. Il s'était engueulé avec elle et il lui avait piqué sa bagnole. Elle serait furieuse. Tant pis !

Peut-être y avait-il un spectacle ou une expo qu'il pouvait aller voir ? Il glissa la main dans sa poche à la recherche de son agenda. Ses doigts rencontrèrent un bout de papier. Il le sortit.

La circulation redémarrait, il enclencha une vitesse. Tout en conduisant, il s'efforça de déchiffrer le gribouillis. Un nom, Samantha Winacre, suivi d'une adresse à Islington.

Ah, oui, une actrice que connaissait Sarah. Il l'avait rencontrée deux ou trois fois. Elle était passée à la galerie l'autre jour et lui avait demandé ce qu'il avait l'intention d'accrocher. Il revit la scène : c'était à ce moment-là qu'avait débarqué ce pauvre Peter Usher.

Il se découvrit soudain en train de rouler en direction du nord, en ayant raté l'embranchement le ramenant chez lui. Et s'il allait la voir ? Ce serait amusant. Elle était très belle et intelligente et c'était une actrice de talent.

Non, finalement, ce n'était pas une aussi bonne idée que ça. À coup sûr, il y aurait une foule autour d'elle. Ou alors, elle serait sortie à une de ces soirées du show business et ne rentrerait pas avant minuit passé.

D'un autre côté, elle ne lui avait pas donné l'impression d'être du genre à faire la fête. Cela dit, se pointer chez quelqu'un qu'on connaissait à peine sans une bonne raison !… Il essaya d'en imaginer une.

Il remonta Park Lane, négocia le virage dans Speaker's Corner et continua tout droit dans Edgware Road, pour tourner finalement dans Marylebone Road. Il conduisait plus vite maintenant, assez excité à l'idée quelque peu saugrenue de débarquer sans crier gare chez une star de cinéma. Marylebone Road devint Euston Road. Arrivé à la statue de l'Ange, il tourna à gauche.

Deux minutes plus tard, il était devant la maison. Une bâtisse tout à fait ordinaire d'où ne sortaient ni musique à plein volume, ni rires tapageurs, ni lumières aveuglantes. Il décida de tenter sa chance.

Il descendit de voiture et sonna à la porte. Elle vint ouvrir en personne, les cheveux enveloppés dans une serviette.

— Bonsoir ! lança-t-elle aimablement.

— Notre conversation s'est interrompue un peu abruptement l'autre jour. Je passais devant chez vous, je me suis dit que je pourrais peut-être vous inviter à prendre un verre.

Elle eut un large sourire.

— Quelle spontanéité ! Entrez donc, j'étais justement en train de me demander comment ne pas passer ma soirée devant la télé.

CHAPITRE 5

Anita marchait d'un pas rapide au soleil et ses souliers claquaient gaiement à l'oreille. Neuf heures et demie, déjà. Avec un peu de chance, Sammy serait encore au lit. Elle était censée arriver chez Samantha Winacre à neuf heures du matin, mais elle était souvent en retard. Sammy le remarquait rarement.

Tout en marchant, elle tirait de longues bouffées sur sa petite cigarette, prenant un plaisir particulier à laisser le goût du tabac et la fraîcheur de l'air se mêler en elle. Depuis ce matin, elle s'était déjà lavé les cheveux, avait apporté une tasse de thé à sa mère, donné le biberon au dernier de ses frères et sœurs et emmené les autres à l'école. Elle n'était pas fatiguée, elle n'avait que dix-huit ans. Mais dans dix ans, elle en paraîtrait quarante.

Ce petit dernier, c'était le sixième enfant de sa mère, sans compter celui qui était mort ni les fausses couches à répétition. Est-ce que son père ignorait tout de la contraception, ou est-ce qu'il s'en fichait ? Si elle l'avait eu pour mari, elle lui aurait bien fait comprendre ce qu'il fallait faire pour éviter les problèmes, c'était sûr et certain !

Gary était au courant, lui, mais Anita ne le laissait pas aller jusque-là. Enfin, pas encore. Sammy la trouvait vieux jeu de faire attendre son petit copain. Peut-être qu'elle l'était en effet, mais, à son avis, on ne pouvait pas bien faire l'amour si on ne s'aimait pas pour de vrai ! De toute façon, Sammy disait beaucoup de bêtises.

Sammy habitait une de ces baraques victoriennes plutôt ancienne mais vraiment bien retapée. Dans cette partie d'Islington, pas mal de gens aisés avaient rénové de vieilles maisons et le quartier était en train de devenir très bobo.

Anita entra par la porte principale. L'ayant refermée sans faire de bruit, elle jeta un coup d'œil à son reflet dans le miroir du vestibule. Elle n'avait pas eu le temps de se faire une beauté ce matin, mais elle était jolie quand même, avec son visage rond, son teint éclatant et ses longs cheveux blonds. De toute façon, elle ne se maquillait pas beaucoup, sauf pour aller au West le samedi soir.

Ce miroir était en fait une réclame pour une marque de bière ou un pub de Pentonville Road. Où que l'on se place, on ne s'y voyait jamais en entier. Sammy disait que ça faisait Art déco. Encore une de ses phrases idiotes !

Anita fit le tour du rez-de-chaussée en commençant par la cuisine. Il n'y avait pas eu de soirée la nuit dernière, Dieu merci ! Juste quelques assiettes sales sur le plan de travail et des bouteilles par terre : elle avait connu pire.

Elle retira ses chaussures et enfila une paire de mocassins sortie de son sac avant de descendre au sous-sol.

Ce vaste salon bas de plafond occupait toute la superficie de la maison. C'était la pièce qu'Anita préférait. Les fenêtres étroites, à l'avant et à l'arrière, ne laissaient pas entrer beaucoup de jour et la lumière venait surtout d'une batterie de spots dirigés sur les affiches, les sculptures abstraites et les vases de fleurs. Les tapis de prix posés çà et là couvraient presque tout le sol en béton. Le mobilier venait de chez Habitat.

Anita ouvrit une fenêtre et remit de l'ordre rapidement. Elle vida les cendriers dans une poubelle, tapa les coussins et jeta les fleurs fanées. Elle ramassa les deux verres abandonnés sur la table basse en métal chromé. L'un d'eux sentait le whisky, or Samantha buvait de la vodka. Anita se demanda si le type était toujours là.

Elle revint à la cuisine. Est-ce qu'elle avait le temps de faire la vaisselle avant d'aller réveiller Sammy ? Non, décida-t-elle, se rappelant que l'actrice avait un rendez-vous dans la matinée. Elle rangerait ici pendant que Sammy prendrait son thé au lit.

Entrée dans la chambre à coucher, Anita tira les rideaux et la chambre fut aussitôt inondée de soleil. Samantha se réveilla instantanément. À son habitude, elle resta immobile un moment, le temps que les derniers voiles du sommeil se dissipent au jour nouveau. Puis elle s'assit dans son lit et sourit.

— Bonjour, Anita.

— Bonjour, Sammy.

Elle donna sa tasse à Samantha et s'assit au bord du lit pendant que l'actrice buvait son thé à petites gorgées. Anita parlait avec ce fort accent cockney nasillard en vogue chez les jeunes, mais son attitude maternelle lui donnait l'air plus vieux.

— J'ai rangé en bas et j'ai fait la poussière, dit-elle. Je crois que je vais garder la vaisselle pour plus tard. Est-ce que vous sortez?

— Mmm...

Samantha finit son thé et déposa la tasse près de son lit.

— J'ai une réunion à propos d'un scénario.

Elle repoussa les couvertures et se dirigea vers la salle de bains. Elle prit une douche rapide. Quand elle revint dans la chambre, Anita était en train de faire le lit.

— J'ai trouvé un scénario, dit-elle. Celui que vous lisiez l'autre soir.

— Oh, merci! s'écria Samantha. Je me demandais justement ce que j'en avais fait.

Drapée dans une serviette de toilette, elle alla y jeter un coup d'œil sur le bureau près de la fenêtre.

— Oui, c'est bien celui-là. Qu'est-ce que je ferais sans toi, ma chère!

Elle sécha ses cheveux coupés en brosse pendant qu'Anita rangeait la chambre. Puis elle s'assit devant son miroir en petite tenue afin de se maquiller. Anita n'était pas aussi bavarde que d'habitude ce matin, et Samantha se demanda pourquoi. Brusquement une explication lui vint à l'esprit.

— Tu as reçu le résultat de tes examens?

— Oui, ce matin.

Samantha se retourna.

— Et alors?

— Reçue! répondit la fille sur un ton morne.

— Avec de bonnes notes?

— Niveau un en anglais.

— C'est génial ! s'exclama Samantha.

— Ah bon ?

Samantha se leva et prit les mains d'Anita dans les siennes.

— Qu'est-ce qui se passe, Anita ? Tu n'es pas contente ?

— Quelle différence ça fait ? Je peux travailler dans une banque pour vingt livres la semaine ou à l'usine pour vingt-cinq. Et pour ça, pas besoin de bonnes notes !

— Je croyais que tu voulais poursuivre tes études ?

Anita se détourna.

— Une idée ridicule, c'est tout. Un rêve. Je ne peux pas plus aller à l'université que marcher sur la Lune. Qu'est-ce que vous mettez aujourd'hui ? La robe blanche Gatsby ?

Elle ouvrit la penderie.

— Oui, répondit Samantha d'un air absent en retournant s'asseoir devant son miroir. Tu sais, beaucoup de filles vont à l'université, de nos jours.

Anita déposa la robe sur le lit et sortit des bas blancs et des chaussures.

— Vous savez comment c'est, chez moi, Sammy ? Y a mon vieux qui a du boulot un jour et l'autre pas, ma mère qui gagne pas beaucoup, et moi qui suis l'aînée. Alors, vous voyez, faudrait que j'arrête les ménages. Mais je dois travailler encore plusieurs années. Jusqu'à ce que les petits commencent à ramener de l'argent à la maison. En fait…

Samantha reposa son rouge à lèvres et regarda dans la glace la jeune fille debout derrière elle.

— Quoi ?

— J'espérais que vous me garderiez.

Samantha resta un moment sans rien dire. Elle avait engagé Anita comme employée de maison et dame de compagnie pour la durée des grandes vacances, et elles s'étaient bien entendues. Anita s'était révélée tout à fait efficace. Toutefois, l'idée que cet accord puisse devenir permanent ne l'avait jamais effleurée et elle déclara :

— J'estime que tu dois aller à l'université !

— Pigé.

Anita ramassa la tasse de thé sur la table de nuit et sortit.

Samantha mit la dernière touche à son maquillage et enfila un jean et une chemise assortie avant de descendre au rez-de-chaussée. À peine fut-elle entrée dans la cuisine qu'Anita déposa un œuf dur et une pile de toasts sur la petite table. Samantha s'assit pour manger.

Anita remplit deux tasses de café et prit place en face d'elle. Samantha mangea en silence. Ayant repoussé son assiette, elle fit tomber un comprimé de faux sucre dans son café. Anita sortit de son paquet une cigarette à filtre à moitié fumée et tordue et l'alluma.

— Écoute-moi, dit Samantha. Si tu dois absolument avoir un travail, alors je serai enchantée que tu continues de travailler pour moi. Tu es super ici. Mais tu ne dois pas renoncer à l'espoir de faire des études.

— L'espoir, c'est pas d'actualité.

— Voilà ce que je vais faire : je te garde en te payant autant que maintenant ; toi, tu vas à l'université pendant la période de cours et tu travailles ici pendant les vacances. Avec le même salaire tout au long de l'année. Comme ça, moi je ne te perds pas et toi, tu peux étudier en continuant à aider ta mère.

Anita la regarda, éberluée.

— Ce que vous êtes sympa, vous alors !

— Non. Je gagne bien plus d'argent que je ne le mérite, et j'en dépense à peine. Dis oui, Anita, s'il te plaît. Comme ça, j'aurais l'impression de faire quelque chose de bien pour quelqu'un.

— Ma mère dirait que c'est de la charité.

— Tu as dix-huit ans, tu n'es plus obligée de faire tout ce que te dit ta mère.

— Ouais.

Elle sourit.

— Merci.

Elle se leva et, sous le coup de l'émotion, alla embrasser Samantha.

— Ben merde alors, si je m'attendais à ça !

Elle avait les larmes aux yeux.

Samantha se leva, un peu gênée.

— Je demanderai à mon avocat de faire les papiers nécessaires pour que ta situation soit assurée. Maintenant, il faut que je file.

— Je vous appelle un taxi.

Samantha monta se changer. En enfilant cette robe diaphane qui valait plus de huit fois le salaire hebdomadaire d'Anita, elle éprouva un curieux sentiment de culpabilité. Qu'un petit geste de sa part suffise à changer du tout au tout la vie d'autrui, ce n'était pas très moral. D'autant que ce petit geste ne lui coûtait quasiment rien. Et qu'elle pourrait probablement le déduire de ses impôts ! réalisa-t-elle brusquement. Mais l'important n'était pas là. Ce qui comptait, c'était qu'entre ses cachets – une fortune – et ses dépenses – pratiquement nulles –, il lui restait largement de quoi vivre sur un grand pied. C'était ça, la vérité, comme elle l'avait dit à Anita. Elle aurait facilement pu s'acheter une grande demeure dans le Surrey ou une villa dans le sud de la France et avoir une foule de domestiques à temps complet. Elle n'en avait jamais eu avant Anita; elle habitait une maison modeste à Islington; elle ne possédait ni voiture ni yacht; pas de terres, pas de tableaux et pas d'antiquités.

Ses pensées dévièrent sur le type venu la voir la veille. Comment s'appelait-il, déjà? Julian Black. Un peu décevante, sa visite. Dans l'esprit de Samantha, théoriquement, toute personne débarquant à l'improviste était forcément intéressante, car, pour parvenir jusqu'à elle, il fallait déjà réussir à franchir, ne serait-ce qu'en imagination, tout un barrage de gardes. Raison pour laquelle les gens idiots ne se donnaient même pas la peine d'essayer, contrairement à Julian. Lui, il avait été assez agréable. Fascinant, même, sur le sujet de l'art qui, visiblement, le passionnait. Mais elle avait eu tôt fait de déceler qu'il était malheureux en ménage et angoissé sur le plan financier, et ces deux caractéristiques semblaient bien le résumer en entier. Elle lui avait fait comprendre qu'elle ne voulait pas être courtisée et il ne s'y était pas risqué. Ils avaient bu deux verres en devisant aimablement et il était parti.

Elle aurait pu résoudre les problèmes de Julian aussi facilement que ceux d'Anita. Peut-être aurait-elle dû lui proposer de l'argent, d'ailleurs. Il ne lui en avait pas demandé, mais il était clair qu'il en manquait.

Et si je parrainais des artistes? se dit-elle. Mais le milieu de l'art était bien trop mondain, snob et prétentieux pour son goût. Ceux qui y évoluaient dépensaient des sommes énormes sans avoir conscience de ce qu'elles représentaient pour le commun des mortels – pour les gens comme Anita et sa famille. Non, ce n'était pas dans l'art que Samantha trouverait une solution à son dilemme.

La sonnette de l'entrée retentit. Elle regarda par la fenêtre. Le taxi était arrivé. Elle prit son manuscrit et descendit.

Confortablement assise dans la voiture noire, elle feuilleta le script dont elle allait discuter avec son agent et le producteur du film. Il avait pour titre *La Treizième Nuit*. Pas du tout vendeur à son avis, mais ça, c'était un détail. Il s'agissait en fait d'une version revisitée de *La Nuit des rois*[1] de Shakespeare, avec des dialogues originaux. Le scénario faisait ressortir les éléments homosexuels suggérés dans la pièce. Orsino tombait amoureux de Cesario avant de découvrir que celui-ci était une femme sous ses habits d'homme, et Olivia était lesbienne sans le savoir. Samantha était pressentie pour le rôle de Viola, naturellement.

Le taxi s'arrêta devant le bureau de son agent, Wardour Street. Samantha en descendit, laissant au portier le soin de régler la course. Jouant les vedettes, elle s'engouffra dans l'immeuble. Les portes s'ouvrirent devant elle. Joe Davies, venu à sa rencontre, la fit entrer dans son bureau. Elle s'assit et abandonna son air de façade.

Joe ferma la porte.

— Sammy, je te présente Willy Ruskin.

L'homme de belle taille qui s'était levé à son entrée lui tendit la main.

---

1. *Twelfth Night* (La Douzième Nuit) en anglais.

— C'est un véritable plaisir pour moi, mademoiselle Winacre.

Les deux hommes se ressemblaient si peu que c'en était presque comique. Joe était courtaud, trop gros et chauve ; Ruskin avait des lunettes et une épaisse tignasse noire bien dégagée autour des oreilles. Son accent américain n'était pas déplaisant.

Les hommes s'assirent et Joe alluma un cigare. Ruskin présenta son porte-cigarettes à Samantha qui refusa.

Joe commença :

— Sammy, j'ai déjà expliqué à Willy qu'à ce stade nous n'étions pas parvenus à une décision définitive. Que nous réfléchissions encore au scénario.

Ruskin hocha la tête.

— J'ai considéré que ce serait une bonne chose de nous rencontrer quand même. Pour discuter des remarques que vous pourriez avoir. Et, bien sûr, pour écouter aussi vos idées et vos suggestions.

Samantha inclina la tête, rassemblant ses pensées.

— Le sujet m'intéresse. L'idée en soi est bonne et c'est bien développé. J'ai beaucoup ri. Mais pourquoi avez-vous laissé de côté la partie chantée ?

— La langue dans laquelle les chansons sont écrites ne fonctionne pas avec le genre de film que nous avons à l'esprit, expliqua Ruskin.

— C'est vrai. Mais vous pourriez en faire d'autres, engager un bon compositeur rock pour la musique.

— C'est une idée, admit Ruskin avec un regard mêlé de surprise et de respect.

Elle enchaîna :

— Si vous faisiez du farceur un chanteur pop farfelu, genre Keith Moon ?

— C'est le batteur d'un groupe pop anglais, intervint Joe.

— Ouais, je sais, dit Ruskin. Ça me plaît. Je vais m'y mettre tout de suite.

— Pas si vite, le retint Samantha. En ce qui me concerne, il y a un problème beaucoup plus grave que la musique. Ce film, c'est une comédie sympa. Point barre.

— Je ne comprends pas. En quoi est-ce un problème ? demanda Ruskin. Je ne vous suis pas.

— Moi non plus, Sammy, renchérit Joe.

Elle fronça les sourcils.

— Ce n'est pas non plus tout à fait clair dans mon esprit, je l'avoue. Ce que je veux dire, c'est que ce film ne dit rien. Ne défend rien, n'apprend rien à personne. N'apporte aucun point de vue neuf sur la vie. Vous voyez ce que je veux dire ?

— Eh bien, il y a l'idée qu'une femme peut se faire passer pour un homme et faire le boulot aussi bien que lui, avança Ruskin.

— C'était peut-être subversif au XVIᵉ siècle, mais plus de nos jours.

— L'homosexualité est traitée sans tabou aucun. Ça peut donner à réfléchir.

— Non, objecta Samantha avec force. Les plaisanteries sur le sujet, il y en a même à la télé.

— À dire vrai, je ne vois pas très bien comment le genre de choses que vous semblez rechercher pourrait s'inscrire dans une comédie commerciale et sans prétention comme celle-ci ! répliqua Ruskin sur un ton un peu irrité.

Il alluma une autre cigarette.

— Sammy chérie, il s'agit d'une comédie, intervint Joe d'un air peiné. C'est censé faire rire. Et toi, tu as envie de tourner dans une comédie, n'est-ce pas ?

— Oui.

Samantha reporta son regard sur Ruskin.

— Excusez-moi d'être aussi critique à propos de votre script. Vous voulez bien me le laisser encore un peu que je puisse y réfléchir ?

Joe renchérit :

— Ouais, donnez-nous quelques jours de plus, Willy. D'accord ? Vous savez combien j'aimerais que Sammy fasse ce film.

— OK, acquiesça Ruskin, car je ne vois personne de mieux que Mlle Winacre pour le rôle de Viola. Mais ce sujet est bon, j'insiste, et je voudrais lancer la production sous peu. Sinon, je vais devoir chercher quelqu'un d'autre rapidement.

— On en reparle dans une semaine, d'accord ? répéta Joe.

— Entendu.

Samantha reprit la parole :

— Joe, je voudrais discuter d'autre chose avec toi.

Ruskin se leva.

— Je vous remercie pour cet entretien, mademoiselle Winacre.

Quand il se fut retiré, Joe ralluma son cigare.

— Est-ce que tu te rends compte de la position dans laquelle tu me mets, Sammy ?

— Oui, très bien.

— Enfin ! Les bons scénarios ne courent pas les rues. Pour le seul plaisir de me compliquer la vie, tu me demandes de te trouver une comédie. Et pas n'importe laquelle : une comédie moderne, qui attire les jeunes dans les salles ! Je t'en dégote une, avec un rôle formidable pour toi, et maintenant tu te plains qu'elle ne véhicule pas de message !

Elle se leva et alla à la fenêtre. En bas, une camionnette mal garée provoquait un embouteillage dans cette petite rue étroite de Soho. Un conducteur, descendu de voiture, engueulait le chauffeur qui s'éloignait, sourd aux invectives, les bras chargés de paquets à livrer.

— Tu parles comme si un message était quelque chose de réservé aux pièces d'*avant-garde* n'ayant aucune chance d'être jouées à Broadway, répliqua-t-elle. Un film qui a quelque chose à dire peut très bien faire un tabac.

— C'est plutôt rare.

— Et *Qui a peur de Virginia Woolf*? *Dans la chaleur de la nuit*? *Le Parrain*? *Le Dernier Tango à Paris*?

— Côté recettes, aucun d'eux n'a fait autant que *L'Arnaque*.

Samantha s'écarta de la fenêtre en secouant la tête impatiemment.

— Et alors, on s'en fiche ! C'étaient de bons films. Ils valaient le coup d'être faits.

— Je vais te dire qui ne s'en fiche pas, Sammy. Les producteurs, les auteurs, les cameramen, les deuxièmes équipes, les exploitants, les ouvreuses, les distributeurs.

— C'est bon, lâcha-t-elle sur un ton fatigué. (Elle se laissa tomber dans le fauteuil qu'elle occupait auparavant.) Tu pourrais demander à l'avocat de faire quelque chose pour moi, Joe ? Je voudrais qu'il établisse une sorte de convention entre mon employée de maison et moi. Je voudrais qu'elle entre à la fac. Le contrat doit stipuler que pour les trois années à venir je la paye toute l'année trente livres par semaine, à condition qu'elle fasse des études pendant les périodes scolaires et travaille pour moi pendant les vacances.

— Pas de problème, dit-il en inscrivant les conditions sur son bloc-notes. C'est très généreux de ta part, Sammy.

— Ça va, merde !

Joe tiqua. Samantha ne s'y arrêta pas et poursuivit :

— Sinon, elle serait obligée de travailler à l'usine alors qu'elle possède l'intelligence nécessaire pour faire des études. Mais voilà, sa famille a besoin de son salaire pour arriver à joindre les deux bouts. C'est un scandale qu'une telle situation existe quand tant de gens, comme toi et moi, gagnent des mille et des cents sans vraiment se fouler. Je lui viens en aide, oui, mais les milliers de jeunes dans le même cas ?

— Ta fortune personnelle ne suffira jamais à résoudre tous les problèmes du monde, ma chérie, répliqua Joe avec une pointe de condescendance.

— Tu peux garder tes réflexions pour toi ! répliquat-elle sèchement. Je suis une star, je dois pouvoir exprimer tout haut ce genre de choses. Ce n'est pas juste, la société n'est pas juste ! À défaut de le clamer haut et fort, pourquoi je ne tournerais pas au moins dans des films qui tiennent ce discours ?

— Pour toutes sortes de raisons, la première étant qu'un film pareil ne trouvera jamais de distributeur. Nous devons raconter des histoires qui donnent du bonheur aux spectateurs ou qui les passionnent. Qui les arrachent quelques heures à leurs problèmes. Personne n'a envie d'aller au cinéma pour voir des gens ordinaires se débattre dans un quotidien difficile.

— Peut-être que je devrais abandonner le cinéma ?

— Pour faire quoi? Devenir assistante sociale et découvrir que tu ne peux pas véritablement venir en aide aux gens dont tu t'occupes parce que tu croules sous les dossiers et que, de toute façon, ces gens-là ont avant tout besoin de fric? Être journaliste et t'apercevoir que tu n'es pas autorisée à exprimer tes opinions mais celles du rédacteur en chef? Écrire des vers et vivre dans l'indigence? Te lancer dans la politique et passer toutes sortes de compromis?

— C'est exactement parce que tout le monde se vautre dans le cynisme que rien ne s'accomplit.

Joe vint poser les mains sur ses épaules et les serra affectueusement.

— Tu es une idéaliste, Sammy. Tu l'es restée bien plus longtemps que la plupart d'entre nous. Je te respecte pour ça, je t'aime pour ça.

— Ah, lâche-moi avec ton numéro de juif du show-biz! répondit-elle, mais elle lui sourit avec tendresse. D'accord, Joe, je vais réfléchir encore à ce scénario. Maintenant, il faut que je file.

— Je t'appelle un taxi.

C'était un de ces appartements de Knightsbridge vaste et froid, avec un papier peint morne et anonyme et un mobilier minimaliste mais composé de pièces antiques et de sièges recouverts de brocart. Les portes-fenêtres ouvertes laissaient entrer l'air doux du crépuscule et le grondement lointain de la circulation. Tout ici respirait l'élégance et l'ennui. La réception donnée ce jour-là ne faisait pas exception à la règle.

Samantha s'y était rendue parce que Mary, la maîtresse de maison, était une vieille copine de théâtre avec qui elle prenait parfois le thé ou faisait les magasins. Ces rares rencontres, pensait-elle maintenant, ne lui avaient jamais révélé à quel point leurs vies avaient divergé depuis l'époque où elles jouaient toutes les deux dans la même compagnie.

Mary avait épousé un homme d'affaires et, à en juger par le nombre d'hommes en smoking bien qu'il ne s'agisse pas d'un dîner assis, la plupart des invités appartenaient à son monde à lui. Le bavardage mondain était de rigueur. Parmi le petit groupe rassemblé autour de Samantha, la discussion portait sur des gravures sans grand intérêt accrochées au mur.

Une flûte de champagne médiocre entre les doigts, Samantha cachait son ennui derrière un sourire de façade, se contentant d'approuver ce qui se disait. Des cadavres ambulants, tous autant qu'ils étaient ! Sauf le type qui faisait tache dans l'assistance avec son jean, son ceinturon et sa chemise écossaise d'ouvrier.

Lui, c'était un type costaud, à peu près de son âge, avec des cheveux déjà gris, de grandes mains et de grands pieds.

Il avait croisé son regard depuis l'autre bout du salon et lui avait souri sous sa grosse moustache. Puis, sur une excuse, il avait laissé en plan le couple avec qui il était pour venir la rejoindre.

Elle se détourna à moitié de son groupe toujours occupé à débattre des gravures.

— Je suis venu vous sauver de ce petit cours sur l'art, lui souffla l'inconnu à l'oreille.

— Merci. J'en avais bien besoin.

À présent, ils avaient pivoté un peu plus, de sorte qu'ils ne donnaient plus l'impression d'appartenir au groupe, sans pour autant s'en être éloignés.

— Tom Copper, se présenta-t-il.

Il lui offrit une longue cigarette.

— J'ai comme le sentiment que vous êtes l'invitée d'honneur.

— Dans ce cas-là, vous êtes ? demanda-t-elle en se penchant vers la flamme apparue dans sa main.

— Le représentant symbolique de la classe ouvrière.

— Je ne vois rien de très ouvrier dans ce briquet.

L'objet plat et monogrammé était à première vue en or fin.

— Vous êtes en train de vous dire : un filou, ce type. Pas vrai ?

Et comme Samantha éclatait de rire en l'entendant prendre l'accent cockney, il enchaîna sur un ton volontairement snobinard :

— Reprendrez-vous un peu de champagne, madame ?

Ils s'approchèrent du buffet. Là, il lui tendit une coupe et lui présenta une assiette de canapés ornés de quelques grains de caviar. Elle secoua la tête.

— À votre guise.

Il en enfourna deux d'un coup.

— D'où connaissez-vous Mary ? demanda Samantha non sans une certaine curiosité.

Il sourit encore.

— Ce que vous voulez dire, c'est : comment Mary peut-elle connaître un gros dur comme moi ? Il se trouve que nous sommes allés tous les deux à l'école de Mme Clair, à Romford. Ma mère a sué sang et eau, pour trouver le fric de m'y envoyer une fois par semaine. Heureusement, j'ai compris rapidement que je ne pourrais jamais être acteur.

— Qu'est-ce que vous faites, à la place?

— Je vous l'ai déjà dit : je suis escroc.

— Je ne vous crois pas. À mon avis, vous êtes architecte, avocat ou quelque chose comme ça.

Il sortit un petit flacon de sa poche latérale, l'ouvrit et y prit discrètement deux pilules bleues.

— Vous ne croyez pas non plus que ça puisse être de la drogue, n'est-ce pas?

— Non.

— Z'avez jamais pris d'amphètes?

Elle secoua la tête encore.

— Uniquement du hasch.

— Dans ce cas-là, une seule suffira.

Il fit tomber une pilule dans sa main.

Elle le regarda en engloutir trois d'un coup et les avaler avec une lampée de champagne. Elle introduisit le petit ovale entre ses lèvres, but une longue gorgée et déglutit difficilement. Quand elle ne sentit plus la pilule dans sa gorge, elle dit :

— Vous voyez? Rien ne se passe.

— Attendez. D'ici quelques minutes, vous jetterez vos fringues par-dessus les moulins !

Elle plissa les paupières.

— C'était le but recherché?

Il répliqua, reprenant son accent cockney :

— Moi, inspecteur? J'étais même pas là !

Samantha se mit bientôt à se trémousser en tapant du pied au rythme d'une musique inexistante.

— Je parie que vous seriez prêt à piquer un sprint, si je partais en courant ! dit-elle en éclatant de rire.

Tom eut un sourire entendu.

— Vous voyez, il suffisait d'attendre.

Elle débordait soudain d'énergie. Ses pupilles s'étaient dilatées, ses joues s'empourpraient.

— J'en ai marre de cette soirée merdique, lança-t-elle un peu trop fort. J'ai envie de danser.

— Changeons de crèmerie? proposa Tom et il lui passa le bras autour de la taille.

DEUXIÈME PARTIE

Le paysage

Mickey Mouse ne ressemble pas beaucoup à une vraie sou-ris ; pourtant les gens n'écrivent pas des lettres aux journaux pour critiquer la longueur de sa queue.

E. H. GOMBRICH, *historien d'art*

CHAPITRE 1

Le train traversait le nord de l'Italie à vitesse réduite.

Le beau soleil avait disparu derrière de gros nuages. Des usines et des vignobles se succédaient, émergeant à peine de la brume humide.

L'exaltation de Dee était retombée peu à peu pendant le voyage. Qu'avait-elle dans les mains, en fin de compte ? Un début de piste, sans plus. Si ses recherches ne débouchaient pas sur un tableau, sa découverte n'aurait pas plus de valeur qu'une note de bas de page dans une thèse de doctorat.

Ses ressources fondaient à vue d'œil. Elle n'avait jamais rien demandé à Mike depuis qu'il était entré dans sa vie, et ne lui avait pas non plus donné à penser qu'elle puisse avoir besoin d'un soutien financier. Elle s'était toujours débrouillée pour lui laisser croire le contraire et, à présent, elle le regrettait un peu.

Elle disposait d'une somme suffisante pour passer quelques jours à Livourne et acheter son billet de retour. Repoussant au loin ce vulgaire problème d'intendance, elle alluma une cigarette et, dans les volutes de la fumée, se mit à rêver à ce qu'elle ferait si jamais elle mettait la main sur ce Modigliani perdu.

Pour sa thèse de doctorat, sur les rapports entre l'art et la drogue, ce serait un début explosif.

En y réfléchissant mieux, elle se dit que ce tableau pouvait s'avérer bien plus intéressant encore et constituer la pièce maîtresse d'un article où elle démontrerait combien l'on s'était trompé jusqu'ici sur celui qui était en vérité le plus grand peintre italien du XXe siècle.

Car il présenterait forcément assez d'intérêt pour susciter des batailles entre une demi-douzaine d'experts. Peut-être même recevrait-il le nom de « Modigliani de Sleign ». Dans ce cas, il assurerait sa notoriété, et sa carrière serait assurée jusqu'à la fin de ses jours.

Évidemment, il pouvait aussi s'agir d'une esquisse de moyenne qualité, semblable aux centaines d'autres signées Modigliani. Non, impossible ! Ce tableau avait été décrit comme l'exemple même d'une œuvre accomplie sous l'influence du haschisch. Par conséquent, il devait forcément posséder quelque chose de spécial : être étrange, hétérodoxe, en avance sur son temps, pour ne pas dire révolutionnaire.

Et si c'était un abstrait ? Un Jackson Pollock du début du siècle ?

Des quatre coins du monde, des historiens d'art appelleraient Mlle Delia Sleign pour lui demander comment se rendre à Livourne, lieu de naissance de l'artiste. Elle devrait alors publier un article décrivant avec précision l'endroit où l'œuvre pouvait être vue : au musée de la ville, où elle l'aurait transportée elle-même en grande pompe, ou à Rome, tant qu'à faire ! Ou mieux encore : elle pouvait l'acquérir et s'occuper après d'épater la galerie.

Mais oui, bien sûr ! Acheter ce tableau…

Et ensuite le rapporter à Londres et…

« Mon Dieu, s'écria-t-elle à haute voix, je pourrais le vendre ! »

En découvrant Livourne, elle eut un choc. Elle s'était attendue à une bourgade commerçante avec sa demi-douzaine d'églises, sa grand-rue et son vieux paysan du cru incollable sur tous les gens qui avaient vécu ici au cours des cent dernières années. Elle découvrit une ville qui ressemblait à Cardiff, avec des docks, des usines, une aciérie et des attractions pour touristes.

Elle comprit un peu tard que Livourne se disait Leghorn en anglais, que c'était un port important de la Méditerranée et une station balnéaire. De vagues souvenirs glanés dans des livres d'histoire lui revinrent à l'esprit : ce port, modernisé par Mussolini au prix de millions de lires, avait été entièrement détruit quelques années plus tard par les bombardements alliés. Les Médicis avaient contribué à l'essor de la ville, se rappela-t-elle aussi, et au XVIIIe siècle un tremblement de terre l'avait ravagée.

Elle dénicha un hôtel bon marché perché sur une terrasse en surplomb. C'était une maison tout en hauteur sans le moindre jardinet devant, avec des murs blanchis à la chaux et d'étroites fenêtres en arceau. Sa chambre, nue et propre, était fraîche. Elle défit sa valise et accrocha ses deux robes d'été dans une penderie fermée par des portes qui ressemblaient à des persiennes. Elle fit un brin de toilette, enfila un jean et des baskets et partit à la découverte des lieux.

La brume s'était dissipée, l'air était doux en ce début de soirée. La couche de nuages s'éloignait et le soleil couchant flottait à l'horizon, tout au bout de sa traînée de lumière. De vieilles femmes en tablier, leurs cheveux gris plaqués en arrière et ramassés sur la nuque, regardaient défiler les passants, assises ou bien debout devant leurs portes.

Plus près du centre-ville, de beaux Italiens en jeans moulants à pattes d'éléphant et chemises ajustées paradaient sur les trottoirs, leurs épais cheveux sombres coiffés avec soin. Un ou deux parmi eux haussèrent un sourcil intéressé à sa vue, mais aucun ne s'avança plus loin. Ici, réalisa-t-elle, c'est le royaume de la frime : on mate, mais on ne touche pas !

Elle flânait sans but, cherchant seulement à tuer le temps avant le dîner. Retrouver un tableau dans une aussi grande ville, c'était comme de chercher une aiguille dans une meule de foin. Les gens qui avaient eu vent de son existence pouvaient très bien ignorer qu'il s'agissait d'un Modigliani. Et inversement : ceux qui avaient entendu parler d'un Modigliani perdu pouvaient très bien ne pas savoir où il se trouvait ni comment remettre la main dessus.

Elle traversa une série de jolies places en enfilade ornées de statues de rois sculptées dans le beau marbre de la région. Ayant débouché sur la piazza Vittorio, large boulevard planté d'îlots de verdure en son centre, Dee s'assit sur un muret pour admirer les arcades Renaissance.

Elle en aurait pour des années à visiter toutes les maisons de cette ville, à examiner chaque tableau remisé au grenier ou laissé en dépôt chez un antiquaire. Elle devait rétrécir son champ d'exploration, et tant pis si cela réduisait ses chances de retrouver l'œuvre perdue.

Des idées semblaient lui venir enfin. Elle se leva et rentra d'un pas vif à son petit hôtel. Elle commençait à avoir l'estomac dans les talons.

Il n'y avait personne dans le vestibule. Elle alla donc frapper discrètement à l'appartement des propriétaires. Pas de réponse. Pourtant, des sons lui parvenaient de l'autre côté de la porte : de la musique et un bruit d'enfant qui jouait.

Elle tourna la poignée et pénétra à l'intérieur de la pièce. C'était un salon avec des meubles clinquants d'un mauvais goût parfait. Une radio tourne-disques de forme évasée, vestige des années 1960, ronronnait dans un coin. En revanche, pas un son ne sortait de la bouche du présentateur en gros plan sur l'écran de la télé. Une table basse de style vaguement suédois trônait au centre de la pièce, posée sur un tapis en nylon orange. S'y entassaient des cendriers, des journaux plus ou moins rassemblés en piles et un livre en édition de poche.

Un enfant faisait rouler une petite voiture par terre. Absorbé par son jeu, il ne lui prêta pas la moindre attention. Dee enjamba son circuit. D'une porte au fond surgit le propriétaire de l'hôtel, un type avec un ventre énorme qui débordait par-dessus l'étroite ceinture en plastique de son pantalon bleu. Au coin de sa bouche pendait une cigarette à laquelle tenait encore – mais pour combien de temps ? – un cylindre de cendre de la longueur d'un doigt. Il dévisagea l'intruse d'un air interrogateur.

— J'ai frappé, personne n'a répondu, se justifia Dee dans un italien rapide et coulant.

— C'est pour quoi? demanda-t-il presque sans remuer les lèvres.

— Je voudrais appeler Paris.

Il avança jusqu'au téléphone posé sur un guéridon aux pieds tournés près de la porte.

— Donnez-moi votre numéro. Je vais le composer.

Dee extirpa de la poche de sa chemise le bout de papier portant le numéro de Mike.

— Vous voulez parler à quelqu'un en particulier?

Dee secoua la tête. Mike n'était certainement pas de retour, mais il y avait une chance pour que la femme de ménage soit là. En leur absence, elle venait aux heures qui lui chantaient.

L'homme retira la cigarette de sa bouche pour parler au téléphone puis, ayant abaissé le combiné, il déclara :

— Ce ne sera pas long. Vous voulez vous asseoir?

Fourbue après sa marche, Dee s'affala avec gratitude dans un fauteuil en vinyle fauve sorti tout droit d'un magasin de meubles de Lewisham[1].

Visiblement, le propriétaire se sentait obligé de lui tenir compagnie. Par politesse? De crainte qu'elle ne dérobe l'une des babioles en porcelaine posées sur la cheminée? Il s'enquit :

— Qu'est-ce qui vous amène à Livourne? Les sources sulfureuses?

— Je voudrais voir des tableaux, répondit-elle succinctement.

— Ah!

Il promena les yeux tout autour de la pièce.

— Nous en avons quelques-uns de pas mal ici même, vous ne trouvez pas?

---

1. Quartier du sud de Londres.

— En effet.

Elle réprima un frisson à la vue des reproductions éparpillées sur les murs : pour la plupart, de moroses ecclésiastiques affublés d'auréoles.

— Est-ce qu'il y a des trésors dans la cathédrale ? demanda-t-elle, se rappelant l'une des idées qui lui étaient venues pendant la promenade.

Il secoua la tête.

— La cathédrale a été bombardée pendant la guerre, expliqua-t-il, un peu gêné de rappeler que leurs deux pays s'étaient combattus.

Dee préféra changer de sujet.

— Je voudrais voir l'endroit où est né Modigliani. Vous savez où c'est ?

La femme du propriétaire se posta dans l'encadrement de la porte et apostropha son mari d'une longue tirade agressive. Elle avait un accent trop marqué pour que Dee comprenne de quoi il retournait. L'homme lui répondit sur un ton chagriné. L'épouse repartit.

— Je disais : l'endroit où est né Modigliani, reprit Dee.

— Je n'en ai pas la moindre idée.

Il retira une seconde fois la cigarette d'entre ses lèvres, ce coup-ci pour la laisser tomber dans le cendrier déjà plein.

— Mais nous avons en vente plusieurs guides de la ville. Ça pourrait vous aider.

— Oui. Je vais en prendre un.

L'homme sortit de la pièce. Dee regarda l'enfant toujours plongé dans son jeu mystérieux avec sa petite voiture. L'épouse revint et traversa le salon sans accorder un seul regard à Dee pour repartir l'instant d'après.

119

Côté amabilité, elle ne décrocherait pas la palme des hôteliers, contrairement à son mari très chaleureux. Ou peut-être à cause de cela.

Le téléphone sonna, Dee décrocha.

— Votre communication avec Paris, indiqua l'opérateur.

Un moment plus tard, une voix de femme disait :

— Allô ?

Dee passa au français.

— Oh, Claire ! Mike n'est pas encore rentré ?

— Non.

— Vous voulez bien noter mon numéro et lui demander de me rappeler ?

Elle dicta le numéro inscrit sur le cadran.

De retour, le propriétaire attendit qu'elle raccroche pour lui remettre un petit livre illustré aux bords écornés. Dee régla le prix demandé, tout en se demandant combien de fois ce même exemplaire avait été revendu à un client après avoir été oublié par un autre dans sa chambre.

— Je dois aider ma femme à servir le dîner, dit-il.

— Justement, j'y vais. Merci.

Elle traversa le hall et pénétra dans la salle à manger. Elle prit place à une petite table ronde recouverte d'une nappe à carreaux et ouvrit le guide. « Le lazaret San Leopoldo est l'un des plus beaux d'Europe », lut-elle.

Elle tourna une page. « Aucun visiteur ne devrait manquer d'aller admirer le célèbre bronze Quattro Mori. » Elle feuilleta plus loin. « Modigliani a vécu d'abord via Roma et, plus tard, au 10 de la via Leonardo Cambini. »

120

Le propriétaire entra avec un potage aux vermicelles. Dee lui lança un sourire radieux.

Le jeune prêtre arborait une coupe de cheveux sévère et rase qui le faisait ressembler à un adolescent. Il portait des lunettes à monture d'acier en équilibre sur son nez mince et pointu et il se frottait continuellement la paume des mains sur sa soutane, comme s'il souffrait d'une transpiration excessive. À tout croire, la simple vue de Dee le rendait nerveux, et c'était bien compréhensible : quel homme lié par un vœu de chasteté n'aurait pas éprouvé pareil émoi en présence de cette ravissante jeune fille ?

— Ce ne sont pas les tableaux qui manquent, dit-il avec une bonne volonté manifeste. Nous en avons une salle pleine dans la crypte. Personne ne les a regardés depuis des années.

— Est-ce qu'il me serait possible de les examiner ?

— Bien sûr, mais je doute que vous y trouviez quoi que ce soit d'intéressant.

Ils se tenaient dans le bas-côté de l'église et, tout au long de leur conversation, le prêtre n'avait cessé de scruter l'espace derrière la jeune fille, comme s'il craignait d'être surpris en train de bavarder avec un être du sexe opposé.

— Venez avec moi.

Il la conduisit vers une porte dans le transept et la précéda jusqu'au bas d'un escalier en colimaçon.

— Est-ce que le curé qui officiait ici dans les années 1910 s'intéressait à la peinture ? lança-t-elle, encore au milieu des marches.

121

L'homme d'église se retourna pour la regarder et, une fois de plus, baissa vivement les yeux.

— Je n'en ai aucune idée. Depuis cette époque, trois ou quatre prêtres ont dû me précéder à la tête de cette paroisse.

Arrivée au pied de l'escalier, Dee attendit qu'il allume une bougie fichée dans un creux du mur et elle lui emboîta le pas. Ses talons claquèrent sur les dalles. Elle dut courber la tête pour passer sous l'arche permettant d'accéder à la salle suivante.

— Nous y voici, dit-il.

Il alluma une autre bougie. Elle promena les yeux tout autour de la crypte. Il y avait bien une centaine de tableaux entassés sur le sol ou appuyés contre les murs.

— Eh bien, reprit le prêtre, je vais devoir vous laisser.

— Merci beaucoup.

Elle le suivit des yeux un instant avant de reporter son intérêt sur les tableaux.

Devant la quantité, elle réprima un soupir. Cette idée de se rendre dans les deux églises les plus proches des lieux où Modigliani avait habité pour voir s'il n'y restait pas d'anciens tableaux oubliés lui était venue la veille. Pour effectuer ces visites, elle s'était sentie obligée de porter une chemisette sous sa robe sans manches, sachant que les catholiques rigoureux n'admettaient pas les bras nus dans les églises. Après la chaleur torride de la rue, la crypte lui paraissait d'une fraîcheur délicieuse.

Elle souleva le tableau au sommet de la première pile et l'approcha de la bougie. L'épaisse couche de poussière qui recouvrait le verre empêchait de voir la toile.

Elle promena les yeux autour d'elle en quête d'un chiffon. Rien de tel ici, naturellement, et elle n'avait pas de mouchoir. Elle souleva sa robe en soupirant et retira son slip. Il faudrait que ça suffise. Et aussi qu'elle se méfie au moment de remonter l'escalier. Pourvu que le prêtre ne ferme pas la marche ! Elle ne put retenir un petit rire nerveux. Elle entreprit de frotter pour faire apparaître le sujet représenté.

Un saint Étienne martyr. Peinture à l'huile tout à fait médiocre, probablement exécutée cent vingt ans plus tôt mais dans un style antérieur. Le cadre, ouvragé, avait plus de valeur que l'œuvre elle-même. Signature illisible.

Elle déposa le tableau par terre et s'empara du suivant : moins poussiéreux, mais tout aussi dénué de valeur.

Elle traça son chemin parmi des foules de disciples, d'apôtres, de saints et de martyrs, quantités de Saintes Familles, de Cènes et de Crucifixions, des douzaines de Christ bruns aux yeux noirs. Sous cette abondance de poussière antique, le slip de son bikini multicolore eut tôt fait de virer au noir. Elle travaillait avec méthode, empilant en bon ordre les peintures nettoyées et finissant chaque pile avant d'attaquer la suivante.

Ses recherches lui prirent toute la matinée. Pas le moindre Modigliani.

Le dernier tableau examiné et reposé sur sa pile, Dee s'autorisa un bruyant éternuement. Des tourbillons de poussière voletèrent follement devant son visage. Elle souffla la bougie et remonta dans l'église.

Le prêtre n'étant pas en vue, elle se contenta de laisser une obole dans le tronc et sortit dans le soleil. Elle abandonna sa culotte dans la poubelle la plus proche : de quoi donner aux éboueurs matière à réflexion.

Ayant consulté son plan de la ville, elle se dirigea vers la seconde adresse de Modigliani. Quelque chose la tracassait : un détail sur la jeunesse du peintre, sur ses parents ou sur autre chose encore, mais impossible de se rappeler quoi. Le souvenir s'obstinait à ne pas lui revenir, de la même façon qu'une pêche en conserve refuse de tenir sur le pourtour du plat et glisse systématiquement vers le fond, quoi que vous fassiez.

C'était l'heure du déjeuner. Elle le comprit en voyant les terrasses bondées. Entrée dans un café, elle commanda une pizza et un verre de vin. Mike lui téléphonerait-il aujourd'hui ? se demanda-t-elle en mangeant.

Elle fit traîner le moment du café et de la cigarette, renâclant à se retrouver dans une autre église, en face d'un autre curé et de peintures tout aussi poussiéreuses. En fait, elle errait dans le noir : ses chances de retrouver le Modigliani perdu étaient plus que minces, elle en avait pleinement conscience. Néanmoins, c'est avec détermination qu'elle écrasa sa cigarette et se leva.

Le second prêtre, plus âgé que le précédent, se révéla fort peu soucieux de lui venir en aide. Ce fut les sourcils levés d'au moins trois centimètres au-dessus de la fente de ses yeux qu'il s'enquit :

— Et pourquoi voulez-vous examiner nos tableaux ?

— Parce que c'est ma profession. Je suis historienne d'art, voyez-vous, expliqua Dee aimablement.

Son sourire ne fit qu'accroître l'irritation de son interlocuteur.

— Une église est faite pour accueillir les fidèles, pas les touristes, que je sache ! lâcha-t-il avec une courtoisie limitée au strict minimum.

— Je ne ferai pas le moindre bruit.

— De toute façon, nous possédons très peu d'œuvres d'art. Uniquement ce que vous voyez sur ces murs.

— Dans ce cas, je vais les regarder si vous m'y autorisez.

Le prêtre inclina la tête.

— Très bien.

Il demeura dans la nef pendant tout le temps qu'il fallut à la jeune fille pour faire le tour des lieux. Ce ne fut pas long. Cette église ne contenait rien de remarquable, à part un ou deux tableaux dans les chapelles latérales. Revenue dans la partie ouest du sanctuaire, elle hocha la tête à l'adresse du prélat et sortit. Peut-être l'avait-il prise pour une voleuse en puissance.

Déprimée, elle reprit le chemin de son hôtel. Le soleil, encore haut dans le ciel, tapait dur en cette heure de la journée ; les rues transformées en fournaise étaient presque désertes. Ne s'y aventuraient que les chiens ou les historiennes d'art. Autrement dit des fous, pensa Dee. Cette plaisanterie n'était pas faite pour lui remonter le moral. Elle avait joué sa dernière carte. À présent, si elle voulait poursuivre ses recherches, il ne lui restait plus qu'une seule façon de procéder : quadriller la ville en secteurs et visiter toutes les églises qui s'y trouvaient.

Ayant regagné sa chambre, elle se passa les mains et le visage à l'eau pour se débarrasser de la poussière de la crypte. Une *siesta* lui parut l'unique manière de passer intelligemment cette partie de la journée.

Elle retira ses vêtements et s'allongea nue sur son lit étroit.

Sitôt qu'elle eut fermé les yeux, le sentiment d'avoir oublié quelque chose revint la harceler. Elle essaya de se rappeler tout ce qu'elle savait sur Modigliani. Peu de chose, à vrai dire. Elle s'assoupit.

Pendant qu'elle dormait, le soleil très chaud de l'après-midi plongea dans sa chambre par la fenêtre ouverte. Elle se mit à transpirer, à remuer et à s'agiter, le visage parcouru de crispations, ses cheveux blonds éparpillés tout autour de sa tête, des mèches collées à ses joues.

Subitement, elle s'éveilla et s'assit toute droite sur son lit. Insensible aux coups qui lui martelaient le crâne après ce long somme en plein soleil, elle se mit à scruter l'espace devant elle, le regard fixe, comme une personne frappée de révélation.

— Mais qu'est-ce que je suis bête ! hurla-t-elle enfin. Il était juif !

Le rabbin lui plut. Il avait une barbe noire parsemée de fils gris et des yeux bruns au regard amical. Que c'était rafraîchissant de bavarder avec lui après ces saints hommes d'Église qui n'avaient vu en elle que l'incarnation du fruit défendu. Comme il montrait de l'intérêt pour ses recherches, elle en vint à lui raconter toute l'histoire.

— Le vieux monsieur, à Paris, ayant parlé d'un curé, j'ai pensé à un prêtre catholique, expliqua-t-elle. J'avais complètement oublié que les Modigliani étaient des juifs séfarades extrêmement religieux.

126

Le rabbin sourit.

— Eh bien, je sais à qui le tableau a été donné ! Mon prédécesseur était un homme très excentrique, comme le sont parfois les rabbins. Il s'intéressait à toutes sortes de choses : expériences scientifiques, psychanalyse, communisme. Il n'est plus de ce monde aujourd'hui, vous imaginez bien.

— Je doute qu'il y ait eu des tableaux parmi ses effets personnels.

— Je ne saurais vous le dire. Je sais qu'il est tombé malade vers la fin de sa vie et qu'il s'est retiré dans un village du nom de Poglio, sur la côte adriatique. J'étais très jeune à l'époque, évidemment, et je ne me souviens pas de lui avec une grande précision. Je crois qu'il a vécu ses dernières années auprès d'une sœur qu'il avait là-bas. Si cette peinture existe, il est possible que cette sœur l'ait conservée.

— À l'heure qu'il est, elle est sûrement décédée, elle aussi.

Il rit.

— Cela va de soi. Eh bien, ma chère, vous vous êtes donné une sacrée mission. Cependant, il doit bien exister des descendants.

Dee lui serra la main.

— Vous avez été très aimable.

— C'était un plaisir pour moi, répondit-il avec une sincérité qui ne semblait pas forcée.

Sur le chemin du retour à l'hôtel, elle s'interdit de penser à ses pieds en marmelade. Mieux valait se concentrer sur ce qu'elle allait faire : tout d'abord, louer une voiture et se rendre dans ce village ; ensuite, elle verrait bien. Elle décida de partir dès le lendemain matin.

Mais avant, elle voulait raconter ses espoirs à quelqu'un, propager la bonne nouvelle. Comme à Paris, elle acheta une carte postale.

Elle écrivit :

Chère Sammy,

Des vacances comme j'ai toujours rêvé d'en vivre ! Une chasse au trésor pour de vrai ! Je suis en route pour Poglio, sur la trace d'un Modigliani perdu !!!

Baisers,

D.

Les pièces qui traînaient dans sa poche lui permirent d'acheter un timbre et elle posta sa carte. C'est alors qu'elle se rendit compte qu'elle n'avait pas de quoi louer une voiture et traverser le pays.

C'était fou : être sur la piste d'un tableau qui valait entre cinquante et cent mille livres et ne pas avoir les moyens de louer une voiture, il y avait de quoi râler !

Demander de l'argent à Mike ? Ah, non ! Elle ne pouvait pas s'abaisser à cela. Y faire une allusion, peut-être, quand elle l'aurait au téléphone. S'il appelait ! Il n'avait jamais de dates très précises quand il se rendait à l'étranger.

Il fallait qu'elle trouve de l'argent ailleurs. Auprès de sa mère ? Elle était riche, certes, mais Dee ne la voyait guère depuis des années. En vertu de quoi lui réclamerait-elle de l'argent aujourd'hui ?

Oncle Charles ? Ça prendrait un temps fou et elle mourait d'envie de se lancer dans l'aventure sans perdre une seconde.

Elle grimpait la rue étroite menant à son hôtel quand elle aperçut un coupé Mercedes bleu acier garé le long du trottoir. Son conducteur, appuyé contre la portière, avait des cheveux bruns et bouclés qu'elle connaissait bien.

— Mike ! hurla-t-elle avec joie, et elle s'élança.

CHAPITRE 2

James Whitewood gara sa Volvo dans une rue étroite d'Islington et coupa le moteur. Il fourra dans une poche un paquet neuf de Players et une boîte d'allumettes et dans l'autre un carnet vierge et deux stylos-billes. Le stress habituel. Comment serait la star? De bonne humeur? Dirait-elle un truc marrant qu'il pourrait ressortir dans son papier? Aïe, son vieil ulcère. Il jura. Des interviews de ce genre, il en avait fait des centaines. Pourquoi celle-là serait-elle différente?

Il verrouilla sa portière et alla sonner chez Samantha Winacre. La porte s'ouvrit sur une blonde grassouillette.

— James Whitewood, de l'*Evening Star*.

— Entrez, s'il vous plaît.

Il la suivit dans le hall.

— Comment vous vous appelez?

— Anita. Mais je suis juste la domestique, vous savez.

— Ravi de vous rencontrer, Anita.

Il sourit aimablement. Toujours utile d'être en bons termes avec les petites mains.

Elle le conduisit au sous-sol.

— M. Whitewood, de l'*Evening Star*.

— Salut, Jimmy!

Samantha, pieds nus, en simple jean et chemise, était pelotonnée sur un canapé Habitat, en face de haut-parleurs stéréo Bang et Olufsen d'où sortait la voix de Cleo Laine.

— Sammy!

Il traversa la pièce pour aller lui serrer la main.

— Mettez-vous à l'aise, je vous en prie. Quoi de neuf à Fleet Street?

— Calme plat, dit-il en laissant tomber un journal sur les genoux de l'actrice avant d'aller s'installer dans un fauteuil. La grande affaire du jour, c'est que lord Cardwell a décidé de vendre sa collection de tableaux. Maintenant, vous savez pourquoi cette période de l'année est surnommée la saison des platitudes.

Il avait un accent du sud de Londres.

— Vous prendrez quelque chose, monsieur White-wood? intervint Anita.

Il releva les yeux vers elle.

— Je ne serais pas contre un verre de lait.

Il se tapota l'estomac.

Anita sortie, Samantha demanda :

— Votre ulcère, toujours?

— Ça n'arrête jamais, comme l'inflation. Aucune raison d'espérer le calme plat.

Il laissa échapper un rire haut perché.

— Ça vous dérange si je fume?

Tout en ouvrant son paquet de cigarettes, il étudia Samantha. Elle avait toujours été mince, mais aujourd'hui, ses yeux lui mangeaient le visage et son maquillage n'arrangeait rien. Elle fumait d'une main et tenait son autre bras serré autour de la taille. Il restait à l'observer. Elle écrasa son mégot dans le cendrier déjà plein à ras bord et alluma immédiatement une autre cigarette.

Anita apporta le verre de lait demandé.

— Je vous sers un apéritif, Sammy ?

— Oui, s'il te plaît.

Midi et demi, nota discrètement Jimmy et, du coin de l'œil, il mesura la quantité de vodka qu'Anita ajoutait au tonic.

Il s'enquit :

— Comment se porte le monde du cinéma ? Racontez-moi un peu.

— Je songe à lui tirer ma révérence.

Elle prit le verre des mains d'Anita, qui s'éclipsa aussitôt.

— Ben ça, alors ! s'écria Jimmy en exhibant illico carnet et stylo. Et pourquoi donc ?

— Il n'y a pas grand-chose à dire, en fait. Je crois que j'ai reçu du cinéma tout ce qu'il pouvait me donner. Le travail m'ennuie. Tout ça pour un résultat si dérisoire au final.

— Un événement particulier à l'origine de cette décision ?

— Jimmy, toujours dans le vif du sujet !

Il releva sur elle des yeux emplis d'attente et vit qu'elle souriait. Pas à lui, à la porte. Il se retourna. Un homme de haute taille, en jean et chemise à carreaux, lui adressa un signe de tête et vint s'asseoir à côté de Samantha. Elle reprit :

— Jimmy, je tiens à vous présenter Tom Copper. L'homme qui a changé ma vie.

Joe Davies appuya sur le bouton de sa montre-bracelet Quantum et regarda les chiffres s'illuminer en rouge sur le noir du cadran : 09.55. La bonne heure, à Londres, pour appeler un quotidien du soir.

Après avoir attendu une éternité que le standard veuille bien répondre, il demanda à parler à James Whitewood.

— Bonjour, Jim. Joe Davies à l'appareil.

— Un jour de merde, tu veux dire ! Qu'est-ce qui dégouline de ton panier percé aujourd'hui ?

Ce petit jeu consistant à se balancer mutuellement des vannes leur servait à masquer une réalité dont ils étaient tous deux parfaitement conscients : le besoin qu'ils avaient l'un de l'autre dans leur chasse aux tuyaux intéressants.

Joe n'eut pas de mal à se représenter le sourire content de soi du journaliste, ses dents pourries entre ses lèvres écartées.

— Rien de passionnant, répondit-il. Juste une sauterie chez une starlette. Et aussi Leila D'Abo bientôt en tête d'affiche au London Palladium.

— Cette vieille vache éreintée ? Quand ça, Joe ?

L'agent sourit. Ce coup-ci, c'était lui qui avait remporté la partie.

— Le 21 octobre. Pour un soir seulement.

— Pigé. À ce moment-là, elle aura pour ainsi dire fini le navet qu'elle tourne actuellement… Où ça, déjà ? Aux studios d'Ealing[1] ?

— À Hollywood.

— OK. Qui d'autre à l'affiche ?

— Mystère. Interroge le Palladium. Par la même occase, demande-leur si c'est vrai qu'elle touchera cinquante mille livres pour cette seule apparition. Parce que moi, je t'ai rien dit.

— Non, rien de rien.

— Tu crois que tu pourras en tirer un article ?

— Je ferai de mon mieux pour toi, mon vieux.

Joe sourit encore. Si la nouvelle méritait un papier, Whitewood lui devrait une fleur, à titre personnel. Si ce n'était pas le cas, il le lui ferait savoir par une de ses piques habituelles. Pour l'heure, il tâtait le terrain :

— Juste pour savoir, t'as déjà passé l'info à l'ennemi ?

— Je t'ai gardé la primeur, Jim. Petite faveur rien que pour toi.

Joe se laissa retomber sur le dossier de son fauteuil en cuir avec un sentiment de triomphe. Maintenant, c'était le journaliste qui lui était redevable. Victoire aux points.

— Dis donc, qu'est-ce qui lui arrive, à ta belle aux yeux pervenche ?

---

1. Les studios d'Ealing se trouvent à Londres et sont considérés comme les plus vieux studios de cinéma au monde. Y furent tournées de célèbres comédies britanniques, telles que *Noblesse oblige*.

Joe se redressa d'un coup. Whitewood aurait-il une carte dans sa manche, après tout? Il demanda d'une voix faussement détachée :

— Qui ça?

— Joe! Est-ce que tu représenterais toutes les actrices que j'ai interviewées cette semaine? Ta Winacre qui a l'air sortie d'Auchwitz, évidemment.

Joe se rembrunit. Qu'est-ce que Sammy était encore allée raconter! Voilà qu'il était sur la défensive, maintenant.

— Justement, je voulais te demander : l'interview s'est bien passée?

— J'ai un scoop : Samantha Winacre abandonne le cinéma! Ne me dis pas qu'elle te l'avait caché!?

Nom de Dieu!

— Entre nous, Jim, elle est en crise.

— Une sacrée déprime, si tu veux mon avis. Si elle en est à rejeter de bons scénars comme *La Treizième Nuit*, c'est que cette idée de quitter le cinéma lui trotte sérieusement dans la tête.

— Fais-moi une fleur, n'en parle pas dans ton article. Elle va changer d'avis.

— Heureux de l'entendre! De toute façon, j'avais déjà décidé de passer ça sous silence.

— Pour te rabattre sur quoi?

— « Samantha Winacre nous révèle : j'ai rencontré l'amour! » Ça te va?

— Merci, Jim. On se voit bientôt. Hé, juste une minute. Elle t'a dit qui c'était?

— Un certain Tom Copper. Que j'ai vu. Le genre futé. Tu ferais bien de te méfier, il pourrait te piquer ta place.

136

— Merci encore.

— Ciao.

Joe reposa le combiné qui émit un cliquetis. Côté faveurs, il était de nouveau ex aequo avec Whitewood, mais c'était bien le cadet de ses soucis. Ce qui comptait, c'était Sammy. Il y avait forcément anguille sous roche si elle en était à balancer à un journaliste sa décision de bazarder un manuscrit avant même d'en toucher mot à son agent !

Il se leva et alla à la fenêtre. En bas, c'était l'embouteillage habituel, à cause de tous ces véhicules garés le long du trottoir malgré l'interdiction. Tout le monde considère avoir droit à un traitement de faveur, pensa Joe. Un contractuel déambulait à côté des voitures en infraction, sans s'y intéresser.

Sur le trottoir d'en face, une prostituée matinale proposait ses services à un type entre deux âges plutôt bien mis. Plus loin, un club de strip-tease réceptionnait une livraison de champagne bon marché et, dans le renfoncement de l'entrée du cinéma fermé à cette heure, un Oriental, aux cheveux coupés ras et vêtu d'un costume voyant, refilait un petit sachet à une fille blême et pas lavée qui lui tendait un billet d'une main tremblante. Une fille qui avait quelque chose de Sammy avec son visage décharné et sa coiffure masculine. Sammy... merde de merde ! Que faire avec elle ? Ce type, apparemment, était la clef de tout.

Joe revint à son bureau. Tom Copper, avait-il gribouillé sur son bloc-notes. Si Sammy est amoureuse de lui, elle est sous son influence. Par conséquent, c'est lui la cause de sa décision.

Les clients engageaient Joe pour qu'il leur fasse gagner de l'argent. C'étaient des gens avec du talent, chose à laquelle il ne comprenait rien lui-même, si ce n'est qu'il n'en avait pas et le savait. Jouer la comédie ? Il en aurait été incapable, quand bien même il y serait allé de sa vie. De leur côté, ces individus bénis des dieux, disait-on, ne pigeaient rien aux affaires. Il était donc là pour éplucher leurs contrats, négocier leurs cachets, donner son avis sur la publicité, dénicher de bons scénarios et convaincre le meilleur metteur en scène du moment de les prendre dans son film. Bref : pour guider ces artistes naïfs et si doués dans la jungle du show business.

Son devoir d'agent était donc d'aider Sammy à gagner de l'argent. Mais ça ne répondait pas vraiment au problème qui se posait actuellement.

La vérité, c'était que la fonction d'un agent dépassait largement le cadre des affaires. À une époque ou une autre de leur vie, Joe était pour ses clients tantôt un père ou une mère, tantôt un amant, tantôt un psychiatre. Il leur offrait une épaule sur laquelle pleurer, les arrachait à la prison ou à la mise en examen pour abus de stupéfiants grâce à ses relations, quand il ne leur servait pas de conseiller matrimonial. Oui, aider un artiste à gagner de l'argent signifiait bien plus que les mots pour décrire ce boulot.

Cela consistait à protéger ces petits poissons sans expérience des requins qui pullulaient dans la profession : les producteurs de films qui les engageaient pour un rôle, ramassaient un fric fou et les laissaient sur la paille, le mois suivant ; les charlatans, gourous de religions bizarres, qui leur prônaient les vertus de la méditation, du régime végétarien, du mysticisme ou de l'astrologie pour mieux leur ponctionner la moitié de leurs revenus ; les organisations louches et les hommes d'affaires véreux qui les embobinaient pour se gagner leur soutien et, sitôt celui-ci obtenu, utilisaient chaque centimètre carré de publicité disponible pour promouvoir leur association, sans s'inquiéter des conséquences que cela pouvait avoir pour l'image de l'artiste.

Oui, à en juger par la soudaineté du coup, ce Tom Copper débarqué de nulle part et qui, en deux coups de cuiller à pot, se retrouvait à diriger la vie entière de Sammy, appartenait bel et bien à la catégorie des requins ! Qu'elle ait besoin d'un mari, certainement, mais elle n'avait pas besoin d'un nouvel agent !

Se penchant par-dessus son bureau, Joe appuya sur un bouton. Une voix haut perchée jaillit de l'Interphone :

— Oui, monsieur Davies ?

— Venez tout de suite, Andy, s'il vous plaît.

En attendant, il but une gorgée de café. Zut, il était froid. Son assistant, Andrew Fairholm, était un petit jeune plutôt malin, comme lui-même l'avait été autrefois. Fils d'un acteur abonné aux rôles de figurants et d'une pianiste ratée, il avait su comprendre à un âge précoce qu'il n'avait pas de talent. Néanmoins, contaminé par le virus du show business, il s'était tourné vers la partie administrative du métier et avait réussi à conduire jusqu'en haut de l'affiche plusieurs groupes rock de second ordre. C'était à cette époque que Joe l'avait engagé.

Andy entra sans frapper et prit place en face du bureau. C'était un brun, plutôt beau garçon, qui mettait un point d'honneur à soigner ses longs cheveux. Il arborait aujourd'hui un costume à revers larges entre lesquels pointait le museau du Mickey dessiné sur sa chemise. Il était passé par une université chic et cultivait un accent snob. Du coup, l'agence y gagnait une image rajeunie. L'intelligence d'Andy et son côté branché offraient un parfait complément à l'expérience et à l'adresse sur lesquelles Joe avait assis sa réputation.

— Andy, je m'inquiète pour Sammy Winacre. Elle est allée raconter à un reporter qu'elle était amoureuse et abandonnait le cinéma.

Andy leva les yeux au ciel.

— J'ai toujours dit qu'elle était barge, cette nana. Et le type, c'est qui ?

— Un certain Tom Copper.

— D'où sort-il, celui-là ?

— Justement, j'aimerais bien le savoir.

Joe déchira la feuille de son bloc-notes et la remit à Andy.

— Prends le temps que tu voudras.

Le jeune homme acquiesça et sortit. Joe se détendit un peu. Le seul fait de savoir Andy sur le coup le faisait déjà se sentir un peu mieux. Ce gamin n'avait pas que du charme et des manières, il savait aussi ne pas lâcher le morceau.

La soirée était chaude. Il flottait comme une odeur d'été dans l'air immobile. Le soleil, au ras des toits, éclaboussait de sang les rares nuages haut dans le ciel. Samantha s'éloigna de la fenêtre pour aller se servir un verre d'alcool.

Tom mit un disque de jazz sur le phono et s'allongea sur le canapé. Samantha lui tendit le verre et se pelotonna près de lui. Il passa son bras fort autour de ses frêles épaules et courba la tête pour l'embrasser. La sonnette retentit.

— Ne réponds pas, dit-il, lui fermant la bouche d'un baiser.

Les yeux fermés, elle frotta ses lèvres contre les siennes.

— C'est plutôt toi que je vais faire patienter.

Elle se leva. Il lui fallut quelques instants pour reconnaître le type de petite taille en costume de velours côtelé marron sur le seuil.

— Julian ?

— Bonjour, Samantha. Je ne vous dérange pas ?

— Pas du tout, entrez donc !

Il la suivit dans l'escalier.

— Je ne prendrai pas beaucoup de votre temps, dit-il en guise d'excuse.

En découvrant Tom sur le canapé, Julian parut soudain mal à l'aise. Samantha fit les présentations :

— Tom Copper, Julian Black.

Les deux hommes se serrèrent la main, et Julian eut l'impression d'une tour dressée en face de lui.

— Whisky, n'est-ce pas ? demanda Samantha en allant au bar.

— Merci.

— Julian est à la tête d'une galerie de tableaux, expliqua-t-elle.

— C'est encore un peu tôt pour présenter les choses ainsi. En fait, j'en ouvre une bientôt. Et vous-même, Tom, vous êtes dans quelle branche?

— La finance, si l'on peut dire.

Julian sourit.

— Ça vous dirait d'investir dans une galerie, par hasard?

— Ce n'est pas mon secteur d'activité.

— Et quel est-il?

— On pourrait dire que je prends l'argent de A et le donne à B.

Samantha se racla la gorge et Julian eut le sentiment qu'on se fichait de lui. Il dit:

— En fait, ce sont les affaires de la galerie qui m'amènent chez vous.

Il prit son verre des mains de Samantha et la regarda s'installer confortablement au creux des bras de Tom.

— Je suis à la recherche d'une personne connue qui voudrait bien honorer de sa présence la soirée d'ouverture. Sarah m'a suggéré de m'adresser à vous. Est-ce que vous nous accorderiez cette faveur?

— Volontiers, mais je dois d'abord m'assurer que je ne suis pas déjà prise ce soir-là. Je peux vous rappeler plus tard?

— Bien sûr.

Julian sortit une carte de sa poche.

— Vous avez tous les numéros ici.

Elle prit la carte.

— Merci.

Julian termina son whisky.

— Vous avez l'air si bien, je ne vais pas vous déranger plus longtemps, dit-il, et l'on put sentir une certaine

142

envie dans le ton de sa voix. Ravi de vous avoir rencontré, Tom.

Près de la porte, il s'arrêta pour regarder une carte
postale accrochée au-dessus du thermostat général de
la pièce.

— Qui a été à Livourne?

— Une vieille amie à moi. Il faudra d'ailleurs que je
vous la présente, répondit Samantha en se levant pour
aller le rejoindre. Elle vient de passer son diplôme en
histoire de l'art. Regardez.

Elle attrapa la carte postale et en fit lire le texte au
dos à Julian.

— Mais c'est fascinant! s'exclama-t-il en la lui rendant. Oui, ce sera avec grand plaisir. Épargnez-vous
l'escalier, je connais le chemin. Au revoir.

Julian parti, Tom demanda :

— Pour quelle raison tu veux faire l'ouverture de sa
malheureuse galerie?

— C'est le mari d'une de mes amies, lady Sarah
Luxter.

— La fille de…?

— Lord Cardwell, oui.

— Celui qui vend sa collection de tableaux?

Samantha acquiesça.

— C'est drôle, non? Pour un type qui a la peinture
dans le sang!

Tom ne sourit pas.

— Ça sent la combine.

La soirée avait besoin d'un second souffle, comme
souvent aux petites heures de l'aube. Les buveurs invé-

térés se reconnaissaient à leurs tenues débraillées et à leurs bonnes manières passées aux oubliettes ; quant à ceux qui avaient opté pour la sobriété, ils redoutaient le moment où les premiers ne tiendraient plus sur leurs jambes. D'un groupe à l'autre, les conversations variaient du hautement intellectuel au loufoque incohérent.

Le maître de maison était un réalisateur revenu au cinéma après un exil à la télé pour y tourner des pubs. Sa femme, une grande bringue en robe longue à décolleté plongeant découvrant des seins minuscules, accueillit Samantha et Tom avec chaleur et les conduisit au buffet. Un serveur philippin aux yeux un peu vitreux tendit un whisky à Samantha, avant de vider pour Tom deux canettes de bière blonde dans une chope d'un demi-litre. Samantha lança un regard appuyé à son compagnon. Il buvait rarement de la bière, surtout le soir. Pourvu qu'il ne se lance pas dans son numéro agressif de représentant de la classe ouvrière ! pensa-t-elle.

L'hôtesse babillait. À l'autre bout de la salle, Joe Davies se détacha de son groupe pour se joindre au trio. La maîtresse de maison s'empressa de retourner auprès de son mari, ravie de laisser les mondanités à autrui.

— Sammy, tu dois absolument rencontrer M. Ishi ! déclara Joe. C'est l'invité d'honneur, la raison de notre présence à tous à cette affreuse soirée.

— Qui est-ce ?

— Un banquier japonais. Il veut investir dans le cinéma anglais, à ce qu'on dit. Un fou, assurément ! Les gens font des pieds et des mains pour lui être présentés. Viens !

Il lui prit le bras et, sur un signe de tête à Tom, la conduisit vers l'endroit de la salle où un chauve à lunettes tenait des propos pleins de gravité devant un parterre d'une demi-douzaine d'auditeurs concentrés.

Tom observa les présentations depuis le buffet. Il souffla sur sa bière pour en écarter la mousse et descendit d'un trait la moitié de sa chope. Le Philippin lui jetait de petits coups d'œil en coin tout en essuyant distraitement le dessus du bar avec un chiffon.

Tom lui dit :

— Te gêne pas pour moi. Bois un coup aussi, je dirai rien !

Sur un vague sourire, le serveur sortit de dessous la nappe un verre à demi plein dont il but une longue rasade.

— J'aimerais bien avoir le courage de porter des jeans, moi aussi. C'est tellement plus confortable !

Tom se retourna. Derrière lui se tenait une fille courtaude d'une vingtaine d'années au maquillage agressif. Sa tenue à la mode des années 1950 – escarpins à talons aiguilles, jupe en trapèze et calicot à double boutonnage – avait dû lui coûter une fortune. Ses cheveux, coupés ras et en V sur la nuque, étaient ramenés sur le devant en une houppette.

— C'est surtout bien moins cher ! jeta-t-il. Et puis, dans not' coin, à Islington, les cocktails, c'est pas fréquent.

Elle ouvrit les yeux tout rond.

— C'est là que vous habitez ? Il paraît que chez les ouvriers, les maris battent leurs femmes.

— Qu'est-ce qu'y faut pas entendre ! marmonna Tom.

— Personnellement, je trouve ça abominable ! continuait à pérorer la fille. Je veux dire, je ne pourrais pas supporter qu'un homme lève la main sur moi. Je veux dire, à moins qu'il soit le plus gentil du monde. Dans ce cas-là, je pourrais peut-être aimer ça. Vous, par exemple, vous prendriez plaisir à battre une femme ? Disons : moi ?

— Dieu merci, j'ai d'autres chats à fouetter ! répliqua Tom avec un mépris marqué.

La fille ne réagissant pas, il ajouta :

— Si vous aviez de vrais problèmes, vous joueriez pas les nunuches. Le privilège engendre l'ennui et l'ennui engendre à son tour des péronnelles comme vous, avec un grelot dans la tête.

Il avait enfin réussi à la vexer.

— Avec des opinions pareilles, cette bière de privilégiés devrait vous rester coincée dans le gosier ! D'ailleurs, qu'est-ce que vous faites ici ?

— C'est exactement ce que je m'demande.

Il vida son verre d'un trait et se leva.

— Un bla-bla aussi nul, vous pouvez vous le garder, ajouta-t-il.

Il balaya la pièce des yeux à la recherche de Sammy. Sa voix lui parvint avant qu'il ne la repère dans la foule, criant et vitupérant à l'encontre de Joe Davies.

En l'espace d'une seconde, tous les regards furent braqués sur le couple. Sammy était écarlate, Tom ne l'avait jamais vue dans un tel état de fureur. Elle hurlait :

— Enquêter sur mes amis ? Comment oses-tu ! Tu n'es pas mon ange gardien, que je sache ! Tu n'es qu'une saloperie d'agent. Et même plus le mien, Joe Davies, parce que maintenant t'es viré !

Elle lui expédia une gifle en pleine figure – une seule, brutale – et tourna les talons.

Sous l'humiliation, l'agent vira au pourpre. Le poing levé, il s'élança à la suite de l'actrice. En deux enjambées, Tom fut au milieu de la salle. Doucement mais fermement, il repoussa Joe qui vacilla sur ses talons. Puis il fit demi-tour et fila sur les traces de Samantha.

Déjà dehors, elle courait à toutes jambes.

— Sammy ! appela-t-il en s'élançant derrière elle.

Arrivé à sa hauteur, il l'attrapa par le bras et la força à s'arrêter.

— Qu'est-ce qui se passe ?

Elle leva vers lui un regard empli de colère et de confusion.

— Joe a fait faire une enquête sur toi. Il paraît que tu es marié, que tu as quatre enfants et un casier judiciaire.

— Ah ! fit-il en la regardant droit dans les yeux, le visage glacial. Et tu le crois ?

— Je ne sais même plus quoi penser !

— Je suis séparé, le divorce n'est pas encore prononcé. Et il y a dix ans, j'ai imité une signature sur un chèque. Est-ce que ça change quelque chose pour toi ?

Elle le regarda fixement pendant un moment et enfouit la tête dans son épaule.

— Non, Tom, non !

Il la tint serrée dans ses bras. Longtemps. Puis il dit :

— De toute façon, c'était une soirée à chier. Prenons un taxi.

Ils remontèrent la rue jusqu'à Park Lane et trouvèrent un taxi devant un hôtel. Le chauffeur prit par Piccadilly, le Strand et Fleet Street. Tom lui demanda de s'arrêter à un kiosque. Les quotidiens du matin étaient déjà en vente.

Le jour se leva tandis qu'ils passaient sous le viaduc Holborn.

— Regarde, dit Tom. On s'attend à ce que la vente de la collection Cardwell rapporte un million de livres.

Il replia le journal et regarda par la fenêtre.

— Tu sais comment il les a acquis, ses tableaux ?

— Dis-moi.

— Au XVIIe siècle, des marins sont morts en mer pour lui rapporter de l'or d'Amérique du Sud. Au XVIIIe, des paysans sont morts de faim pour lui payer un fermage. Au XIXe, des enfants sont morts dans les usines et les taudis des villes pour que ses bénéfices continuent de croître. Et au XXe siècle, il est entré dans la banque pour aider d'autres gens à faire ce que ses ancêtres avaient fait trois siècles durant : s'enrichir sur le dos des pauvres ! Putain, avec un million de livres, on en construirait, un joli petit parc de logements sociaux à Islington !

— On peut faire quelque chose contre ça ? demanda Sammy d'une voix triste.

— Ça, tu m'en demandes trop.

— Si personne ne lui reprend ce qu'il a extorqué, alors nous devons nous en charger.

— Vraiment ?

— Tom, sois sérieux ! Et pourquoi pas ?

Il passa le bras autour d'elle.

— Bien sûr, pourquoi pas ? Nous allons lui piquer ses peintures, les vendre des millions de livres et créer un parc de logements. Demain matin, nous étudierons tout en détail. Embrasse-moi !

148

Elle leva sa bouche vers la sienne puis s'écarta vivement.

— Je ne dis pas ça pour rire, Tom.

Il resta un instant à étudier ses traits.

— Fichtre, j'en ai bien l'impression !

CHAPITRE 3

En cette nuit de fin août, la chaleur dans la chambre était accablante, malgré les fenêtres ouvertes. Julian avait beau avoir jeté la couette à terre, il était en nage. Impossible de trouver le sommeil. Sarah était allongée à l'autre bout du lit king size. Il distinguait son corps dans la pâle lumière de l'aube. Une jambe lancée devant l'autre comme si elle marchait à grandes enjambées, elle lui tournait le dos délibérément, et la ligne plus sombre de ses fesses s'offrait à lui comme une raillerie. Elle ne bougea pas lorsqu'il sortit du lit.

Il prit un slip dans un tiroir et l'enfila. Refermant sans bruit la porte de la chambre, il traversa le palier, descendit la volée de marches et traversa le salon pour gagner la cuisine. Là, il remplit la bouilloire électrique et la brancha.

La phrase lue sur la carte postale lui revenait sans cesse dans la tête comme une rengaine. « En route pour Poglio à la recherche d'un Modigliani perdu. » Ce message s'était gravé en lui comme une empreinte à l'acide et c'était cette brûlure, plus que la canicule, qui le tenait éveillé.

Il devait retrouver ce tableau ! Un Modigliani perdu, c'était exactement ce qu'il lui fallait : une découverte incroyable susceptible d'établir sa réputation de marchand de tableaux et d'attirer des foules de visiteurs à la Black Gallery. Ce n'était pas tout à fait l'objectif qu'il s'était fixé, mais tant pis !

Il versa l'eau bouillante sur le sachet de thé dans sa tasse et s'amusa à l'enfoncer sous l'eau avec sa cuiller et à le regarder remonter à la surface. Une occasion magnifique, ce Modigliani. Comment lui mettre la main dessus ?

S'il y arrivait, son beau-père allongerait le fric pour l'acheter. Il l'avait promis, et on pouvait faire confiance à ce vieux crétin de lord Cardwell pour tenir parole. Mais jusque-là, il ne lâcherait pas un rond. Et ce n'était pas une carte postale expédiée par une gamine écervelée qui le ferait changer d'avis ! Julian devait absolument se rendre en Italie, or il n'avait pas le premier penny pour se payer le voyage.

Son thé avait pris une sombre couleur brune et de l'écume s'était formée à la surface. Juché sur un tabouret à la table haute du petit déjeuner, il laissa errer ses yeux tout autour de la cuisine, sur le lave-vaisselle, le cuiseur à double niveau pour les œufs à la coque, la machine à laver, le congélateur, sans compter la ribambelle de robots électriques. Côtoyer de si près la fortune et ne pas pouvoir l'utiliser, c'était à vous rendre fou !

De combien avait-il besoin, en tout ? Il y avait le billet d'avion, les chambres d'hôtel, les petits cadeaux par-ci par-là, qui sait ? Tout dépendait du temps qu'il mettrait à retrouver cette fille qui signait D. Plusieurs centaines de livres, plusieurs milliers, peut-être... Cet argent, il le lui fallait coûte que coûte !

Tout en sirotant son thé, il jongla avec diverses possibilités. Piquer à Sarah des bijoux et les mettre en gage ? Ça pouvait lui valoir des ennuis avec la police. Et les prêteurs sur gages réclamaient certainement des certificats de propriété. Les sérieux, en tout cas. Non, c'était trop difficile. Imiter sa signature ? C'était plus dans ses cordes, mais Sarah s'en apercevrait encore plus vite. Ces deux solutions étaient bien trop risquées.

Non, il devait lui piquer quelque chose dont elle ne remarquerait pas l'absence. Quelque chose de facilement négociable et qui rapporte gros.

Et s'il se rendait en Italie en voiture ? Il avait cherché Poglio dans un atlas : ça se trouvait sur la côte adriatique, dans le nord de l'Italie. S'il prenait la Mercedes, il pourrait dormir à l'intérieur. Mais alors, pas facile d'avoir l'air élégant si les négociations exigeaient une certaine tenue. Surtout qu'il lui faudrait encore payer l'essence, les repas, les pourboires.

Dire à Sarah qu'il avait besoin de sa voiture pour aller en Italie et la vendre une fois là-bas ? Elle découvrirait la supercherie à son retour, juste au moment où il comptait demander du pognon à son père.

Prétendre que la voiture lui avait été volée ici ? Oui ! Il dirait qu'elle avait été volée alors qu'il l'aurait vendue. Quand Sarah voudrait faire une déclaration à la police et à l'assurance, il dirait qu'il s'était déjà occupé de tout.

Il y aurait forcément un temps de latence : le temps que la police recherche la voiture et que l'assurance se décide à rembourser. Des mois, probablement. D'ici là, il aurait établi sa réputation. Bien avant que Sarah ne découvre le pot aux roses.

Oui, il allait tenter le coup. Il allait sortir la voiture et la fourguer à un garage. Il regarda sa montre-bracelet. Huit heures et demie. Il retourna dans la chambre et s'habilla.

Il trouva la carte grise dans un tiroir de la cuisine et les clefs là où il les avait laissées la veille.

Tout devait paraître convaincant. Il dénicha un bout de papier et un crayon mal taillé et écrivit un mot à l'intention de Sarah. « Ai pris la voiture. Serai dehors toute la journée. Affaires. J. »

Il laissa le papier bien en vue dans la cuisine, à côté de la cafetière, et descendit au garage.

Il lui fallut plus d'une heure pour traverser le West End et la City et s'engager dans Mile End Road. La circulation en direction de Stratford était dense, et la chaussée complètement défoncée. À l'entrée de l'autoroute pour Leytonstone, il tomba enfin sur un océan de voitures d'occasion, qui s'étalait devant les magasins en bordure de la route mais aussi dans les terrains vagues au-delà, envahissait les stations service et se déversait jusque sur les trottoirs. Une inondation de carrosseries.

Julian choisit au hasard un garage assez grand, situé à l'angle d'une rue, sur la foi de la Jaguar toute neuve garée devant et la grande quantité de voitures de luxe anciens modèles stationnées dans la cour latérale. Il y pénétra au volant de sa Mercedes.

Un homme entre deux âges était en train de laver le pare-brise d'une grosse Ford. Il portait un chapeau en cuir et un manteau court déboutonné. Il s'avança vers Julian, son chiffon et son seau à la main.

— En voilà un lève-tôt ! dit-il aimablement avec un fort accent de l'East End.

Julian demanda :

— Le patron est dans le coin ?

Les manières de l'homme se firent nettement plus fraîches.

— C'est à lui que vous parlez.

Julian désigna sa Mercedes.

— Combien vous m'en donneriez ?

— Reprise avec facture ?

— Paiement en liquide.

L'homme regarda encore la voiture et secoua la tête de droite à gauche d'un air pincé.

— Pas facile à vendre, ces machins-là.

— C'est une belle voiture, protesta Julian.

L'homme conserva un visage sceptique.

— Qu'est-ce qu'elle a, deux ans ?

— Dix-huit mois.

Le revendeur en fit lentement le tour, scrutant la carrosserie. Il souligna du doigt une éraflure sur la portière, examina de près les amortisseurs et palpa les pneus.

— C'est une belle voiture, répéta Julian.

— P't-être, mais ça veut pas dire que j'peux la r'vendre, rétorqua l'homme.

Il ouvrit la portière du conducteur et s'assit au volant.

Julian était exaspéré. Cette scène était ridicule, puisque ce type savait très bien qu'il refilerait la bagnole à un concurrent s'il ne la vendait pas lui-même. La seule question était : « Combien ? »

— L'argent en cash, insista-t-il.

— Hé, mec, pour l'heure, j'en ai même pas encore proposé un bouton d'chemise.

Le revendeur tourna la clef et fit démarrer le moteur. Il coupa le contact, laissa le bruit s'éteindre complètement et remit en marche. Il répéta l'opération plusieurs fois.

— Elle a très peu roulé, précisa Julian.

— Compteur trafiqué ?

— Bien sûr que non !

L'homme sortit de la voiture et referma la portière.

— J'sais pas, dit-il.

— Vous voulez faire un tour avec ?

— Nan !

— Comment pouvez-vous lui donner un prix si vous ne la conduisez pas ? éclata Julian.

L'homme resta de marbre.

— C'est quoi, vot' métier ?

— Je dirige une galerie d'art.

— Je vois. Eh ben, je vais m'en tenir à mes moteurs et vous, à vos tableaux.

Julian retint sa colère.

— Bon. Vous me faites une offre, oui ou non ?

— Je devrais pouvoir en donner quinze cents. En vous faisant une faveur.

— C'est grotesque ! Neuve, elle a dû coûter dans les cinq ou six mille !

L'éclair de triomphe qu'il surprit dans les yeux du revendeur fit comprendre à Julian qu'il venait d'avouer ne pas connaître le prix de la voiture à l'achat. Le revendeur sauta sur l'occasion :

J'suppose qu'elle est à vous, si vous la vendez ?

— Naturellement.

Julian extirpa la carte grise de sa poche et la lui remit.

— Drôle de nom pour un type, Sarah ! réagit le revendeur.

— C'est ma femme.

Julian sortit une carte de visite.

— Mon nom est dessus.

L'homme empocha la carte.

— Scusez-moi de d'mander, mais elle est au courant qu'vous vendez la bagnole ?

Julian jura intérieurement. Un malin, ce type ! Comment avait-il deviné ? Il avait dû trouver louche qu'un marchand de tableaux se déplace jusqu'au fin fond de l'East End pour vendre une Mercedes presque neuve et demande à être payé en liquide.

Il dit :

— Elle est morte récemment.

— J'comprends.

À l'évidence, le marchand n'était pas dupe.

— Ben, j'vous ai dit le prix que j'en donnais.

— Je ne peux pas la laisser partir pour moins de trois mille ! rétorqua Julian en prenant un ton déterminé.

— Je monte à seize cents. C'est l'mieux que j'peux faire.

— Deux cinq, répliqua Julian, persuadé que l'autre s'attendait à ce qu'il marchande.

Le revendeur tourna les talons et s'éloigna.

Julian paniqua.

— D'accord, cria-t-il. Deux mille.

— Seize cent cinquante. À prendre ou à laisser.

— En liquide ?

— D'autres exigences encore ?

Julian soupira.

— C'est bon…

— V'nez au bureau.

Julian le suivit jusque de l'autre côté de la cour et entra dans le vieux magasin en bordure de la grand-route.

Assis à un bureau en bois tout esquinté, il signa le bordereau de vente pendant que le revendeur retirait mille six cent cinquante livres en billets de cinq usagés d'un vieux coffre-fort métallique.

Au moment de partir, le revendeur lui tendit la main. Julian la dédaigna et partit à pied en direction de l'ouest, convaincu de s'être fait rouler.

Il se retournait en marchant pour guetter un taxi, laissant le souvenir de cette rencontre désagréable s'estomper peu à peu de son esprit. Une prudente exaltation s'emparait de lui : en tout cas, il avait bel et bien ces mille six cent cinquante livres dans sa poche. Pour le voyage, c'était amplement suffisant. Il se sentait déjà en route.

Maintenant, quelle salade raconter à Sarah ? Lui dire qu'il était allé voir les décorateurs de la galerie ? Non, mieux valait désigner quelqu'un qu'elle ne connaissait pas… Un artiste qui habitait Stepney. Son nom ? Pourquoi pas John Smith ? Il y avait sûrement des quantités de gens qui s'appelaient comme ça. Donc, il était allé voir ce John Smith et, une heure plus tard, en sortant de chez lui, plus de Mercedes ! Volée, la voiture !

Un taxi le doubla à vive allure. Vide. Julian siffla et agita le bras sans succès. Il résolut d'être plus vigilant.

158

Il lui vint à l'esprit que Sarah avait pu appeler la police en son absence. Dans ce cas-là, toute l'histoire allait être révélée au grand jour. Il faudrait qu'il nomme un commissariat de police inexistant. Un taxi arriva. Il le stoppa.

Assis sur la banquette arrière, il allongea les jambes et remua ses orteils à l'intérieur de ses chaussures pour les soulager d'une crampe. Très bien. Supposons que Sarah appelle Scotland Yard en découvrant que ce commissariat n'existait pas. Ils auraient tôt fait de lui apprendre que sa voiture prétendument volée ne l'avait pas été du tout.

À mesure qu'il se rapprochait de chez lui, il en venait à comprendre qu'il s'était planté depuis le tout début. Sarah allait l'accuser d'avoir volé sa voiture. Un mari pouvait-il être accusé de vol ? Il y avait quand même cette formule, prononcée lors du mariage : « Je te fais don de tous mes biens terrestres », ou quelque chose du genre. Ouais, mais d'un autre côté, faire perdre son temps à la police, c'était bel et bien un délit !

Le taxi longeait maintenant le quai Victoria. En passant devant Westminster, Julian conclut que la police ne se donnerait pas la peine de diligenter une enquête pour une querelle entre époux. De toute façon, il aurait déjà droit à une sacrée scène de la part de Sarah si jamais elle perçait ses intentions. Elle irait de ce pas trouver son père et, alors, Julian perdrait tout crédit auprès de lui. Et cela, pile au moment où il risquait d'avoir besoin du fric de lord Cardwell pour le Modigliani.

Il se mit à regretter d'avoir eu ne serait-ce que l'idée de vendre cette voiture. Ce qui lui était apparu comme une solution géniale aux petites heures du matin menaçait à présent d'enterrer définitivement toutes ses chances de découvrir une œuvre. Hélas, que ne l'avait-il compris plus tôt !

Le taxi s'arrêta devant sa maison aux murs en verre. Julian régla le chauffeur avec l'un des billets de cinq reçus du marchand de voitures. Tout en se dirigeant vers la porte, il chercha désespérément une histoire qui se tienne à raconter à sa femme. Rien ne lui vint à l'esprit.

Il entra dans la maison sans faire de bruit. Il était à peine onze heures, Sarah était sûrement encore au lit. Il pénétra dans le salon tout aussi silencieusement et se laissa tomber dans un fauteuil. S'étant déchaussé, il s'avachit contre le dossier.

Et s'il partait tout de suite pour l'Italie ?... En écrivant un petit mot expliquant qu'il s'absentait pour quelques jours. Elle supposerait qu'il avait pris la voiture et, au retour, il lui raconterait un bobard.

Soudain, il se crispa. Depuis son arrivée, quelque chose le titillait, une sorte de petit bruit qui réclamait son attention. Ses sourcils se froncèrent davantage. Ce bruit rappelait un peu une bagarre.

Il essaya de le décrypter : c'était un bruit de draps froissés, de grincements de sommier et de halètements, et il provenait de la chambre à coucher. Sarah devait faire un cauchemar. Il allait crier pour la tirer de son sommeil quand il se souvint qu'il ne fallait pas réveiller brusquement les gens au milieu de leurs rêves. Est-ce que ce précepte s'appliquait seulement aux somnambules ? Mieux valait aller jeter un coup d'œil en haut.

Il grimpa la volée de marches. La porte de la chambre à coucher était entrouverte. Il passa la tête à l'intérieur.

Et là, il s'immobilisa, bouche bée. Son cœur s'affola, des bourdonnements lui emplirent les oreilles.

Sarah était étendue sur son côté du lit, le cou arqué, la tête rejetée en arrière, les cheveux collés à son visage en sueur, ses cheveux pour lesquels elle dépensait des fortunes en coiffeur. Elle avait les yeux fermés et des grognements sourds et bestiaux sortaient de sa bouche ouverte.

Un homme était allongé près d'elle, le bassin plaqué contre le sien et agité d'un lent va-et-vient. Il avait des membres épais, couverts de poils noirs, et l'on voyait les muscles de ses fesses blanches se crisper et se relâcher en rythme. La main passée dans le triangle que formait le pied de Sarah posé sur le genou de son autre jambe, l'homme lui agrippait l'intérieur de la cuisse en murmurant des obscénités d'une voix de basse.

Un second individu se trouvait sur le lit derrière Sarah. Blond, lui. Un visage blême et boutonneux. Des hanches qui s'adaptaient parfaitement au postérieur de Sarah. À la façon des cuillères dans un tiroir, pensa Julian. Il tenait le corps de Sarah enlacé dans un bras et lui serrait tantôt un sein, tantôt l'autre.

Subitement, Julian réalisa que ces deux types étaient en train de baiser sa femme en même temps. D'où l'étrange balancement de ces trois corps. Il se figea sur place, les yeux rivés sur la scène, horrifié.

Le blond l'aperçut, se mit à rigoler bêtement et lança d'une voix haut perchée :

— On a du public !

Le brun tourna la tête vivement ; tous deux s'immobilisèrent.

— C'est juste mon mari. Continuez, mes salauds ! ordonna Sarah. S'il vous plaît…

Le brun la saisit par les hanches et recommença à pousser en avant, plus fort encore, et le trio se désintéressa du spectateur.

— Oui, oui, cria Sarah à plusieurs reprises.

Julian fit demi-tour, les jambes en coton. Il avait envie de vomir, et pas seulement. Ce désir de rut, qu'il n'avait pas vu sur les traits de Sarah depuis bien longtemps, l'émoustillait malgré lui. Vague excitation sexuelle qui n'avait rien d'agréable.

Il se laissa retomber dans le même fauteuil que précédemment. Ils étaient plus bruyants maintenant, comme pour se moquer de lui. Se souciant comme d'une guigne de piétiner sa vanité.

Voilà donc ce qu'il lui fallait, à cette pute, pour être excitée ! Lui, il n'y était pour rien du tout dans son problème ! La salope, la salope ! L'humiliation de Julian tournait à la vindicte.

Oui, humilier Sarah autant qu'elle venait de l'humilier lui. Ah, ah ! Il allait raconter à tout le monde ce qui la faisait grimper au rideau, cette pouffiasse ! Il…

La pute !

Subitement, il avait l'esprit très clair, même si la tête lui tournait un peu comme s'il avait avalé une longue rasade de champagne glacé. Il demeura immobile pendant plusieurs secondes, réfléchissant à toute allure. Le temps était compté.

D'un placard à portes en verre teinté, il sortit un Polaroid. Chargé. Il fixa le flash rapidement et en vérifia l'ampoule. Puis il régla le point et l'ouverture.

162

Il grimpait les marches deux à deux. Des cris sortaient maintenant de la chambre à coucher. Il resta un instant sur le palier, hors de vue. Les bruits de gorge de Sarah, de plus en plus stridents, s'étaient presque transformés en sanglots d'enfant. Ce hoquet, Julian le connaissait bien. À une certaine époque, c'était lui qui savait le susciter.

Au moment où ce pleur s'épanouit en un hurlement, il se faufila à l'intérieur de la pièce, l'appareil levé à hauteur de l'œil. Dans le viseur, il avait les trois corps bougeant à l'unisson, les visages tordus d'extase et d'épuisement, les doigts pétrissant les chairs. Il appuya sur le bouton. Éclair soudain du flash. Les amants ne semblèrent pas s'en rendre compte.

Il avança de deux pas tout en remontant le film, leva encore l'appareil et prit une autre photo. Puis une troisième, de côté.

Revenu en vitesse au salon, il sortit une enveloppe d'un tiroir. Il y avait un carnet de timbres à côté. Il en déchira plusieurs pour atteindre le montant requis et les colla sur l'enveloppe. Il extirpa son Parker de sa poche. Un papier tomba par terre en même temps.

À qui envoyer ça? Reconnaissant de loin son écriture, il ramassa le bout de papier. L'adresse de Samantha.

Il la recopia sur l'enveloppe, et inscrivit son propre nom, aux bons soins de l'actrice. Puis il sortit la pellicule du boîtier, sans l'extraire de son emballage. Cet appareil, qu'il avait acheté pour photographier des tableaux, permettait de tirer des négatifs aussi bien que des instantanés. Pour obtenir des négatifs, il fallait immerger la pellicule dans de l'eau dans un délai inférieur à huit minutes après la prise. Julian l'emporta

163

donc à la cuisine et remplit d'eau une cuvette en plastique. Tambourinant des doigts, il attendit que l'image se forme sur le Celluloïd. Son impatience frisait l'insupportable. Enfin il revint dans le salon, les photos humides à la main. Le brun apparut sur le palier de la chambre

Plus le temps de cacher les photos dans l'enveloppe ! Julian fonça vers la porte d'entrée. Il l'ouvrit juste au moment où le brun bondissait sur lui. Il le frappa violemment au visage avec l'appareil photo et se précipita dans la rue.

Le brun, nu comme un ver, ne pouvait pas se lancer à sa poursuite. Julian fourra les négatifs dans l'enveloppe, la ferma et la jeta dans la boîte aux lettres un peu plus loin.

Il prit ensuite le temps d'examiner les instantanés. Parfaitement nets. On voyait les trois visages des partenaires. Aucun doute ne planait sur leur occupation.

Il rentra chez lui lentement, plongé dans ses pensées. Dans la chambre, les voix avaient maintenant un ton querelleur. Julian claqua la porte avec bruit pour qu'ils sachent qu'il était de retour. Il alla s'asseoir dans le salon et regarda encore les photographies.

Le brun sortit de la chambre à coucher, toujours dans le plus simple appareil. Suivit Sarah, en robe de chambre. Le boutonneux fermait la marche, vêtu en tout et pour tout d'un slip d'une petitesse obscène.

Du dos de la main, le brun s'essuya le nez.

— Je pourrais te tuer ! rugit-il en découvrant du sang sur ses jointures.

— Tu es très photogénique, répliqua Julian en lui tendant les photos.

La haine flamba dans les yeux du brun. Il examina les clichés.

— Espèce de pervers dégueulasse !

Julian éclata de rire.

L'autre demanda :

— Qu'est-ce que tu veux ?

Le rire de Julian stoppa net.

— Que tu sois habillé quand tu es sous mon toit ! jeta-t-il avec un mépris cuisant.

L'homme hésita. Il resta un moment à crisper les poings nerveusement. Puis il pivota sur les talons et remonta dans la chambre.

Le second individu se posa sur une chaise, les jambes repliées sous lui. Sarah alla prendre une longue cigarette dans une boîte et l'alluma à l'aide d'un lourd briquet de table. Elle ramassa les photos jetées par terre par le brun et y jeta un bref coup d'œil avant de les déchirer et de laisser choir les petits morceaux dans une corbeille à papier.

— Les négatifs sont en lieu sûr, dit Julian.

Le silence s'établit. Le blond semblait goûter la situation. Le brun revint, vêtu d'une veste safari fauve et d'un chandail blanc à col polo.

Julian s'adressa aux deux hommes :

— Je n'ai rien contre vous. J'ignore qui vous êtes et je ne veux pas le savoir. Vous n'avez rien à craindre pour ces photos. Mais ne remettez jamais les pieds dans cette maison. C'est tout. Maintenant, filez !

Le brun ne se le fit pas dire deux fois. Julian attendit que l'autre remonte dans la chambre et en ressorte, une minute plus tard, vêtu d'un élégant pantalon Oxford et d'un blouson court.

165

Après son départ, Sarah alluma une autre cigarette. Au bout d'un moment, elle dit :

— Je suppose que tu veux de l'argent.

Julian fit non de la tête.

— Je l'ai déjà pris.

Sarah le regarda avec surprise.

— Avant ?

— J'ai vendu ta voiture.

Elle ne manifesta pas de colère. Au contraire, un soupçon de sourire joua au coin de ses lèvres et un vague éclat brilla dans son regard. Julian ne sut comment l'interpréter.

— Tu me l'as volée ! déclara-t-elle enfin sur un ton sans réplique.

— Je suppose qu'on peut dire ça. Bien que je ne sois pas sûr qu'il y ait vol entre mari et femme. Légalement parlant, je veux dire.

— Et si je faisais quelque chose ?

— Comme quoi ?

— Me plaindre à mon père.

— Je lui montrerais nos heureuses photos conjugales.

Elle inclina la tête, lentement. Son expression était toujours indéchiffrable.

— Je m'étais déjà dit que ça risquait d'arriver.

Elle se leva.

— Je vais m'habiller.

Dans l'escalier, elle se retourna et le regarda.

— Ton petit mot où tu disais que tu serais absent toute la journée. Tu as fait exprès de revenir plus tôt ? Tu savais sur quoi tu tomberais ?

— Non, répondit-il sur un ton détaché. On peut appeler ça un heureux concours de circonstances.

166

Elle hocha la tête encore une fois et entra dans la chambre. Julian l'y rejoignit un moment plus tard.

— Je dois aller en Italie quelques jours.

— Pourquoi?

Elle se défit de sa robe de chambre et s'assit devant son miroir. Elle prit une brosse et commença à la promener dans ses cheveux.

— Pour affaires, dit Julian en regardant les globes fiers de ses seins plantureux.

L'image de Sarah et des deux hommes sur le lit lui revint malgré lui : son cou arqué, ses yeux fermés, ses grognements de plaisir. Il effleura du regard ses larges épaules, son dos nettement plus étroit à hauteur de la taille, la fente au bas de sa colonne vertébrale, ses fesses aplaties sur le tabouret, et il sentit son propre corps répondre à la nudité de Sarah.

Il vint se tenir derrière elle et posa les mains sur ses épaules, fixant ses seins dans le miroir. L'auréole sombre de ses mamelons était dilatée, comme tout à l'heure sur le lit. Il laissa ses mains glisser lentement le long de ses épaules jusqu'à ses seins.

Il pressa son corps contre elle pour lui faire sentir la dureté de son pénis, lui signalant son désir par ce mouvement vulgaire. Elle se leva et s'écarta.

Il la rattrapa rudement par le bras et la força à s'asseoir sur le lit, en appuyant sur ses épaules.

Sans un mot, docilement, elle s'allongea sur les draps et ferma les yeux.

CHAPITRE 4

Dunsford Lipsey était déjà réveillé quand retentit la sonnerie du gros téléphone noir près de son lit. Il décrocha, écouta le « Bonjour » précipité du portier et raccrocha. Il se leva et alla ouvrir la fenêtre. Elle donnait sur une cour fermée par un mur en brique et des box qui servaient de garage.

Il se retourna et promena les yeux sur sa chambre d'hôtel. Une moquette un peu usée, des meubles plutôt minables, mais c'était propre et bon marché. Celui qui l'avait chargé de l'enquête et en supportait les frais, Charles Lampeth, n'aurait certainement rien trouvé à redire s'il était descendu dans un palace parisien, mais ce n'était pas son style.

Il retira sa veste de pyjama, la plia sur l'oreiller et passa dans la salle de bains. Tout en faisant sa toilette, il pensa à son client. Comme tous les autres, le marchand de tableaux devait être persuadé qu'une petite armée de détectives travaillait pour l'agence. En réalité, ils n'étaient pas plus d'une demi-douzaine et, parmi eux, lui seul était capable d'accomplir cette mission.

C'était en partie la raison pour laquelle il s'en était chargé personnellement, mais en partie seulement. Le reste avait trait à son intérêt personnel pour les choses de l'art. Et, aussi, à l'odeur qui se dégageait de cette affaire. Car elle promettait d'être passionnante, Lipsey en était convaincu. Il suffisait de considérer les protagonistes. Il y avait déjà une jeune fille exaltée, un chef-d'œuvre perdu et un galeriste énigmatique, et le compte ne s'arrêterait pas là, oh, non ! Pour sa part, il allait prendre un grand plaisir à démêler les fils de cette affaire. D'ici peu, il connaîtrait tout des personnes impliquées dans l'histoire : leurs ambitions, leur degré d'avidité, leurs petites trahisons. De tout ce savoir, il ne ferait qu'une chose, retrouver le tableau. Cela faisait longtemps que l'aspect utilitaire d'une enquête ne l'intéressait plus, et c'était cela qui lui rendait le jeu aussi amusant.

Il s'essuya le visage, rinça soigneusement son rasoir et le rangea dans sa trousse. Il passa un peu de brillantine sur ses cheveux noirs et les peigna en arrière, séparés par une raie bien tracée.

Il enfila une chemise blanche toute simple et un costume très vieux parfaitement démodé, avec son veston cintré à double boutonnage et à larges revers. Mais Lipsey s'en fichait royalement : ce costume venait de Savile Row, il était admirablement coupé. Il s'était d'ailleurs fait faire deux paires de pantalons pour s'assurer qu'il lui dure sa vie entière, et ce costume était manifestement déterminé à satisfaire les espérances de son propriétaire.

À huit heures moins le quart, le détective descendit dans la salle à manger. L'unique serveur lui apporta une grande tasse d'un épais café noir. Lipsey décida qu'une tranche de pain ne serait pas une entorse trop grave à son régime. Toutefois, il n'alla pas jusqu'à la tartiner de confiture.

— *Vous avez du fromage, s'il vous plaît ?* demanda-t-il dans un français laborieux, mais tout à fait compréhensible.

— *Oui, monsieur.*

Le serveur partit en chercher.

Lipsey rompit un petit pain et le beurra parcimonieusement. Tout en mangeant, il établit le programme de sa journée. Il possédait trois indices en tout et pour tout : une carte postale, une adresse et une photographie de Dee Sleign. Il sortit cette dernière de son portefeuille et la posa sur la nappe blanche, à côté de son assiette.

C'était une photo d'amateur datant de quatre ou cinq ans, à en juger par la robe que portait la jeune fille. Prise lors d'une fête de famille – un mariage en été, si l'on en croyait les tables et le buffet sur la pelouse en arrière-plan. Dee faisait le mouvement de rejeter ses cheveux en arrière par-dessus son épaule droite. Elle riait. Cette bouche ouverte aux dents irrégulières n'était pas attirante. Le rire, en revanche, laissait entrevoir une personnalité pleine de gaieté et peut-être d'intelligence. Le coin externe des yeux tombait un peu, semblait-il. L'inverse des yeux en amande des Asiatiques.

Lipsey sortit la carte postale et la posa sur la photo. Une rue étroite, bordée de hautes maisons aux volets clos. Une bonne moitié des immeubles avait des magasins au rez-de-chaussée. Une photo de cette rue ne pouvait guère se vendre que sur place. Il la retourna. L'écriture de cette fille disait en gros la même chose que son portrait. Au dos de la carte, en haut à gauche, le nom de la rue était indiqué.

En dernier lieu, Lipsey sortit un petit carnet à couverture orange. Les pages en étaient vierges, à l'exception de la première qui portait l'adresse de la fille à Paris, rédigée de sa petite écriture à lui.

Inutile de prendre la demoiselle de front, décida-t-il. Il finit son café et alluma un petit cigare. Il allait commencer son enquête par l'autre bout.

Il se permit un soupir à peine audible. C'était la partie du travail la plus ennuyeuse : frapper à toutes les portes de la rue représentée sur la carte postale, en espérant découvrir la personne qui avait lancé Dee sur la trace de ce tableau. Frapper ensuite aux portes des rues voisines. S'il en croyait son intuition, cette fille était du genre à clamer dans les cinq minutes tous ses secrets sur les toits.

Cela dit, le porte-à-porte pouvait ne rien donner. Elle pouvait tenir son indice d'un article de journal, d'une personne rencontrée dans cette rue ou d'un événement survenu au moment où elle-même traversait la chaussée. Toutefois, le fait qu'elle habite un tout autre quartier et que celui représenté sur la carte n'ait rien de vraiment attirant faisait pencher la balance en faveur des déductions du détective. Quoi qu'il en soit, il y avait de fortes chances pour qu'il se retrouve à passer la journée entière, sinon plus, à interroger des inconnus sans y gagner autre chose que des pieds en compote.

Tant pis. La minutie avant tout.

Il laissa échapper un second soupir. Bien. Tout d'abord, finir son cigare.

Entré dans une vieille poissonnerie, Lipsey se pinça le nez pour faire barrage aux relents nauséabonds. Depuis l'étal, les poissons le fixaient méchamment de leurs yeux noirs et froids. Paradoxalement, ils avaient l'air presque vivants, eux qui semblaient si morts dans la vie.

— *Pour monsieur ce sera?* s'enquit le poissonnier avec un sourire.

— Avez-vous vu cette demoiselle? demanda Lipsey dans son français guindé, et il présenta la photo de Dee Sleign.

L'homme ferma à demi les yeux et son sourire se figea en une grimace signifiant clairement que ça puait le flic à plein nez. Il s'essuya les mains à son tablier et, s'étant emparé du portrait, tourna le dos à Lipsey pour l'examiner à la lumière.

— Désolé, ça m'dit rien, dit-il en lui rendant la photo.

Lipsey le remercia et quitta la poissonnerie. Il franchit l'étroite porte sombre à côté du magasin et grimpa l'escalier. Son mal au bas du dos augmentait à mesure des interrogatoires. Cela faisait maintenant plusieurs heures qu'il piétinait. Il s'arrêterait bientôt pour déjeuner, mais ne prendrait pas de vin avec son repas. Ça lui rendrait la marche intolérable. La matinée avait déjà été assez pénible comme ça.

L'homme qui lui ouvrit, au dernier étage, était très âgé et chauve comme un œuf. À son sourire, il était clair qu'une visite lui faisait plaisir. De qui que ce soit.

Lipsey aperçut derrière lui une série de tableaux au mur. Des originaux de valeur, reconnut-il de loin, et son cœur fit un bond dans sa poitrine. Et si ce vieillard était son homme ?

— Excusez-moi de vous déranger, *monsieur*. Avez-vous rencontré cette jeune fille ?

Le vieil homme prit la photo et rentra chez lui pour la regarder à la lumière, comme le poissonnier auparavant. Puis il lança par-dessus son épaule :

— Entrez donc, voulez-vous ?

Lipsey obtempéra et referma la porte. La pièce, toute petite, était mal rangée, et il y planait une drôle d'odeur.

— Asseyez-vous, si vous voulez.

Lipsey prit un siège.

Le Français s'installa en face de lui et reposa la photographie sur la table en bois brut placée entre eux.

— Je ne suis pas sûr, dit-il. Pour quelle raison me demandez-vous ça ?

Son visage jaune et ridé n'exprimait rien. Pourtant c'était bien lui qui avait mis Dee sur la piste du tableau, Lipsey en était convaincu. Il demanda :

— Est-ce que cela a de l'importance ?

Le vieux éclata d'un rire joyeux.

— Je suppose que vous avez passé l'âge d'être un amoureux éconduit et vous êtes trop différent d'elle pour être son père. J'en conclus donc que vous êtes policier.

Lipsey reconnut là un esprit d'analyse proche du sien.

— Pourquoi dites-vous cela ? Aurait-elle commis un acte répréhensible ?

— Je n'en sais rien, mais si c'est le cas, ne comptez pas sur moi pour mettre la police sur sa voie. Si ce n'est pas le cas, il n'y a pas de raison pour que vous la recherchiez.

— Je suis détective privé, admit Lipsey. Sa mère vient de décéder, et Dee a disparu. J'ai été engagé par la famille pour la retrouver et lui annoncer la nouvelle.

Les yeux noirs brillèrent.

— Vous dites probablement la vérité, je suppose.

Lipsey déduisit de cette réponse que ce vieillard n'était pas un proche de Dee, sinon il aurait su qu'elle n'avait pas du tout disparu.

« À moins que si ! » pensa-t-il brusquement avec terreur. De Dieu ! que sa marche l'avait fatigué, il n'était plus capable de raisonner.

— Quand est-ce que vous l'avez vue pour la dernière fois ?

— J'ai décidé de ne pas vous le dire.

— Il faut pourtant que je le sache, c'est très important.

— Et il est tout aussi important que je ne vous dise rien !

Lipsey soupira. Il allait devoir se montrer plus brutal. L'odeur dans cet appartement était celle du cannabis, il l'avait reconnue en un instant.

— Très bien, mon vieux. Puisque vous vous obstinez, je vais devoir informer la police que cette pièce sert de repaire à des trafiquants de drogue.

— Vous croyez qu'elle ne le sait pas déjà ? se moqua le vieux.

Son rire, crissant comme du parchemin, s'acheva en toux.

Quand il reprit la parole, ses yeux avaient perdu toute gaieté.

— Me faire piéger par un flic, moi ? Fournir des indications à la police ? Ce serait bien bête de ma part. Mais de la vôtre, monsieur, menacer de chantage un homme que vous ne connaissez pas, c'est carrément déshonorant. Sortez maintenant, je vous prie.

Déçu et un peu vexé, Lipsey comprit qu'il avait perdu la partie. Il n'insista pas et referma la porte sur ce vieillard et sa toux râpeuse.

« Au moins, j'en ai terminé avec mes pénibles déambulations ! » se dit-il tout en fumant son deuxième cigare de la journée, après un sublime repas pour la modique somme de douze francs dans un petit restaurant qui ne payait pas de mine. La viande et le vin rouge l'avaient un peu réconcilié avec la vie. À vrai dire, la matinée l'avait épuisé, et il en venait à se demander s'il n'était pas trop vieux pour mener des enquêtes sur le terrain.

L'âge venant, il convenait de prendre les choses avec philosophie quand on était confronté à l'échec. La chance finissait toujours par arriver, il suffisait d'être patient.

Quoi qu'il en soit, il était tombé sur un os, ce matin. Désormais, il ne disposait plus que d'une seule piste. Et c'était la fille qu'il devait rechercher maintenant plutôt que le tableau. Il posa son cigare dans le cendrier, paya ses consommations et quitta le restaurant.

Un taxi s'arrêtait le long du trottoir et un jeune homme en descendit. Lipsey réserva le taxi pendant

176

que le passager, un homme jeune, réglait sa course. Le regardant mieux, il eut la conviction de l'avoir déjà rencontré.

Il indiqua au conducteur l'adresse à laquelle Mlle Sleign vivait depuis le mois de juin. La voiture démarra, et il s'interrogea sur l'identité de ce type qui avait occupé le taxi avant lui. C'était une obsession chez lui que de mettre des noms sur des visages. Quand il n'y parvenait pas, il en éprouvait un malaise très vif, comme si brusquement toutes ses capacités professionnelles étaient remises en question.

À force de se creuser la cervelle, le nom de Peter Usher finit par se proposer à lui. C'était un artiste à succès, plus ou moins lié à Charles Lampeth. Ah, oui, la Belgrave avait exposé ses œuvres. Ce sujet n'ayant guère d'importance, Lipsey le chassa de son esprit. Aussitôt, il se sentit comme libéré.

Le taxi le déposa devant un petit immeuble vieux d'une dizaine d'années tout à fait anonyme. Il entra et frappa au carreau de la concierge.

— Il y a quelqu'un, au nº 9? demanda-t-il avec un sourire.

— Absents, répondit la femme, réticente à divulguer plus ample information.

— Ah, tant mieux! J'arrive d'Angleterre, je suis décorateur d'intérieur. Ils m'ont demandé de leur faire des devis pour des travaux. Ils m'ont dit de vous demander la clef et d'examiner l'appartement en leur absence. Je craignais qu'ils ne soient encore là.

— Je ne peux pas vous donner la clef. En plus, ils n'ont pas le droit de refaire la décoration sans l'autorisation du propriétaire.

— Évidemment !

Lipsey lui décocha un autre sourire et ajouta en prenant une expression avenante généralement bien accueillie :

— Mlle Sleign m'a fait comprendre que je devais vous consulter, écouter votre avis et vos conseils.

Tout en parlant, il sortit plusieurs billets de son portefeuille et les plaça dans une enveloppe.

— Elle m'a aussi demandé de vous remettre ça pour votre peine.

Il lui tendit l'enveloppe par la fenêtre en la pliant légèrement pour faire crisser l'argent.

Elle l'accepta sans manières.

— Faudra pas que ça prenne trop de temps parce que je vais devoir rester avec vous.

— Naturellement, dit-il avec un sourire.

Elle sortit de sa loge en boitillant et le précéda dans l'escalier. Elle escaladait les marches avec force soupirs et ahanements, s'arrêtant de temps à autre pour reprendre haleine ou se tenir le dos.

L'appartement n'était pas très vaste, la plupart des meubles achetés d'occasion certainement. Lipsey promena son regard tout autour du salon.

— Ils ont parlé d'une peinture acrylique pour les murs, dit-il.

La concierge fit la grimace.

— Oui, je pense que vous avez raison, reprit-il. Un joli papier peint. À fleurs, peut-être, et une moquette toute simple. Vert foncé.

Il s'arrêta devant un buffet horrible et y donna de petits coups secs de ses doigts repliés.

— De la bonne qualité, dit-il. Rien à voir avec les affreux déchets qu'on fabrique de nos jours.

Il sortit un carnet et gribouilla quelques phrases sans intérêt.

— Ils ne m'ont pas précisé où ils se rendaient, dit-il sur le ton de la conversation. Dans le Sud, je suppose.

— En Italie.

La femme gardait le visage fermé, mais à l'évidence cela lui avait fait plaisir de pouvoir étaler son savoir.

— Ah ! Rome, probablement.

Elle ne mordit pas à l'hameçon. Lipsey en déduisit qu'elle devait ignorer leur destination. Tout en babillant, il continua de promener un regard aigu dans les moindres recoins de l'appartement.

Sur la table de nuit de la chambre à coucher, près du lit, il repéra un bloc-notes à côté du téléphone, un stylo-bille posé en travers de la feuille. De près, on pouvait voir la trace des mots écrits sur la page précédente. Il se plaça de manière à pouvoir le subtiliser sans être vu.

Après d'autres phrases sans intérêt sur la décoration, il déclara :

— Vous avez été on ne peut plus aimable, madame. Je ne vais pas vous arracher plus longtemps à votre travail.

Elle le raccompagna jusqu'à la porte de l'immeuble. Dehors, il se hâta de trouver une papeterie et y acheta un crayon à mine douce. Assis à la terrasse d'un bistro, il commanda un café et sortit le carnet dérobé.

Passant très légèrement la mine de plomb sur les mots gravés dans le papier, il parvint à faire surgir le texte : c'était l'adresse d'un hôtel à Livourne, en Italie.

Lipsey se présenta à la réception dès le lendemain soir. C'était une pension de famille bon marché, d'une douzaine de chambres, située dans un quartier autrefois élégant. Une ancienne demeure bourgeoise, fréquentée aujourd'hui par des représentants de commerce, pensa-t-il.

Il attendit dans les appartements privés des propriétaires que la patronne aille chercher son mari dans les étages. Le voyage l'avait fatigué. Il avait un peu mal à la tête et rêvait d'un bon dîner et d'un lit confortable. Il songea à allumer un cigare mais s'abstint, par politesse. De temps à autre, il jetait un coup d'œil à la télévision où passait un très vieux film anglais qu'il avait vu un soir, à Chippenham. Le son était au plus bas.

La dame revint, accompagnée d'un monsieur visiblement agacé d'avoir été interrompu dans son travail. Travail de menuiserie certainement, à en juger par les clous qu'il tenait dans la main et le marteau qui dépassait de sa poche. Un mégot pendait au coin de sa bouche.

Lipsey lui donna un gros pourboire et se lança, dans un italien trébuchant :

— J'essaie de retrouver une jeune dame qui est descendue ici récemment. La voici. Vous vous souvenez d'elle ?

L'homme jeta un bref regard à la photo de Dee et fit signe que oui.

— Elle était seule, ajouta-t-il sur un ton indiquant qu'en bon père catholique, il n'approuvait pas qu'une jeune fille voyage sans chaperon.

— Seule ? répéta Lipsey étonné, car, à Paris, la concierge lui avait laissé entendre que le couple était parti ensemble. Je suis un détective anglais. Son père

180

m'a engagé pour la retrouver et la convaincre de rentrer à la maison. Elle est plus jeune qu'elle n'en a l'air, précisa-t-il en manière d'explication.

Le propriétaire hocha la tête.

— L'homme n'était pas descendu ici, dit-il avec une vertu débordante. Il est venu, a réglé la note et a enlevé la demoiselle.

— Elle vous a dit pourquoi elle était ici ?

— Elle voulait voir des peintures. Je lui ai dit qu'un grand nombre de nos trésors artistiques avaient été détruits dans les bombardements.

Il fit une pause pour tenter de se rappeler un détail, les sourcils froncés par l'effort.

— Elle a acheté un guide touristique. Elle voulait savoir où était né Modigliani.

— Ah, fit Lipsey avec une certaine satisfaction.

— Elle a téléphoné à Paris pendant qu'elle était ici. Je crois que c'est tout ce que je peux vous dire.

— Vous ne sauriez pas où elle est allée, par hasard ?

— Non.

— Combien de temps est-elle restée chez vous ?

— Une seule nuit.

— Elle ne vous a pas dit où elle comptait se rendre ensuite ?

— Si ! Bien sûr !

L'homme fit une pause, le temps de ramener son mégot à la vie. Le goût du tabac froid lui arracha une grimace.

— Ils nous ont demandé une carte.

Lipsey se pencha en avant : un second coup de chance aussi vite, c'était presque un miracle.

— Continuez.

— Que je réfléchisse… Ils voulaient prendre l'auto-route à Florence, puis traverser le pays jusqu'à la côte adriatique pour aller quelque part près de Rimini. Dans un village. Oh, ça me revient maintenant : Poglio.

— Ça s'écrit comment ?

Lipsey sortit son carnet, le propriétaire épela le nom.

— Je vous suis infiniment reconnaissant, dit le détective en se levant.

Dehors, il s'arrêta sur le trottoir pour humer l'air chaud du soir. Une sacrée chance, oui ! et il alluma un cigare pour fêter ça.

CHAPITRE 5

Peter Usher avait besoin de peindre comme un tabagique de fumer. Quand ce besoin n'était pas satisfait, il faisait naître en lui une sorte d'irritation insaisissable, d'ordre manifestement physique bien qu'elle ne soit liée à aucune partie de son corps en particulier et, immanquablement, il revivait l'époque où il avait voulu tout abandonner. Si Peter était dans cet état d'esprit en ce moment, c'était parce qu'il n'avait pas travaillé depuis plusieurs jours, et cela durerait tant qu'il ne retrouverait pas l'odeur de son atelier et qu'il ne reverrait pas naître une œuvre nouvelle de ses doigts tachés de peinture. Il le savait par expérience. Il se sentait mal en ce moment parce qu'il était resté trop longtemps sans peindre.

En plus, il avait peur.

Ce soir d'ivresse à Clapham, lorsque cette idée de peindre des faux leur était venue au même moment, à Mitch et à lui, elle avait explosé avec toute la fraîcheur et la gloire d'une aube tropicale et, du coup, elle leur avait paru toute simple, trop même : vendre ces tableaux une fortune et jeter ensuite la vérité à la face du monde.

À l'adresse de ce milieu de l'art si pompeux et imbu de lui-même, ce serait un acte de dérision colossal, pour eux deux une publicité assurée, et aux yeux de l'Histoire un coup d'État radical.

Dans les jours suivants, débarrassés des brumes de l'alcool, ils s'étaient rendu compte qu'un tel plan n'était pas si simple à mettre en œuvre. Néanmoins, ils l'avaient étudié sous toutes les coutures. À force d'analyser les mécanismes propres à ce genre de fraude, ils en étaient venus peu à peu à considérer l'opération comme étant tout à fait réalisable.

Aujourd'hui, cependant, au moment d'effectuer ses premiers pas sur le chemin de l'escroquerie du siècle dans le domaine de l'art, au moment de s'engager sur une voie qui le conduirait bien au-delà de la frontière séparant la simple protestation de l'acte criminel, au moment de se retrouver seul en face de Meunier dans ses bureaux parisiens, Peter, pétrifié d'angoisse, grillait cigarette sur cigarette sans trouver dans le tabac le moindre réconfort.

La grâce charmante du vieux bâtiment dans lequel il se trouvait exacerbait son malaise. Ces piliers en marbre, ces hauts plafonds à moulures revendiquaient avec trop d'évidence leur appartenance à cette strate du monde de l'art, supérieure et sûre d'elle, qui choyait les Charles Lampeth et rejetait les Peter Usher. Depuis cent cinquante ans, la société Meunier représentait les intérêts de la moitié des artistes les plus célèbres. Elle ne comptait pas un seul inconnu parmi ses clients.

Un petit homme en costume sombre passablement usé traversa le vestibule d'un pas résolu et pénétra dans la salle où Peter attendait par la porte restée ouverte. Il avait le regard tourmenté des gens qui veulent que le monde entier sache combien ils sont débordés.

— Durand, se présenta-t-il.

Peter se leva.

— Peter Usher, peintre londonien. Je suis à la recherche d'un emploi à temps partiel. Pouvez-vous m'aider?

Il parlait un français d'écolier, mais son accent était bon.

Une expression contrariée se peignit sur le visage de Durand.

— Vous comprendrez, monsieur Usher, que nous recevons quantité de demandes semblables de la part de jeunes étudiants d'art à Paris.

— Je ne suis plus étudiant. Je suis diplômé du Slade…

— Quoi qu'il en soit, l'interrompit Durand avec un geste impatienté de la main, il est de fait que notre société a pour politique d'aider les artistes chaque fois que faire se peut…

Politique qu'il n'approuvait pas, à l'évidence.

— Mais cela dépend entièrement de nos possibilités du moment. Or la presque totalité des emplois chez nous requiert au préalable des enquêtes de sécurité très approfondies. Nous avons fort peu de postes temporaires, cela va de soi. Toutefois, si vous voulez bien venir avec moi, je vais voir si nous pouvons vous trouver quelque chose.

Peter le suivit dans sa rapide traversée du vestibule jusqu'à un antique ascenseur. La cabine arriva dans de mornes grincements. Ils y pénétrèrent et montèrent au troisième étage.

Ils entrèrent dans un petit bureau situé au fond du bâtiment, occupé par un homme rougeaud et corpulent, assis derrière une table. Durand s'adressa à lui dans un français familier et très rapide. Peter ne comprit pas grand-chose à leur conversation, si ce n'est que ce monsieur proposait une solution que Durand rejetait. Au bout d'un moment, ce dernier se tourna vers Peter.

— Je crains de vous décevoir, dit-il. Nous avons bien un poste vacant, mais il concerne un travail au plus près des tableaux et nous avons besoin de références.

— Je peux vous fournir une référence téléphonique, si cela ne vous ennuie pas d'appeler Londres, lâcha Peter.

Durand sourit et secoua la tête.

— Ce doit être quelqu'un que nous connaissons, monsieur Usher.

— Charles Lampeth. C'est un marchand de tableaux très célèbre chez nous, et…

— Nous connaissons M. Lampeth, naturellement, intervint le monsieur corpulent. Peut-il se porter garant de vous ?

— Il vous confirmera certainement que je suis peintre et que je suis honnête. Sa galerie m'a représenté pendant un certain temps.

L'homme assis derrière le bureau sourit.

— Dans ce cas, je suis sûr que nous pouvons vous confier ce travail. Revenez demain matin. D'ici là, nous aurons appelé Londres…

— Le coût de l'appel devra être déduit de votre salaire, précisa Durand.

186

— C'est tout à fait normal, répondit Peter.

D'un hochement de tête, l'homme corpulent indiqua que l'entretien était terminé. Durand dit encore :

— Je vous reconduis, sans chercher à dissimuler sa désapprobation.

De chez Meunier, Peter alla directement dans un bar et commanda un double whisky – très cher. Quelle bêtise d'avoir donné le nom de Lampeth ! Non que le galeriste refuse de se porter garant de lui, car il le ferait, indubitablement, ne serait-ce que par un sentiment de culpabilité. Mais cela signifiait qu'il saurait que Peter avait travaillé à Paris chez Meunier vers cette époque. Et le simple fait qu'il le sache pouvait porter un coup mortel au projet. C'était peu probable, mais c'était un risque. Un de plus !

Peter avala son whisky, jura tout bas et en commanda un second.

Il débuta son travail le lendemain, au département emballage, sous les ordres d'un vieux Parisien tout courbé qui avait consacré sa vie entière à s'occuper de tableaux. Ils passèrent la matinée à déballer des œuvres arrivées récemment et l'après-midi à envelopper dans des couches de ouate, de polystyrène, de carton et de paille d'autres toiles destinées à partir. Peter effectuait la partie pénible du travail, c'est-à-dire débarrasser les lourds cadres en bois de tous leurs clous, puis tenir les tableaux levés pendant que le vieux leur préparait des matelas confortables. Et son collègue mettait à sa tâche autant de soin que s'il avait tapissé l'intérieur du berceau d'un nouveau-né.

Pour transporter les tableaux d'un endroit à l'autre du bâtiment, ils disposaient d'un grand chariot à quatre roues sur pneus pourvues d'une suspension hydraulique, fait dans un aluminium étincelant. Le vieux en était très fier. Ensemble, ils soulevaient délicatement une œuvre et la posaient sur le support, puis Peter poussait l'engin et le vieux lui tenait les portes ouvertes.

Dans un coin de la salle où ils effectuaient les emballages, il y avait un petit bureau. Le premier jour, en fin d'après-midi, profitant que le vieux était allé aux toilettes, Peter en inspecta tous les tiroirs. Ils ne contenaient pas grand-chose : les formulaires à en-tête comme ceux que le vieux avait remplis pour chacun des tableaux manipulés aujourd'hui, un tas de stylos-billes, des trombones égarés et plusieurs paquets de cigarette vides.

Ils travaillaient très lentement. Le vieux raconta sa vie à Peter et son amour pour la peinture. Il détestait la peinture contemporaine, à l'exception de quelques œuvres d'art brut et – curieusement, pensa Peter – des hyperréalistes. Il avait beau ne pas avoir reçu d'éducation artistique, ses analyses étaient loin d'être naïves. Peter les trouva même rafraîchissantes. Ce vieux lui avait plu tout de suite et l'idée de devoir le tromper lui était déplaisante.

Au cours de leurs voyages d'un bout à l'autre du bâtiment, Peter put constater qu'il y avait plein de papier à en-tête sur les bureaux. Malheureusement, les secrétaires étaient toujours à côté, ou le vieux. De toute façon, le papier à en-tête, ce n'était pas suffisant.

À la fin de son deuxième jour de travail, il repéra enfin ce qu'il était venu dérober ici.

Une toile était arrivée chez Meunier tard dans l'après-midi. Signée Jan Rep, un peintre hollandais âgé qui habitait à Paris et avait pour agent la société Meunier. Les œuvres de ce Rep se vendaient à des prix colossaux, et il peignait très lentement. Tout d'abord, un appel téléphonique avait informé le vieux de l'arrivée imminente du tableau ; un second, quelques instants plus tard, l'avait prié d'apporter l'œuvre immédiatement dans le bureau de M. Alain, l'aîné des trois frères Meunier à la tête de la société.

Lorsqu'ils sortirent la toile de sa caisse, le vieux la contempla en souriant.

— C'est beau, dit-il au bout d'un moment. Tu ne trouves pas ?

— Ça ne me parle pas, dit Peter sur un ton attristé.

— Rep est un peintre pour vieux, j'imagine, acquiesça le vieux.

Ils le chargèrent sur leur chariot, le roulèrent jusqu'à l'ascenseur et le montèrent dans le bureau de M. Meunier. Là, ils le placèrent sur un chevalet en acier et reculèrent.

Alain Meunier avait des cheveux grisonnants et des bajoues. Peter décela dans ses petits yeux bleus une lueur avide. Sanglé dans un costume sombre, il commença par regarder l'œuvre de loin avant de s'en approcher pour en étudier la facture. Enfin, il l'examina de biais, d'un côté d'abord, puis de l'autre.

Peter se tenait près de l'immense table à plateau tendu de cuir sur laquelle se trouvaient trois téléphones, un cendrier en verre taillé, une boîte à cigares, un porte-plume directorial en plastique rouge – cadeau de ses enfants ? –, une photo représentant une femme et le fameux objet de sa convoitise : le tampon de la société.

Les yeux de Peter se rivèrent dessus. La base, tachée d'encre rouge, était en caoutchouc ; la poignée en bois poli. Il essaya de lire ce qui était gravé à l'envers, mais ne parvint qu'à déchiffrer le nom de Meunier.

Il en avait des fourmis dans les doigts, tant ça le démangeait de s'en saisir et de le fourrer dans sa poche ! Mais il serait forcément vu. Et même si les autres ne s'apercevaient de rien, ayant le dos tourné, la disparition du tampon serait remarquée dans les minutes à venir. Non, il devait trouver autre chose.

La voix de Meunier arracha Peter à ses pensées coupables et le fit sursauter.

— Vous pouvez le laisser ici, disait le directeur et, sur un signe de tête, il congédia les manutentionnaires.

Aidé de son compagnon, Peter fit franchir la porte au chariot et s'en revint au dépôt des œuvres.

Il passa deux jours à essayer d'imaginer un moyen de mettre la main sur le tampon. Et le destin, tout à coup, lui présenta la solution sur un plat.

Il était en train de siroter un café pendant que le vieux remplissait un formulaire à sa table, quand soudain son collègue releva les yeux.

— Tu sais où on garde les fournitures de bureau ?

L'esprit de Peter ne fit qu'un tour. Il mentit.

— Oui.

Le vieux lui remit une petite clef.

— Va me chercher des formulaires, mon stock est presque épuisé.

Peter prit la clef et disparut. Dans le couloir, il demanda à un garçon de course où se trouvait la réserve de papeterie. L'employé lui indiqua l'étage en dessous.

Peter déboucha dans une petite salle où il n'était encore jamais entré et qui avait tout d'un pool de dactylos. Une des secrétaires lui désigna une porte dans un coin. Il l'ouvrit avec sa clef, alluma la lumière et pénétra dans le réduit.

Il découvrit immédiatement les formulaires demandés. Il parcourut des yeux les étagères et repéra plusieurs rames de papier à en-tête. Il en déchira une et en sortit trente ou quarante feuilles.

Pas de tampon en caoutchouc à l'horizon.

En revanche, il y avait une armoire en fer peinte en vert à l'autre bout de ce petit cagibi. Peter essaya de l'ouvrir. Fermée à clef ! Avisant une boîte de trombones, il en prit un et le tordit. L'ayant inséré dans la serrure, il le fit aller de-ci de-là. Il commençait à transpirer. Dans un moment, les dactylos se demanderaient pourquoi il prenait tellement de temps.

Il y eut un déclic plus puissant qu'un coup de tonnerre et la porte céda. Une boîte en carton ouverte lui sauta aux yeux. Six tampons en caoutchouc ! Il en retourna un et lut l'inscription gravée sur la semelle : « Certifié par Meunier, Paris. »

Il réprima son exaltation. Comment sortir d'ici son butin ?

Le tampon et le papier à en-tête feraient un paquet trop gros au moment de franchir la sécurité, à l'entrée de l'immeuble. Pour ne rien dire du fait qu'il devrait aussi le dissimuler aux yeux du vieux pendant tout le reste de la journée.

Une idée de génie lui vint : décoller le caoutchouc de la partie bois. Il avait un canif sur lui. Il en introduisit la lame entre la semelle et le manche et força d'un côté

191

puis de l'autre. Las, le tampon dérapait dans ses mains moites de sueur.

— Vous trouvez ce que vous cherchez? lança une fille dans son dos.

Il se figea.

— Oui, ça y est, maintenant, dit-il sans se retourner.

Il l'entendit s'éloigner.

Le caoutchouc finit par lâcher. Peter trouva une grande enveloppe sur une étagère. Il y fourra le papier à en-tête et la fine lamelle de caoutchouc et referma l'enveloppe. À l'aide d'un stylo pris dans une boîte, il inscrivit le nom et l'adresse de Mitch. Puis il referma l'armoire en fer et sortit, sa rame de formulaires sous le bras.

Il allait refermer la porte du cagibi quand il se rappela le trombone tordu. Il fit demi-tour et l'aperçut par terre. Il s'empressa de le ramasser puis quitta la salle avec un grand sourire à l'adresse des dactylos.

Au lieu de regagner son antre, il erra dans les couloirs à la recherche d'un autre garçon de course.

— Tu peux me dire où je dois porter cette enveloppe pour qu'elle parte aujourd'hui? C'est la poste aérienne.

— Je vais la prendre, répondit le messager gentiment. Mais fallait écrire : Par avion.

— Oh, flûte !

— T'inquiète, je m'en occupe.

— Merci.

Peter retourna au département des tableaux.

— Tu en as pris, un temps ! s'écria le vieux.

— Je me suis perdu, mentit Peter.

Trois jours plus tard, le soir, il recevait un appel de Londres dans sa pension de famille bon marché.

— Bien arrivé, annonça Mitch.

— Remercie le bon Dieu! répondit Peter. Je serai de retour demain.

À son arrivée, Peter découvrit ce fou de Mitch assis par terre dans l'atelier, une bière à la main, en train d'étudier trois toiles accrochées côte à côte. Ses cheveux en bataille faisaient comme une tache sur le mur. Ses traits exprimaient une intense concentration.

Peter laissa choir son sac et alla s'asseoir à côté de son ami qui déclara :

— Tu sais, si quelqu'un mérite de gagner sa croûte en faisant de la peinture, c'est bien toi !

— Merci. Anne n'est pas là ?

— Sortie faire des courses.

Mitch se remit debout pesamment et alla prendre une enveloppe sur une table couverte de taches. Peter la reconnut aisément.

— Très bonne idée d'arracher le caoutchouc. Mais pourquoi l'avoir envoyé par la poste ?

— C'était le seul moyen de le faire sortir de l'immeuble sans encombre.

— Tu veux dire que ça a été expédié par Meunier ?

— Ouais.

— Merde ! J'espère que personne n'aura eu l'idée de noter le nom du destinataire. Tu as semé d'autres indices ?

— Oui.

Peter prit la canette des mains de son ami et en but une longue rasade, puis il la rendit à son propriétaire après s'être essuyé la bouche de son avant-bras.

— J'ai dû nommer Charles Lampeth comme référence.

— Ils l'ont appelé ?

— Je crois. Ils insistaient pour avoir le nom de quelqu'un qu'ils connaissent et puissent contacter.

Mitch s'assit sur le bord de la table et se gratta le ventre.

— Ben dis donc ! C'est pas un indice, c'est une autoroute.

— Pas si grave, finalement. Ça signifie seulement qu'ils pourront remonter jusqu'à nous, le cas échéant. Mais comme ils pourront rien prouver… L'important, c'est de pas se faire attraper avant d'avoir fait le coup. Ce qu'on veut, au fond, c'est juste quelques jours de plus.

— Si tout se déroule selon nos plans.

Peter alla s'asseoir sur un tabouret bas.

— Et de ton côté, comment ça a marché ?

— Superbement. J'ai remporté la partie avec Arnaz, ajouta-t-il en s'animant subitement. Il va nous filer des ronds !

— Qu'est-ce qui l'intéresse dans cette aventure ? s'étonna Peter.

— Son côté rigolo. Il a un grand sens de l'humour.

— Dis-m'en un peu plus sur lui.

Mitch descendit le restant de sa bière et expédia la canette pile dans la corbeille.

— C'est un type d'environ trente ans, moitié mexicain, moitié irlandais, élevé aux États-Unis. Il s'est formé sur le tas. Il a démarré vers l'âge de dix-neuf ans dans le Middle West, en vendant des barbouilles à l'arrière d'un camion. Il s'est fait des mille et des cents et il a ouvert une galerie. Venu en Europe pour acheter des tableaux, il a trouvé la vie ici agréable et a décidé de rester.

« Aujourd'hui, il a bazardé ses galeries. Il ne travaille plus qu'à l'international, comme courtier ou quelque chose dans le genre. Il vend et achète des œuvres d'art, se fait une masse de pognon et hop, ni vu ni connu, direct la banque. Un type pas étouffé par les scrupules, mais qui partage nos vues sur le milieu de l'art.

— Combien de fric il nous donne ?

— Mille livres. Mais on pourra lui en redemander au besoin.

Peter siffla.

— Sympa, le mec. Qu'est-ce que tu as fait d'autre ?

— J'ai ouvert un compte en banque sous des faux noms.

— Lesquels ?

— George Hollows et Philip Cox. Des collègues à la fac. Comme références, j'ai donné le directeur et le secrétaire de l'université.

— C'est pas dangereux ?

— Non. On est plus de cinquante maîtres de conf'. Y a peu de chances pour qu'on fasse le rapprochement avec moi. Si la banque a interrogé les gens cités en référence, elle aura appris que Hollows et Cox sont bien des enseignants et vivent aux adresses indiquées.

— Pas de danger que le directeur ou le secrétaire leur en touche un mot ?

— Aucun. On est à quatre semaines de la rentrée scolaire, et ils ne se fréquentent pas en dehors, je le sais.

Peter sourit.

— Bravo… On est en haut ! ajouta-t-il en entendant la porte d'entrée s'ouvrir et un bonjour lancé à la cantonade.

Anne monta à l'atelier et embrassa son mari, les yeux brillants d'excitation.

— Tout baigne, si je comprends bien.

— Ouais, jusqu'à présent ! répondit Peter. Prochaine étape : le tour des galeries, c'est bien ça ? dit-il en reportant les yeux sur Mitch.

— Oui. Et là, ce sera à toi de jouer.

— Si vous n'avez pas besoin de moi, je descends m'occuper de la petite, intervint Anne, et elle repartit.

— Pourquoi moi ? demanda Peter.

— Il ne faut pas qu'on nous voie avant le jour J, Anne et moi.

Peter hocha la tête.

— Compris. Revoyons le programme.

— Les galeries. J'ai fait la liste des dix plus importantes. En une journée, tu en auras fait le tour. Tu commences par regarder ce qu'elles ont aux murs. Tu notes les peintres dont elles ont plusieurs toiles et ceux dont elles n'ont rien. Si on veut leur fourguer un tableau, autant qu'il soit de la main d'un artiste qu'ils rêvent d'avoir.

« Deuxièmement, le peintre. Ce doit être quelqu'un de facile à imiter, mort et ayant laissé derrière lui une œuvre imposante dont il n'existe pas de catalogue complet. Car on ne va pas perdre notre temps à faire des copies, on va créer des œuvres originales. Pour chaque galerie, tu repères le peintre qui convient et tu notes son nom avant de passer à la suivante.

— Compris, dit Peter. Il faut aussi exclure de la liste tous les peintres qui ont utilisé des matériaux particuliers. À propos, ça faciliterait drôlement les choses si on s'en tenait aux aquarelles et aux esquisses.

— C'est sûr, mais ça ne nous rapporterait pas de quoi faire sensation.

— À ton avis, combien est-ce qu'on devrait arriver à ramasser en tout ?

— Si c'est moins d'un demi-million, je serai déçu.

Une atmosphère studieuse avait pris possession du grand atelier. Par les fenêtres ouvertes, la chaude brise du mois d'août apportait le murmure lointain de la circulation. Depuis un long moment, les trois personnes présentes dans la pièce travaillaient dans un silence religieux que brisaient les gazouillis satisfaits du bébé dans son parc, au milieu de la pièce.

Le bébé en question, une petite fille d'un an tout juste, avait pour nom Vibeke. D'ordinaire, elle aurait réclamé l'attention des adultes, mais aujourd'hui elle avait un nouveau joujou : une boîte en plastique. Et cette boîte, constatait-elle, avait un couvercle qui tantôt fermait et tantôt ne fermait pas. Essayant d'en découvrir le mécanisme, elle aussi se concentrait.

Sa mère, assise près d'elle à la vieille table, s'appliquait à tracer de belles rondes au stylo à plume sur une feuille à l'en-tête de Meunier. Quantité de livres fascinants étaient ouverts devant elle : de beaux livres sur l'art, d'épais ouvrages de référence, de petites éditions de poche. Par moments, la langue d'Anne pointait entre ses lèvres, signe de son extrême concentration.

Mitch s'écarta de sa toile et laissa échapper un long soupir. Il travaillait à un Picasso de l'époque cubiste représentant une corrida. Ce tableau, de taille respectable, était censé appartenir à l'une des séries qui avaient abouti à la création du célèbre *Guernica*. Par terre, à côté de son chevalet, il y avait un croquis qu'il regarda attentivement, le front creusé de rides profondes. Puis il leva la main droite et la passa plusieurs fois au-dessus de son tableau, traçant une ligne en l'air jusqu'à s'être assuré de bien posséder le mouvement recherché. Un dernier passage rapide et il refit le geste, sa brosse posée sur la toile.

Anne releva les yeux au bruit de son soupir et le regarda, lui d'abord, l'œuvre ensuite. Une sorte d'admiration ahurie s'épanouit sur ses traits et elle s'exclama :

— Mitch, c'est génial !

Il sourit avec gratitude.

— N'importe qui est vraiment capable de faire ça ? demanda-t-elle.

— Non, répondit-il lentement. Il faut un talent particulier. Copier, pour un peintre, c'est un peu comme faire un pastiche pour un acteur. Il y a de grands acteurs complètement nuls en tant qu'imitateurs. C'est juste un truc. Les uns le possèdent et les autres pas.

— Et toi, Anne ? lança Peter. Tout va bien de ton côté avec les certificats d'origine ?

198

— J'ai terminé ceux du Braque et du Munch, et j'en ai presque fini avec celui de Picasso, répondit-elle. Quel genre de pedigree doit avoir ton Van Gogh ?

Peter retravaillait au tableau qu'il avait peint pendant la course au chef-d'œuvre et consultait souvent le répertoire de couleurs posé à côté de lui. Pour exprimer toute la lassitude de ce fossoyeur au corps puissant, il avait choisi des teintes sombres et ses traits de pinceaux étaient épais.

— Disons qu'il aurait été exécuté entre 1880 et 1886, répondit-il. Pendant sa période hollandaise. Personne ne l'aurait acheté à l'époque, enfin je crois. Il serait resté entre les mains du peintre pendant plusieurs années… Non, mieux : entre celles de son frère Theo, avant d'être acheté par un collectionneur fictif de Bruxelles. Plus tard, autour des années 1960, il aurait été retrouvé par un marchand. Pour le reste, tu brodes.

— J'emploie le nom de quelqu'un de vrai ?

— Tant qu'à faire ! Mais que ce soit un type méconnu, disons : un Allemand.

— Humm.

Chacun retourna à son travail et le silence retomba. Au bout d'un moment, Mitch retira son tableau du chevalet et s'attaqua à un Munch. Il commença par passer un lavis gris pâle sur toute la surface de la toile afin d'obtenir cette frêle lumière norvégienne typique de l'œuvre de ce peintre. De temps à autre, il fermait les yeux et s'efforçait de chasser de son esprit l'ardent soleil qui entrait dans l'atelier. Il essaya d'avoir froid et réussit si bien qu'il frissonna.

Trois coups puissants frappés à la porte d'entrée éclatèrent soudain dans le silence.

Peter, Mitch et Anne se regardèrent, hébétés. Anne alla jeter un coup d'œil à la fenêtre et se retourna vers les hommes, blême.

— Un flic !

Ils la dévisagèrent, ébahis, incrédules. Mitch fut le premier à se ressaisir.

— Va ouvrir, Peter ! Toi, Anne, cache tes certificats, le papier à en-tête et le tampon pendant que je retourne les tableaux face au mur. Vite !

Peter descendit lentement l'escalier, le cœur battant la chamade. Non, impossible la police ne pouvait pas les avoir déjà repérés ! Il ouvrit.

L'agent de police était un grand type jeune avec des cheveux courts et une moustache peu fournie. Il dit :

— C'est votre voiture là-dehors, monsieur ?

— Oui, je veux dire non, bégaya Peter. Laquelle ?

— La Mini bleue, avec des dessins partout sur les ailes.

— Ah, c'est celle d'un ami. Il habite chez nous en ce moment.

— Dites-lui qu'il a laissé ses feux de position allumés, dit le policier. Bonne journée, monsieur.

Il reprit sa ronde.

— Oh ! Merci ! lança Peter à sa suite.

Il remonta à l'étage. Anne et Mitch l'attendaient, dévorés d'angoisse.

Peter dit :

— Mitch, il m'a demandé de te dire que tu avais laissé tes feux de position allumés.

Il y eut un court silence, le temps que les deux autres comprennent. Et tous les trois partirent d'un rire bruyant, presque hystérique.

Dans son parc, Vibeke releva les yeux. Son expression étonnée se mua bientôt en un sourire et elle s'associa avec enthousiasme à la gaieté générale, comme si elle avait parfaitement compris l'humour de la situation.

TROISIÈME PARTIE

Silhouettes au premier plan

Il faut penser au rôle que les images tiennent dans notre vie. Les tableaux, par exemple. C'est un rôle qui n'est en aucun cas identique pour chacun.

Ludwig WITTGENSTEIN, *philosophe*

CHAPITRE 1

À Rimini, Lipsey eut droit à une chambre avec petit déjeuner continental dans un hôtel en béton armé. Au menu, des œufs au bacon et du thé. Le lendemain matin, en traversant la salle à manger, il jeta un coup d'œil à une table : les œufs au plat étaient manifestement durs comme du bois et le bacon piqueté de taches vertes hautement suspectes. Mieux valait opter pour un café et des petits pains.

Arrivé tard la veille, il n'avait pas pris le temps de choisir un hôtel agréable et il était mal remis de sa fatigue. En attendant sa commande, il parcourut le *Sun*, le seul quotidien de langue anglaise en vente dans le hall. Sa lecture lui arracha un soupir affligé.

Sa collation le remonta sans vraiment le rassasier. Il beurra son petit pain en tendant l'oreille au brouhaha alentour. Des accents du Yorkshire, de Liverpool et de Londres ; une ou deux voix allemandes ; pas un mot de français ou d'italien. Un Français normalement constitué n'irait jamais passer ses vacances en Italie, se dit-il. Quant aux autochtones, ils devaient avoir assez de jugeote pour ne pas descendre dans les hôtels à touristes. Il finit son petit pain, but toute la cafetière et remit à plus tard d'allumer un cigare.

Le bagagiste lui indiqua dans un anglais compréhensible où louer une voiture. Il s'y rendit à pied. Avec quelle fièvre cette ville s'efforçait-elle de ressembler à South End ! Partout, des fish & chips, des fast-foods ou de prétendus pubs ; des chantiers de construction sur les plus petits terrains à bâtir ; des trottoirs encombrés par les étals des boutiques à souvenirs ; des chaussées envahies par des cohortes d'étrangers en uniforme de vacanciers : chemise hawaïenne portée col ouvert pour les hommes d'âge mûr, robe à fleurs pour leur moitié ; les jeunes, en jeans patte d'ef', et une Embassy extralongue au bec, grâce aux boutiques en duty free des aéroports.

Il alluma son cigare dans l'agence[1] pendant que deux employés s'activaient à remplir les interminables formulaires. Sans réservation préalable, seule une grosse Fiat vert clair métallisé était disponible, mais à un prix assez élevé, ce dont ils s'excusèrent. En s'asseyant au volant, Lipsey ne regretta pas sa décision : l'intérieur était confortable et le moteur puissant.

Retour dans sa chambre, examen minutieux de sa personne devant le miroir en pied. Avec ce costume sobre typiquement anglais et ces souliers à lacets, il avait par trop l'air d'un flic. Il se pendit au cou une caméra super-huit enfermée dans son étui en cuir et accrocha

---

1. Dans les années 1980, l'interdiction de fumer dans les lieux publics n'est pas encore en vigueur.

des verres teintés à ses lunettes. À présent, le parfait touriste allemand !

Il prit le temps de consulter les cartes rangées dans la boîte à gants avant de se lancer sur les routes : un trajet d'une trentaine de kilomètres le long de la côte. Le village de Poglio se trouvait à l'intérieur des terres, à environ trois kilomètres de la mer.

Sur cette route de campagne à double voie, il conduisait à un petit quatre-vingt-dix kilomètres-heure, fenêtre ouverte, pour jouir de l'air frais et de la vue sur le paysage plat et aride.

À quelque distance de sa destination, la route devint encore plus étroite, au point de l'obliger à s'arrêter sur le bas-côté pour laisser passer un tracteur. À un embranchement, il héla un paysan. Son explication lui demeura incompréhensible, mais il mémorisa ses gestes et aussi sa tenue : un vieux chapeau, un T-shirt et un pantalon serré à la taille par une corde.

Enfin, un hameau. Était-ce Poglio ? Rien ne l'indiquait. De petites maisons blanchies à la chaux dispersées çà et là, les unes à vingt mètres de la route, les autres au ras de la chaussée. À croire qu'elles avaient été construites bien avant que l'on ne songe à tracer une route dans ce secteur. À un endroit, la route entourait un groupe de maisons appuyées les unes sur les autres comme pour se soutenir mutuellement. Un panneau Coca-Cola placé devant l'une d'elles semblait la désigner comme le bistro du coin. Apparemment, c'était le centre du village.

Lipsey roula encore un peu et se retrouva subitement en pleine campagne. Il décida de rebrousser chemin. Trois manœuvres pour effectuer le demi-tour, tellement la chaussée était étroite. Au retour, il remarqua une route qui partait vers l'ouest. Trois voies pour desservir ce hameau perdu ?

Nouvel arrêt, cette fois près d'une vieille paysanne tout de noir vêtue portant un panier. Son teint était d'une blancheur surprenante. À l'évidence, elle avait dû passer sa vie à se cacher du soleil.

— C'est Poglio ? demanda-t-il.

Elle abaissa sa capuche et le scruta d'un air soupçonneux avant d'acquiescer et de reprendre son chemin. Il alla se garer près du troquet.

À peine dix heures du matin, et déjà une chaleur pesante. Lipsey escalada le perron. Réfugié à l'ombre sur un coin des marches, un vieillard sous un chapeau de paille, sa canne en travers des genoux. Lipsey lui souhaita le bonjour en passant.

Le bar, plongé dans l'obscurité, sentait la pipe. Deux tables, quelques chaises et un petit comptoir. Pas âme qui vive.

Il se jucha sur l'unique tabouret.

— S'il vous plaît ?… Il y a quelqu'un ?

Pour toute réponse, des bruits en provenance du fond de la salle. Là où vivait la famille probablement. Il alluma un cigare et attendit.

Un jeune homme en chemise à col ouvert émergea enfin de derrière le rideau. En un clin d'œil, il eut jaugé le client, sa tenue, l'appareil photo, les lunettes noires. Un touriste. Suivit un sourire de bienvenue.

— Bonjour, monsieur !

— Une bière bien fraîche, s'il vous plaît.

Le serveur sortit une bouteille d'un petit réfrigérateur. Le verre se recouvrit de buée à peine rempli.

Au moment de payer, la photo de Dee Sleign, tombée du portefeuille de Lipsey, vola du comptoir au plancher.

Le serveur la ramassa et la regarda. Aucun signe de reconnaissance ne transparut sur ses traits.

— Jolie fille, dit-il seulement en la tendant à Lipsey.

Celui-ci lui tendit un billet en souriant. Le serveur lui rendit sa monnaie et se retira dans le fond de la salle.

Le détective se mit à siroter sa bière. Manifestement, Mlle Sleign n'était pas encore arrivée à Poglio, seule ou avec son jules. Rien de plus normal, car lui-même s'était hâté alors que le couple devait avoir pris tout son temps, n'imaginant certainement pas avoir un rival dans leur chasse au tableau.

Dommage de devoir rechercher la fille plutôt que l'œuvre. Mais pourquoi dans ce village perdu ? Aurait-elle appris que le tableau se trouvait à Poglio ? Que quelqu'un, ici, savait où il était ? Était-elle en possession d'autres indices plus précis encore ?

Le mieux était encore de visiter les lieux. Sa bière finie, il sortit sur le perron. Personne en vue, à part le vieillard toujours affalé sur les marches.

Et pas grand-chose à admirer, non plus.

Un seul magasin, l'épicerie bazar, et un seul bâtiment public, la minuscule église. De style Renaissance mais postérieure, probablement construite au XVIIe siècle. Ni commissariat de police, ni mairie, ni salle des fêtes.

Lipsey déambula au soleil tout en s'amusant à élaborer diverses théories sur l'économie du lieu à partir de son architecture et de sa topographie. Au bout d'une heure, il avait épuisé toutes les ressources de ce petit jeu. Il reprit le chemin du bar sans être plus avancé qu'auparavant sur la façon de mener son enquête.

Apparemment, le destin s'était chargé de décider à sa place de la conduite à tenir. En effet, un coupé Mercedes bleu vif décapoté était garé juste à côté des marches où le vieillard se prélassait toujours. À coup sûr, la voiture de Mlle Sleign ou de son petit ami, car il était peu probable qu'un paysan du cru possédât une voiture de ce prix. Ou qu'un touriste se fût aventuré jusqu'ici. Pourtant, leur appartement à Paris ne lui avait pas donné l'impression qu'ils roulaient sur l'or. Quoique… ils faisaient peut-être partie de ces gens qui aiment s'encanailler.

Il resta un moment à se demander que faire.

Pour savoir si c'était eux, il suffisait d'entrer dans le bistro. Mais ensuite ? Prétendre qu'il musardait dans le coin pour son seul plaisir ? Peu crédible, compte tenu de son accoutrement.

Il grimpa les marches.

À l'une des deux tables, un couple sirotait de grands apéritifs glacés. Habillé à l'identique d'un ample pantalon bleu fané et d'un gilet rouge vif. La fille, attirante. L'homme vraiment très beau. Et beaucoup plus âgé qu'il ne l'avait pensé. Pas loin de la quarantaine, probablement.

À son entrée, ils le dévisagèrent sans façon, comme s'ils s'attendaient à le voir. Lipsey leur fit un signe de tête et marcha jusqu'au bar.

— Une autre bière, monsieur ? demanda le serveur.

Puis, s'adressant au couple :

212

— C'est le monsieur dont je vous ai parlé.

Lipsey se retourna, l'air à la fois étonné et amusé.

— Il paraît que vous avez une photo de moi dans votre portefeuille, attaqua Mlle Sleign en italien.

Lipsey rit avec aisance et répondit en anglais.

— Il doit penser que toutes les filles de chez nous se ressemblent. Mais c'est vrai que vous avez quelque chose de ma fille.

— Vous avez une photo d'elle ?

Question posée par le jules, qui avait la voix grave et l'accent américain.

Lipsey sortit son portefeuille et se mit en demeure de chercher dans ses papiers.

— Ah, j'ai dû la laisser dans la voiture.

Il régla sa bière et ajouta :

— Puis-je vous offrir un verre ?

— Avec plaisir, dit Mlle Sleign. Ce sera deux Campari.

Lipsey attendit que le serveur eût déposé les cocktails sur leur table.

— C'est drôle de tomber sur des Anglais en pleine cambrousse. Vous êtes de Londres ?

— Nous vivons à Paris, dit la fille, manifestement la bavarde du couple.

— Oui, c'est bizarre, renchérit son copain. Que faites-vous ici vous-même ?

Lipsey sourit.

— Je suis de la race des solitaires, dit-il sur le ton de l'aveu. J'aime bien sortir des sentiers battus. En vacances, je roule et je m'arrête au gré de mon instinct.

— Vous êtes parti d'où ?

— De Rimini. Et vous-mêmes ? Vous avez aussi des âmes de voyageurs ?

La fille voulut répondre, son compagnon la devança :

— Nous sommes à la poursuite d'un trésor.

— Ah, mais c'est fascinant ! s'exclama Lipsey en bénissant le ciel de sa naïveté. Et qu'y a-t-il au bout de vos recherches ?

— Un tableau de valeur. Du moins nous l'espérons.

— Ici même, à Poglio ?

— Dans un château près d'ici. À huit kilomètres, précisa-t-il en désignant le sud. Nous pensons qu'il se trouve là-bas. Ce sera notre prochaine étape.

— Une chasse au trésor, voilà de quoi pimenter vos vacances même si vous rentrez bredouilles ! déclara Lipsey avec un sourire un peu condescendant. Ça vous aura sorti de l'ordinaire, c'est déjà ça.

— Absolument !

— Personnellement, je reprends la route. J'en ai assez vu ici.

— Pouvons-nous vous offrir une autre bière ?

— Non, merci. J'ai encore pas mal de kilomètres à faire et toute une journée à souffrir la soif. C'était un plaisir de vous rencontrer.

— Au revoir.

La Fiat était une fournaise. Quelle bêtise de ne pas avoir pensé à se garer à l'ombre ! Lipsey baissa sa fenêtre et s'empressa de démarrer. La brise rafraîchirait l'habitacle. Il était ravi : une piste et une longueur d'avance. Pour la première fois depuis le début de l'enquête, il avait le sentiment de dominer la situation.

214

Il prit en direction du sud, selon les indications de l'Américain, et remonta bientôt sa vitre à cause de la poussière. Il brancha la climatisation et s'arrêta pour consulter ses cartes.

Sur celle à grande échelle il repéra effectivement un château au sud. À plus de huit kilomètres cependant. Quinze peut-être, mais la commune de Poglio pouvait très bien s'étendre jusque-là. Et un peu à l'écart de la grand-route, si l'on pouvait appeler ainsi une chaussée aussi étroite. Lipsey mémorisa l'endroit où il devrait tourner.

Le trajet lui prit toute une demi-heure en raison des nids-de-poule et de l'absence de panneaux. Enfin, il arriva en vue d'une grande bâtisse de trois étages flanquée de tours. De la même époque que l'église de Poglio. Des créneaux effrités, des fenêtres sales et d'anciennes écuries où l'on apercevait par les portes entrouvertes un très vieux break Citroën et une antique tondeuse à gazon équipée d'un gazogène. Un château sorti tout droit d'un conte de fées.

Laissant sa voiture devant les grilles, il remonta à pied la courte allée. Un gravier envahi de mauvaises herbes. De près, la décrépitude générale sautait aux yeux.

Planté devant la demeure, il en examinait la façade quand la porte s'ouvrit sur une femme âgée qui l'apostropha avant même qu'il eût le temps de trouver une entrée en matière.

— *Buon giorno !*

Des cheveux gris bien coiffés, une tenue élégante, des traits révélant une beauté passée.

— Pardonnez mon intrusion.

Et d'accompagner ses mots d'un petit salut.

— Ne vous excusez pas. En quoi puis-je vous être utile ?

La réponse en anglais détermina sa tactique.

— Je me demandais si l'on était autorisé à admirer cette belle demeure de l'extérieur.

— Naturellement. Cela me fait plaisir de voir quelqu'un s'y intéresser. Je me présente, contessa di Lanza.

Elle lui tendit la main.

— Dunsford Lipsey, Contessa.

— Elle a été construite dans le premier quart du XVIIe siècle, lorsque notre famille a reçu les terres de la région en remerciement pour ses bons et loyaux services au cours d'une guerre quelconque. En ce temps-là, le style Renaissance avait enfin pénétré les campagnes.

— Elle est à peu près de la même époque que l'église de Poglio, alors.

Elle hocha la tête.

— Vous vous intéressez à l'architecture, monsieur Lipsey ?

— Je m'intéresse à la beauté, Contessa.

Il surprit son sourire et sut qu'il avait gagné la partie : elle le prenait pour un Anglais raide et compassé, mais doté d'un petit charme excentrique. Exactement l'impression qu'il voulait lui donner. Il estima ses chances de succès à quatre-vingt-dix pour cent.

Elle faisait de sa maison l'héroïne d'une histoire qui lui était chère, désignant les endroits où les maçons avaient utilisé une pierre différente, les fenêtres percées au XVIIIe siècle, l'aile ajoutée au XIXe.

— Hélas, trop de réparations ont été ajournées, comme vous pouvez le constater. Il va de soi que nous ne possédons plus la région, et les quelques hectares qui nous restent sont loin d'être fertiles.

Et de se tourner face à lui avec un sourire désabusé :

— En Italie, monsieur Lipsey, des comtesses, il y en a à la pelle.

— Toutes ne sont pas issues d'une lignée aussi ancienne que la vôtre.

— Qu'importe. Les aristocrates d'aujourd'hui, ce sont les hommes d'affaires et les industriels. N'ayant hérité de rien, ils n'ont rien dilapidé. Au contraire, ils ont aiguisé leurs forces.

Ils avaient achevé la visite et se tenaient maintenant à l'ombre d'une tour.

— Ces forces, ils peuvent les dilapider à leur tour, en vivant sur une fortune pourtant gagnée à la sueur de leur front, Contessa, objecta Lipsey. Personnellement, j'avoue ne plus travailler très dur.

— Puis-je vous demander ce que vous faites ?

— Je possède un magasin d'antiquités à Londres. Dans Cromwell Road. Vous devez absolument venir me voir lors de votre prochaine visite en Angleterre. Cela dit, j'y suis rarement moi-même.

— Voulez-vous voir l'intérieur de la maison ?

— Eh bien, si ce n'est pas trop vous déranger…

— Mais pas du tout !

Au moment de franchir la porte, Lipsey éprouva ce léger tressaillement annonciateur de la fin d'une enquête. Manœuvre habile que de donner à la Contessa l'impression de lui acheter peut-être quelque chose car, à l'évidence, elle avait un pressant besoin d'argent.

Il la suivit de salle en salle en inspectant les murs. Il y avait un grand nombre de peintures à l'huile – des portraits d'ancêtres pour la plupart, mais aussi des paysages à l'aquarelle. Les meubles, anciens, n'étaient pas d'époque. Il flottait dans certaines pièces, manifestement inutilisées, comme un parfum d'antimite et de décadence.

Le palier du premier étage servait d'écrin aux objets les plus précieux. Là, un plancher étincelant, des tapis en parfait état, une quantité de tableaux aux murs. Au centre un marbre vaguement érotique : l'étreinte d'un centaure et d'une jeune fille.

— Notre modeste collection, disait la Contessa. Voilà des années qu'elle aurait dû être vendue, mais mon défunt mari n'a pas voulu s'en défaire et moi-même, je ne cesse d'en repousser la date.

Difficile d'être plus explicite. Abandonnant son air détaché, Lipsey se mit en demeure d'étudier les tableaux l'un après l'autre, cherchant à y retrouver la patte de Modigliani – l'ovale des visages, les nez si particuliers des femmes, l'influence de la sculpture africaine, l'asymétrie revendiquée. Examen d'abord de loin, en plissant les paupières, puis de près pour déchiffrer les signatures. Armé d'un stylo-torche très puissant, il tenta de faire apparaître d'éventuels dessins sous-jacents.

Pour certaines œuvres, un simple coup d'œil suffisait. D'autres nécessitaient une étude plus approfondie. Il inspecta ainsi les quatre murs du palier sous le regard patient de son hôtesse, pour conclure enfin :

— Vous avez là plusieurs toiles de belle facture, Contessa.

Le reste de la visite s'effectua sur un rythme plus rapide. Simple formalité, comprenaient-ils tous deux.

De retour sur le palier, elle lui proposa un café.

Elle le fit entrer dans un petit salon du rez-de-chaussée et le pria de l'excuser, le temps de commander le café à la cuisine. Lipsey attendit en se mordillant la lèvre. Inutile de se leurrer : il n'y avait pas l'ombre d'un Modigliani parmi les tableaux réunis sous ce toit, et aucun d'ailleurs n'avait véritablement de valeur.

La Contessa revint.

— Je vous en prie, fumez si vous le désirez.

— Merci. Avec plaisir.

Lipsey alluma un cigare. Il sortit de sa poche une carte de visite portant uniquement son nom et son adresse.

— Puis-je vous remettre ma carte ? J'ai des connaissances à Londres qui seront heureuses de savoir que vous envisagez de vous défaire de votre collection.

Il n'achèterait rien ! La Contessa ne put cacher sa déception.

— C'était là l'ensemble de votre collection, je suppose ?

— Oui.

— Rien au grenier ou à la cave ?

— Non, je regrette.

Un domestique entra avec un plateau. La Contessa servit le café et interrogea Lipsey sur la vie à Londres, la mode, les magasins, les restaurants en vogue. Conversation à bâtons rompus pendant les dix minutes de rigueur, et Lipsey se leva.

— Vous avez été une hôtesse des plus charmante, Contessa. Surtout, prévenez-moi lors de votre prochain passage à Londres.

— J'ai été ravie de faire votre connaissance, monsieur Lipsey.

Elle le raccompagna jusqu'à la porte. Il regagna rapidement sa voiture. En effectuant sa marche arrière, il mordit un peu sur l'allée du château et aperçut la Contessa dans le rétroviseur, toujours debout sur le perron.

Tout ça pour rien! Si jamais un Modigliani égaré avait trouvé refuge dans ce château, cela faisait des lustres qu'il en était parti.

Restait une possibilité : que le petit ami de Mlle Sleign l'ait envoyé sur une fausse piste délibérément. Supposition qu'il aurait dû prendre en compte avant de prendre la route.

L'Américain aurait-il eu des soupçons à son sujet? Possible. En tout cas, cela méritait réflexion. Sur un soupir, il décida de suivre le couple et de n'abandonner les recherches que lorsqu'ils les abandonneraient eux-mêmes.

Mais comment ne pas perdre leur trace? Les filatures en pleine campagne, ce n'était pas une sinécure. Cela exigeait de questionner toutes sortes de gens.

Histoire de repérer les lieux, il regagna Poglio par cette troisième route qui arrivait de l'ouest. Un kilomètre et demi avant le village, en bordure de la route, il aperçut une maison avec une publicité pour de la bière sur une fenêtre. Devant, une petite table en fer ronde. Une auberge ou quelque chose comme ça, se dit-il. À côté, il y avait un parking en terre battue écrasé de soleil. Il s'y engagea et coupa le moteur. Il avait l'estomac dans les talons.

CHAPITRE 2

— Le menteur ! Non mais ce culot ! brailla Dee scandalisée, les yeux écarquillés.

Mike se contenta de lui opposer un sourire vaguement amusé.

— Inutile de me faire la leçon, c'est toi qui as interpellé ce type !

— Moi ?! Bof, l'était plutôt sympa. Un peu bêta sur les bords, c'est tout.

Mike but une gorgée de son cinquième Campari et prit le temps d'allumer une Pall Mall, ces longues cigarettes sans filtre auxquelles il devait sa voix rauque, pensait-elle.

— Se pointer par hasard pile à l'endroit où nous sommes ? C'est un peu beaucoup comme coïncidence. Et avec ta photo ? Le pompon ! Pour ne rien dire du baratin sur sa fille. Ça puait l'impro à plein nez ! Ce type était à ta recherche, c'est certain !

— Je l'aurais parié que tu allais dire ça.

Elle prit sa cigarette d'entre ses doigts et en tira une bouffée.

— Tu es sûre de ne l'avoir jamais vu ?

— Absolument.

— Réfléchis bien : qui est au courant du Modigliani ?

— Tu crois que c'est ça ? Que d'autres gens sont sur sa piste ? Tu ne ferais pas un peu dans le mélo ?

— Si, évidemment. Mais dans le monde de l'art, ce genre d'info se propage plus vite que la chaude-pisse à Times Square. Allez, avoue tout à ton petit chéri : à qui as-tu parlé du Modigliani ?

— Eh bien… à Claire, je suppose. J'ai pu lui en toucher un mot pendant qu'elle faisait le ménage.

— Ça ne compte pas. En dehors d'elle, quelqu'un en Angleterre ?

— Oh, mon Dieu ! Sammy. Je l'ai raconté sur ma carte.

— Qui ça ?

— Samantha Winacre, l'actrice.

— Ah ! Je ne savais pas que vous étiez amies.

— On ne se voit pas beaucoup, mais on s'aime bien. On était dans la même classe bien qu'elle soit un peu plus vieille que moi. Normal, elle est entrée à l'école assez tard. Je crois qu'avant, elle a fait le tour du monde avec son père ou quelque chose comme ça.

— C'est une férue d'art moderne ?

— Pas vraiment, pour autant que je sache. Mais j'imagine qu'elle connaît des gens dans ce milieu.

— Quelqu'un d'autre ?

Dee hésita.

— Qui ça ? Accouche !

— Oncle Charlie.

— Le marchand de tableaux ?

Hochement de tête de Dee. Mike soupira.

— Tu crois vraiment qu'oncle Charles chercherait à me doubler ?

— C'est son métier, non ? Il ferait n'importe quoi pour retrouver une toile. Y compris vendre sa mère.

— Le salaud ! Enfin, ce n'est pas si grave puisque tu as expédié ce type sur une voie de garage.

— Fallait bien l'occuper, non ?

Dee sourit.

— Il y a vraiment un château à huit kilomètres ?

— Je n'en sais fichtre rien. Mais il finira bien par tomber sur une belle baraque et il perdra son temps à vouloir y pénétrer… Ce qui nous donne le temps d'explorer le village.

Sur ces mots, Mike régla l'addition et se leva.

— Le mieux, à mon avis, c'est de commencer par l'église ! déclara-t-elle une fois sortie dans le soleil. S'il y en a qui savent toujours tout sur tout le monde, ce sont bien les pasteurs.

— En Italie, on dit des curés, la corrigea Mike qui avait été élevé dans la religion catholique.

Ils partirent main dans la main le long de la grand-rue en direction d'une jolie petite église. Marche silencieuse au rythme de la léthargie ambiante. Arrivés là, ils s'arrêtèrent à l'ombre de l'édifice, heureux de savourer un peu de fraîcheur.

— Tu as réfléchi à ce que tu feras, quand tu auras ce tableau entre les mains ?

— Oui, beaucoup, répliqua Dee en assortissant sa réponse d'un petit froncement du nez qui n'appartenait qu'à elle. Tout d'abord, je l'étudierai. J'y trouverai bien matière à pondre la moitié de ma thèse, le reste n'étant que du remplissage. Mais il y a un hic…

— Quoi ?

— Tu sais bien.

— Le fric ?

— On en revient toujours là !

Énervée, elle se détourna et fixa le jardinet d'un œil mauvais, se retenant de lâcher un gros mot.

— Il t'en faudra un paquet.

— Je sais bien.

Elle rejeta ses cheveux en arrière d'un mouvement brusque.

— Oh, je ne me raconte pas d'histoires du genre : je me fiche de l'argent. L'idée, ce serait peut-être de le vendre à quelqu'un qui me laisse le voir aussi souvent que je le souhaite… À un musée… Qu'est-ce que tu en penses ?

— Je note que tu me demandes mon avis.

— Bien sûr ! Tu es dans le coup avec moi, non ?

Il posa les mains sur ses épaules.

— Première nouvelle ! Je prends ça comme ta volonté de m'engager pour agent.

Il effleura ses lèvres d'un baiser.

— Excellente décision, si tu m'en crois.

Elle rit.

— Alors, comment le vendre au mieux à ton avis ?

— Je ne sais pas encore. J'ai bien une petite idée, mais rien de vraiment défini. Commençons par mettre la main dessus.

Entrés dans l'église, ils en détaillèrent l'intérieur depuis le portail. Des murs nus, un sol en pierre froide. Dee retira ses sandales pour se rafraîchir la plante des pieds. Au bout de la nef, un prêtre, revêtu de l'habit sacerdotal, officiait à l'autel. Cérémonie solitaire dont ils attendirent patiemment la fin.

Enfin, le prêtre s'avança vers eux, sa large face de paysan éclairée d'un sourire de bienvenue. De près, il paraissait plus âgé qu'ils ne l'avaient cru en le voyant de dos, trompés par sa chevelure abondante. Dee s'adressa à lui en chuchotant :

— Mon père, pourriez-vous nous aider ?

— Aide séculière, je suppose. Dommage, j'aimerais tant apporter à autrui un soutien spirituel.

La réponse, prononcée d'une voix normale, retentit puissamment dans le vide immobile de l'église.

Dee hocha la tête.

— Dans ce cas, sortons !

Il les prit tous les deux par le coude pour leur faire franchir le portail, les poussant devant lui. Dehors, il leva brièvement les yeux au ciel.

— Remerciez le Seigneur pour ce merveilleux soleil. Mais vous devriez faire attention, ma chère, avec votre teint délicat. Eh bien, en quoi puis-je vous être utile ?

— Nous essayons de retrouver les traces d'un certain Danielli, commença Dee. C'était un rabbin de Livourne. Nous pensons qu'il s'est retiré à Poglio dans les années 1920. Il était malade et plus très jeune. Il est probablement mort peu après.

Le prêtre se concentra.

— Je ne connais personne de ce nom. D'ailleurs, c'était bien avant mon époque. En 1920, je n'étais même pas né. Mais s'il était juif, il n'a pas dû être enterré à l'église. Ce qui fait qu'il ne sera pas inscrit dans nos registres.

— Vous n'avez jamais entendu parler de lui ?

— Non. Il n'y a pas de Danielli à Poglio, c'est certain. Mais d'autres gens du village ont sûrement des souvenirs plus anciens que les miens. Cependant, je n'imagine pas que quelqu'un puisse vouloir se cacher dans un endroit aussi petit que ce hameau.

Il resta un moment à scruter leurs visages.

— De qui tenez-vous qu'il serait venu ici ?

— D'un rabbin de Livourne.

À l'évidence, il mourait d'envie de connaître leurs raisons de s'intéresser à cet homme.

— Vous êtes de sa famille ? demanda-t-il encore, non sans hésitation.

— Non.

Elle jeta un coup d'œil à Mike qui acquiesça d'un petit signe de tête.

— En vérité, reprit-elle, nous sommes à la recherche d'un tableau. Nous pensons qu'il l'a caché ici.

— Ah, dit le prêtre, sa curiosité satisfaite. Un chef-d'œuvre caché ici ? J'ai du mal à le croire. Enfin, je vous souhaite de réussir.

Il leur serra la main et rentra dans son église.

Ils repartirent vers le bar.

— Sympa, ce curé, lâcha Dee paresseusement.

— Sympa aussi, l'église. Est-ce qu'on se mariera à l'église ?

Elle stoppa met.

— Se marier ?

— Tu ne veux pas m'épouser ?

— Première nouvelle, mais une excellente décision, si tu m'en crois.

Mike eut un petit rire gêné et haussa les épaules.

— Juste un petit mot gentil qui m'a échappé.

Elle l'embrassa affectueusement.

— Ce type possède un certain charme, indubitablement.

— Puisque apparemment je viens de te demander en mariage…

— Mike, si je dois épouser quelqu'un, ce sera toi et personne d'autre. Mais pour le moment, je ne suis pas du tout sûre de vouloir me marier.

— Cette fille possède un certain charme, indubitablement.

Ils repartirent, main dans la main.

— Si tu me demandais quelque chose d'un peu moins ambitieux?

— Comme quoi?

— De vivre avec toi quelques années, histoire de voir comment ça marche entre nous.

— Pour me faire subir un enfer et me laisser tomber ensuite comme une vieille chaussette?

— Exactement!

Cette fois, ce fut lui qui s'arrêta.

— On tourne toujours tout en dérision par peur de regarder la vérité en face. Résultat, nous nous retrouvons à débattre d'un éventuel avenir ensemble à un moment aussi mal choisi que celui-ci. Cela dit, une chose est sûre: je t'aime et je veux vivre avec toi.

— C'est à cause du tableau? répliqua-t-elle d'une petite voix sucrée.

— Oh, ça va!

Redevenue grave:

— Oui, Mike, j'aimerais bien vivre avec toi.

Il la prit dans ses bras et se pencha sur ses lèvres. Une villageoise qui passait à côté se détourna scandalisée.

— On va se faire arrêter! souffla Dee au bout d'un moment.

Ils reprirent leur route d'un pas encore plus lent, se tenant enlacés. Elle demanda :

— Où est-ce qu'on habitera ?

— Tu n'aimes pas South Street ? s'étonna-t-il, décontenancé.

— Ce que je n'aime pas dans ce quartier, c'est le côté bohème. Ça va pour des célibataires, mais plus après !

— Mais c'est super. En plein centre de Mayfair.

Elle sourit.

— C'est bien ce que je pensais : tu n'as pas vraiment réfléchi à la question. Mike, avec toi, c'est une famille que je veux construire, pas seulement vivre sous le même toit.

— Hum.

— Ton appartement est un dépotoir, tout y est déglingué ; la cuisine est riquiqui et les meubles bons pour la décharge.

— Tu veux quoi ? Un trois pièces et demi à Fulham ? Un hôtel particulier à Ealing ? Un manoir dans le Surrey ?

— Quelque chose de spacieux et de lumineux avec vue sur un parc. Et près du centre !

— Mon petit doigt me dit que tu sais déjà où.

— Regent's Park.

— Ben merde, alors ! Depuis combien de temps ça mijote dans ta petite tête ?

— Je suis championne pour dénicher les bons filons, tu n'as pas remarqué ? dit-elle avec le sourire en regardant son compagnon droit dans les yeux.

Mike se pencha pour l'embrasser encore.

— Tu l'auras, ton nouvel appart. À meubler et à décorer à ton goût ! Sitôt rentrés en Angleterre…

228

— Eh, ne t'emballe pas ! Encore faut-il en trouver un...

— Si ce n'est que ça !

Arrivés à la voiture, ils s'affalèrent contre la carrosserie et Dee leva le visage vers le soleil.

— Cette décision de m'épouser, elle t'est venue il y a longtemps ?

— Je ne parlerais pas de décision. Plutôt d'un sentiment qui a fait son chemin en moi peu à peu. Le temps que je m'en rende compte, il avait pris racine. Plus moyen de l'extirper.

— C'est drôle...

— Quoi ?

— Chez moi, ça a été exactement l'inverse.

— Ah oui ? Et ça remonte à quand ?

— Au moment où j'ai aperçu ta voiture devant l'hôtel à Livourne. C'est drôle que tu me demandes en mariage si vite après.

Elle ouvrit les yeux et baissa la tête.

— Je suis contente que tu l'aies fait.

Ils restèrent un long moment à se regarder en silence et Mike s'écria :

— Quand je pense qu'on devrait être en train de remuer ciel et terre pour retrouver le tableau et qu'on est là à se contempler avec des yeux de vache !

Dee éclata de rire.

— Tu as raison. Tiens, interrogeons le vieux !

Ils étaient au pied des marches. Le vieillard, réfugié à présent dans l'encoignure de la porte du bar, était à ce point immobile qu'on aurait dit une statue. À croire qu'il avait migré du bas du perron par une sorte de lévitation, sans qu'aucun de ses muscles intervienne. Impression totalement fausse comme ils purent le constater, arrivés près de lui, car ses petits yeux d'un vert très particulier les étudiaient bel et bien avec une grande attention.

— Bonjour, monsieur. Pouvez-vous nous dire s'il y a des Danielli à Poglio ? lui lança Dee tout de go.

Le vieux secoua la tête. Que voulait-il dire : qu'il l'ignorait ou qu'il n'y avait personne de ce nom au village ?

Mike fit savoir à Dee par une petite tape sur son coude qu'il entrait dans le bar. Elle s'accroupit auprès du vieux paysan et lui décocha son plus beau sourire.

— Vous devez avoir quantité de souvenirs.

Il acquiesça, un peu radouci.

— Vous viviez ici en 1920 ?

Il lâcha un rire bref.

— Oh, et même bien avant !

Mike ressortit en hâte, un verre à la main.

— De l'absinthe, expliqua-t-il en anglais. D'après le serveur, c'est ce qu'il boit.

Et de fourrer le verre dans les mains du vieux qui le vida d'un trait.

— Ben, toi alors ! Tu as une façon de convaincre les gens ! répliqua-t-elle sur un ton choqué, en anglais elle aussi.

— Paraît qu'il passe ses matinées à attendre le gogo qui lui paiera un verre. C'est pour ça qu'il squatte les marches.

Elle repassa à l'italien :

— Vous vous rappelez les années 1920 ?

— Oui, répondit le vieux lentement.

— Est-ce qu'il y avait des Danielli ici en ce temps-là ? intervint Mike avec impatience.

230

— Non.

— Vous vous souvenez de gens qui se seraient installés ici dans ces années-là ? reprit-elle.

— Y en avait pas mal. C'était la guerre, vous savez.

Mike jeta un coup d'œil exaspéré à Dee et lança, sans s'embarrasser de politesse, son peu de connaissances en italien ne lui permettant pas les fioritures de langage :

— Il y a des Juifs dans ce village ?

— Oui. Ceux qui tiennent l'auberge sur la route de l'ouest. C'était là qu'habitait Danielli de son vivant.

Ils regardèrent le vieux, ébahis.

— Pouvait pas le dire tout de suite ? lâcha Mike en anglais.

— T'avais qu'à me le demander, p'tit con ! rétorqua le paysan en anglais lui aussi.

Et il partit d'un rire strident, ravi du bon tour qu'il venait de jouer à ces étrangers. Non sans peine, il se remit debout et s'éloigna en boitillant, s'arrêtant de temps à autre pour frapper le sol de sa canne et rire de plus belle.

Dee s'esclaffa à son tour en voyant la tête de Mike. Il l'imita bientôt.

— Non mais je te jure, quel emmerdeur !

— On ferait bien d'aller jeter un œil à cette auberge, si tu veux mon avis.

— Un verre d'abord, il fait si chaud !

— Pour ça, je suis toujours ton homme ! acquiesça Dee.

Ils rentrèrent dans la fraîcheur du bar. Derrière son comptoir, le serveur arborait un sourire d'une oreille à l'autre. Dee pointa le doigt sur lui.

— Ah, ah, vous étiez de mèche !

— Ce qu'il attend, le vieux, ce n'est pas tant qu'on lui paie à boire, que de faire son malin. Des touristes, il n'en vient chez nous qu'une fois l'an, vous savez. Pour lui, c'est la fête. Il va revenir ici ce soir et racontera l'histoire à qui veut bien l'entendre.

— Pour nous, ce sera deux Campari, s'il vous plaît, commanda Mike.

CHAPITRE 3

Le prêtre se pencha pour ramasser un papier sur le chemin dallé du cimetière. Il le chiffonna et se releva lentement pour ne pas réveiller son mal au genou. Pas étonnant qu'il ait des rhumatismes après tant d'hivers solitaires dans sa vieille maison glacée. Mais la pauvreté, c'était le lot des prêtres, sinon comment pourraient-ils se prétendre au service des hommes ? Cette réflexion servait de support à toute sa liturgie personnelle, il en avait fait une sorte de prière. Aujourd'hui, il n'eut pas le temps de la réciter en entier que la douleur s'était déjà atténuée.

Il prit le chemin de sa cure, de l'autre côté de la route. Au beau milieu de la chaussée, son mal le reprit, tel un coup de poignard, et le fit trébucher. Se cramponnant au mur du presbytère, il transféra le poids de son corps sur sa bonne jambe.

Plus loin, il aperçut le couple de tout à l'heure. Ils marchaient lentement, se tenant enlacés, et ils se souriaient. Ils avaient l'air très amoureux. Bien plus qu'avant, se dit-il. Après toutes ces années à confesser ses ouailles, il en conclut qu'un changement s'était opéré dans leurs relations depuis peu. Était-ce lié à leur passage dans la maison de Dieu ? Au soutien spirituel qu'il leur aurait apporté malgré tout, sans le savoir ?

Pourtant, il leur avait menti et c'était un péché, sans aucun doute. Mensonge automatique, dû à la force de l'habitude. Pendant la guerre, c'était un devoir de cacher à quiconque la présence des Danielli à Poglio, et le village tout entier avait menti avec sa bénédiction. Le péché, alors, aurait été de dire la vérité.

Aujourd'hui, avec leurs questions sur le vieux Juif, ces inconnus débarqués de Dieu sait où avaient fait vibrer en lui un écho lointain mais toujours présent et, une fois de plus, il avait protégé cette famille juive. Pourtant, ces étrangers-là avaient forcément des motifs tout à fait innocents. Le fascisme appartenait au passé depuis plus de trente-cinq ans. Mentir n'était donc plus un devoir, c'était un péché. Mais voilà ! Il n'avait pas pris le temps de réfléchir, et le manque de réflexion était à l'origine de la plupart des péchés. Ce qui ne les rendait pas plus excusables pour autant.

S'il essayait de les rattraper pour leur expliquer les choses ? Leur dire la vérité, leur présenter ses excuses ? Ce serait une forme d'expiation. S'il ne le faisait pas, ce couple avait peu de chances de tomber sur quelqu'un qui les envoie à l'auberge à l'entrée de Poglio, là où de pauvres Juifs continuaient de vivoter assez misérablement.

La douleur passée, il entra dans sa modeste cure. La dalle descellée au pied de l'escalier branla sous ses pas. Il éprouva pour elle un élan d'affection. C'était ainsi qu'il traitait les petits désagréments de la vie : ses rhumatismes aussi bien que l'ennui de devoir écouter les litanies de péchés réitérés semaine après semaine par les moutons noirs de son petit troupeau, pécheurs impénitents qu'il absolvait d'un hochement de tête paternel et désabusé.

Dans la cuisine, il se coupa une tranche de pain avec son vieux couteau à la lame émoussée. Puis il sortit un fromage de son garde-manger et en gratta la croûte. Ce serait son déjeuner. La moisissure donnait un bon petit goût au fromage. Ce qu'il n'aurait jamais découvert s'il avait vécu dans l'opulence. Son repas achevé, il essuya son assiette avec un torchon et la rangea dans le buffet en bois.

Des coups retentirent à sa porte. Il s'étonna. Les gens du village ne frappaient pas : ils entraient et l'appelaient. Visite officielle, donc. Mais, à Poglio, quand quelqu'un devait aller trouver son voisin pour un motif officiel, tout le monde était au courant de la chose longtemps à l'avance. Ce fut donc avec une agréable curiosité qu'il alla ouvrir.

Sur le seuil, un petit blond entre vingt et trente ans, avec des cheveux raides qui lui couvraient les oreilles, et un costume trois pièces assorti d'un nœud papillon. Tenue bizarre, à ses yeux de curé de campagne.

— Bonjour, mon père.

L'expression était hésitante. Un étranger, assurément. D'où les coups à la porte. Trois étrangers à Poglio le même jour ? Une date à marquer d'une pierre blanche !

— Puis-je vous parler un instant ?

— Certainement.

Il le fit entrer dans la pièce spartiate qui lui tenait lieu de cuisine et lui offrit un tabouret en bois.

— Vous parlez anglais ?

235

Le prêtre secoua la tête avec regret.

— Je suis un marchand de Londres et je cherche des tableaux.

Comme le couple rencontré à l'église ! Deux groupes d'étrangers travaillant visiblement sur la même affaire et débarquant le même jour à Poglio, c'était par trop incroyable !

— Personnellement, je n'en ai pas, répondit-il, et sa façon de désigner les murs de la pièce signifia clairement qu'avec un peu d'argent, il aurait commencé par s'acheter l'essentiel.

— Et dans votre église ?

— Il n'y a pas de tableaux.

L'homme réfléchit un moment, cherchant ses mots.

— Y a-t-il un musée ici ? Ou quelqu'un avec des tableaux chez lui ?

Le prêtre rit.

— Mon fils, vous êtes dans un pauvre village de paysans. Personne ici ne possède de tableaux. En période d'abondance, quand les gens ont un peu d'argent, ils achètent de la viande ou du vin. Chez nous, personne ne collectionne les œuvres d'art.

Devant la déception de son visiteur, le curé hésita. Devait-il lui parler de ses rivaux ? Mais comment le faire sans mentionner les Danielli ? Et en parler, ce serait injuste vis-à-vis du couple de tout à l'heure.

Mentir encore, alors ? Bon. Il ne parlerait des Danielli que si l'autre en parlait le premier.

— Y a-t-il ici une famille du nom de Modigliani ?

Étonné, le prêtre leva les sourcils.

— Je vois que ma question vous choque. Pourquoi ? enchaînait déjà l'inconnu.

— Monsieur, croyez-vous vraiment qu'il puisse y voir un Modigliani à Poglio ? Sans être expert en la matière, je sais quand même que c'est le plus grand peintre italien de ce siècle. Je doute fort qu'il se trouve quelque part au monde une de ses œuvres ignorée de tous. Encore moins à Poglio.

— Donc pas de Modigliani ici ?

— Non !

Le jeune homme soupira et resta un moment figé sur son siège à fixer la pointe de ses souliers, le front creusé de rides. Enfin, il se leva.

— Je vous remercie.

Le prêtre le raccompagna jusqu'à la porte.

— Je regrette de ne pas vous avoir donné les réponses que vous espériez. Dieu vous bénisse !

Dehors, clignant les yeux à cause du soleil, Julian ouvrit grand ses poumons pour y laisser entrer l'air pur. Dieu que ça puait là-dedans ! Ce vieux curé n'avait probablement jamais pris soin de lui-même. Il se rappela avoir lu quelque part que les Italiens se laissaient servir comme des rois par leurs mères et leurs épouses. Entre la crasse et le célibat, incroyable qu'il y ait encore des vocations en Italie !

Le célibat des prêtres lui rappela subitement sa propre abstinence et la façon inattendue dont elle avait pris fin. Quelle exaltation de découvrir qu'il n'était pas le moins du monde impuissant ! Que tout cela avait été orchestré par cette salope de Sarah. Au début, elle avait bien essayé de lui faire croire qu'elle n'aimait pas faire l'amour avec lui, mais elle n'y avait pas réussi. Cette reconquête sexuelle, ajoutée à la vente de la Mercedes et à la découverte du Modigliani, qui sait… peut-être la chance lui souriait-elle à nouveau ?

Cela dit, il n'avait toujours pas le tableau, et ce coup de génie ultime était essentiel pour couronner sa renaissance.

Certes, ce n'était pas très sérieux de placer tous ses espoirs dans une carte postale signée « D. ». Mais de multiples découvertes avaient été faites en suivant des chemins tortueux ! Évidemment, la conversation avec le curé n'était guère encourageante. Si jamais le Modigliani était bien à Poglio, il allait avoir du pain sur la planche pour remettre la main dessus. Restait tout de même une petite consolation : celle d'être le premier sur les lieux, apparemment. Car dans un trou pareil, si quelqu'un avait acheté un tableau, le village entier l'aurait su dans l'heure suivante. À commencer par le curé.

Que faire maintenant ? se demanda-t-il, revenu près de sa Fiat 500 de location. Il était entré à Poglio par le sud. L'église était l'un des premiers édifices qu'il avait aperçus. Faire le tour du village pour trouver la mairie ? Une salle des fêtes, peut-être, un commissariat ? Puisqu'il n'y avait pas de musée, à en croire le curé.

Va pour une rapide reconnaissance des lieux. Il s'engouffra dans sa voiture. Le bruit de casserole du moteur l'accompagna tout au long de son trajet. En cinq minutes, il eut fait le tour de tous les bâtiments. À première vue, rien qui laisse espérer de grandes choses. Le coupé Mercedes stationné devant le bar appartenait de toute évidence à des gens riches qui n'étaient pas d'ici.

238

Il revint à l'endroit où il s'était garé auparavant et descendit de voiture. Ne lui restait plus qu'à frapper aux portes. Vu le nombre d'habitations, il en aurait terminé avant la fin de l'après-midi.

Quelques maisons en tout et pour tout. Les unes à l'écart de la route, avec un potager devant, les autres au ras de la chaussée. Par laquelle commencer ? Allez, la plus proche !

Une porte marron, sans sonnette ni heurtoir. Il toqua donc avec les doigts.

La brune qui lui ouvrit portait dans les bras un bébé fermement agrippé à ses cheveux sales. Ses yeux rapprochés et son long nez étroit lui donnaient l'air fuyant.

— Je suis un marchand d'art anglais et je cherche de vieux tableaux, dit Julian. Vous en avez ? Est-ce que je peux les voir, s'il vous plaît ?

Une longue minute à le dévisager d'un air soupçonneux et elle claqua la porte sans mot dire.

Julian s'éloigna, découragé. Que c'était énervant de devoir jouer les VRP !

La maison voisine n'était pas plus avenante. Avec ses petites fenêtres de part et d'autre de sa porte étroite, elle ressemblait à la femme d'avant. Il ne s'y risqua pas. Au prix d'un gros effort, il s'obligea à poursuivre le porte-à-porte.

Maison suivante. Une façade repeinte récemment, des vitres propres, un heurtoir en tête de lion.

Un homme en manches de chemise s'encadra dans la porte. Le gilet déboutonné, une pipe au tuyau mâchonné serrée entre les dents. La cinquantaine, environ. Julian réitéra sa demande. L'homme commença par froncer les sourcils pour se dérider peu à peu à mesure qu'il décryptait le mauvais italien de Julian.

— Entrez, dit-il avec un sourire.

Un intérieur propret et joliment meublé, un sol ciré, un mobilier étincelant. Il fit asseoir son visiteur.

— Vous voulez voir des images ? répéta l'homme lentement et trop fort comme s'il s'adressait à un vieillard sénile et dur d'oreille.

Julian hocha la tête sans réagir. Son accent, sans doute.

D'un doigt levé en l'air, l'homme lui signifia d'attendre. Il revint l'instant d'après, une pile de photos couvertes de poussière dans les bras.

Julian mima le geste de peindre avec un pinceau. L'homme se mit à triturer sa moustache avec une perplexité agacée, puis il alla décrocher du mur une reproduction du Christ bon marché.

Julian fit semblant de l'examiner, secoua la tête et la rendit.

— Rien d'autre ?

— Non.

Il se leva.

— Je suis désolé. Vous avez été très aimable, dit-il en s'efforçant de mettre de la gratitude dans son sourire.

L'homme haussa les épaules et ouvrit la porte.

L'enthousiasme de Julian avait encore baissé d'un cran. Désemparé, ne sachant plus que faire, il restait planté en plein soleil dans la rue, hésitant à poursuivre.

Manquerait plus que j'attrape une insolation, pensa-t-il en sentant sa nuque le brûler. S'il allait boire quelque chose ? L'alcool ne ferait pas avancer ses affaires, mais le bar était tout près, à moins de cinquante mètres, à côté de la Mercedes bleue.

Une fille en sortait justement. Julian la regarda ouvrir la portière. Une garce comme Sarah ? Les nanas assez riches pour posséder une aussi belle bagnole avaient le droit d'être des garces. Elle rejeta ses cheveux en arrière et s'installa à l'intérieur. Gosse de riche !

Un homme apparut à son tour en haut des marches. La fille l'interpella d'une voix qui portait loin.

Soudain, l'esprit de Julian passa à la vitesse supérieure.

Non, la fille ne s'était pas assise au volant comme il l'avait cru tout d'abord. Le volant était à droite. Il le voyait parfaitement, maintenant qu'il s'était rapproché !

Et elle avait parlé en anglais !

Quant aux plaques d'immatriculation, elles étaient britanniques, aucun doute là-dessus !

La Mercedes revenait à la vie dans un doux ronronnement.

Une riche Anglaise dans une voiture britannique à Poglio, c'était forcément la fille de la carte postale !

En tout cas, il y avait de fortes chances que ce soit ça. Julian fit volte-face et s'élança vers sa Fiat.

La Mercedes le doubla au moment où il tournait la clef dans le contact. Trois manœuvres pour faire demi-tour. Il embraya à la suite du coupé, faisant hurler les vitesses. La voiture bleue prenait à droite et quittait le village par la route de l'ouest. Julian fit de même.

Sur cette voie sinueuse, la Mercedes filait à vive allure. Julian eut tôt fait de perdre de vue les lumières de ses freins dans les virages.

Concentré sur la conduite pour tirer le maximum de son moteur, Julian faillit ne pas remarquer la Mercedes arrêtée. Il freina à mort et fit marche arrière.

Le coupé était garé devant une maison qui ressemblait à une ferme. Non, une auberge ! Collée sur une fenêtre, il y avait une publicité pour une marque de bière.

Le couple était en train de franchir la porte. Julian se rangea à côté de la Mercedes. Une troisième voiture occupait déjà l'autre côté. Une Fiat aussi, mais une grosse cylindrée. Modèle haut de gamme d'un affreux vert métallisé. À qui pouvait-elle bien appartenir ?

Il descendit de voiture et rejoignit les autres à l'intérieur de la bâtisse.

CHAPITRE 4

Peter Usher reposa son rasoir mécanique et retira le surplus de crème à raser avec un gant de toilette trempé dans l'eau chaude. Examen devant le miroir.

Dégager son visage en rabattant ses cheveux derrière les oreilles ? Il les aplatit soigneusement sur le dessus et les côtés et glissa les mèches qui dépassaient sous son col de chemise.

Incroyable, la différence ! L'absence de barbe et de moustache faisait ressortir son nez en bec d'aigle et son menton fuyant. Cette coiffure plaquée en arrière lui donnait un air de petit truand, mais tant pis ! De toute façon, c'était juste une précaution de plus.

Il prit sa veste et passa à la cuisine, c'est-à-dire de la maison à l'appentis. Les dix toiles y étaient déjà, enveloppées dans du papier journal et bien ficelées. Appuyées contre le mur. Il dut les contourner pour ouvrir la porte donnant à l'extérieur.

La fourgonnette de Mitch était garée dans la ruelle au fond du jardin. Peter en bloqua les portières arrière avec des planches pour charger les tableaux plus commodément.

Il faisait encore frais, mais la journée promettait d'être chaude. C'est sûr qu'ils en rajoutaient un peu avec toutes ces précautions. Ils avaient envisagé des douzaines de situations susceptibles de tourner à la catastrophe et ils avaient tous les trois légèrement modifié leur apparence. Évidemment, ce ne serait pas suffisant s'ils devaient participer à un tapissage au poste de police. Mais pourquoi les choses devraient-elles en arriver là ? En gros, le plan choisi était bon.

La dernière toile chargée, il claqua les portières et repartit sur le petit sentier inégal pour aller fermer sa maison. À présent, direction le West End. Plus précisément : le campus universitaire de Bloomsbury. Un long trajet dans les bouchons.

Ce lieu, il l'avait choisi avec Mitch deux ou trois jours plus tôt pour sa taille : sept cents mètres de long sur deux cents de large ; pour son grand nombre de bâtiments disséminés çà et là, principalement des maisons de style victorien ; et pour son accès facile grâce à la multitude de ruelles y conduisant.

Peter se gara dans l'une d'elles sans égard pour le panneau d'interdiction. Un gardien du campus un peu curieux supposerait qu'il effectuait une livraison au bâtiment 7, mais comme il avait pris soin de rester en deçà du portail, il ne pourrait pas s'interposer. Quiconque observerait ses faits et gestes ne verrait en lui qu'un étudiant déchargeant son fatras d'une vieille fourgonnette.

Il sortit les tableaux l'un après l'autre et les déposa en appui contre la grille de l'université.

Il y avait une cabine téléphonique près du portail, raison pour laquelle ils avaient choisi cette entréelà. Peter appela une compagnie de taxis et donna son adresse. On lui promit une voiture dans les cinq minutes.

Elle arriva plus tôt. Le chauffeur l'aida à charger les toiles, qui occupèrent la presque totalité de l'espace à l'arrière.

— À livrer à l'hôtel Hilton, à l'intention de M. Eric Clapton.

Peter accompagna ces mots d'un bon pourboire.

Ce faux nom était une idée de Mitch. Histoire de rigoler. Peter s'y était rangé de mauvais gré.

Il attendit que le taxi soit hors de vue pour remonter dans sa fourgonnette et réintégrer ses pénates. Impossible désormais d'établir un lien entre ces faux tableaux et sa petite maison de Clapham.

Dans sa suite au Hilton, Anne se pavanait dans des vêtements hors de prix achetés dans une boutique de Sloane Street. Elle s'était fait couper les cheveux chez Sassoon, et laissait derrière elle un délicieux sillage de parfum français. Le monde lui appartenait !

Les bras levés, elle effectua une pirouette comme une petite fille faisant admirer sa robe.

— Si je dois croupir en prison jusqu'à la fin de mes jours, ça n'aura pas été pour rien !

— Profite de tes beaux atours parce que demain, ils seront partis en fumée ! lança Mitch du fond du fauteuil en peluche de velours où il était affalé.

En jean évasé, avec chandail et casquette en tricot à pompon, il s'était travesti en homosexuel dévoyé, mais ses mains en perpétuel mouvement démentaient l'aisance qu'il s'efforçait d'afficher. Il n'avait pas touché à ses cheveux, dissimulés sous la casquette, mais il avait chaussé des lunettes factices dont la monture était aux couleurs de la Croix-Rouge nationale.

Sur un petit coup discret, l'employé du room service fit son entrée avec un plateau chargé de gâteaux à la crème.

— Votre café, madame, dit-il le déposant sur la table basse. Monsieur, un taxi avec plusieurs colis attend devant l'entrée.

— Oh, Eric, il doit s'agir des tableaux ! Voulez-vous aller voir, s'il vous plaît ?

Son anglais snob teinté d'accent français laissa Mitch sans voix. Il fit de son mieux pour ne pas le montrer et descendit au rez-de-chaussée.

— Laisse courir le compteur, la patronne a les moyens ! lança-t-il au chauffeur.

Et il ajouta en plaquant deux billets dans la main du groom :

— Trouve-moi un chariot ou quelque chose dans le genre. Et des bras pour m'aider.

Deux minutes plus tard, le gamin revenait, suivi d'un bagagiste en livrée poussant un chariot. Une partie du pourboire avait-elle atterri dans la poche de l'autre ? Difficile à dire.

À eux deux, les employés placèrent cinq tableaux sur le chariot, et le bagagiste disparut. Aidé du groom, Mitch finit de décharger le taxi et régla la course.

Le chariot revenu, Mitch accompagna le reste des toiles jusqu'à sa suite. Nouveau pourboire au bagagiste. Tant qu'à faire, autant s'assurer qu'il profitait de ses largesses !

La porte refermée, il s'assit à la table basse. Première étape du plan achevée avec succès. Plus moyen de faire machine arrière !

La tension s'empara de lui à nouveau. Il la sentait s'insinuer jusqu'au plus profond de ses entrailles. Il extirpa une cigarette de sa poche de chemise en espérant que ça l'aiderait à se relaxer. Peine perdue. Comme toujours, d'ailleurs. Il se brûla avec une gorgée de café.

— Qu'est-ce que tu écris ?

Anne releva les yeux de son bloc-notes.

— La liste des tableaux : noms de l'œuvre, de l'artiste, du marchand auquel elle est destinée ou de la galerie, avec le nom du responsable et celui de son assistant.

Elle feuilleta l'annuaire ouvert sur ses genoux et se remit à écrire.

— Malin ! approuva Mitch.

Il avala une autre gorgée brûlante avant de déballer les toiles. Cigarette aux lèvres, il empila papier et ficelle dans un coin.

Ils avaient avec eux deux portfolios en cuir, un grand et un petit. Il n'avait pas voulu en acheter un pour chaque œuvre, de peur de se faire remarquer.

Sa tâche achevée, il s'assit à côté d'Anne à la grande table au centre de la pièce. S'y trouvaient deux téléphones, installés à leur demande. Anne plaça sa liste sur le côté.

Elle composa un numéro et attendit.

— Claypole et Compagnie, bonjour ! dévida d'un trait une voix féminine.

— Bonjour, répondit Anne sans aucun accent. M. Claypole, je vous prie.

— Un instant.

Un bourdonnement, un clic et une autre voix féminine.

Anne réitéra sa demande.

— Je crains qu'il ne soit en rendez-vous. C'est de la part de qui ?

— De M. Renalle, de l'Agence artistique de Nancy. Passez-moi alors M. de Lincourt, s'il vous plaît.

— Si vous voulez bien attendre. Je vais voir s'il est libre.

Une pause, puis une voix masculine :

— De Lincourt à l'appareil.

— Bonjour, monsieur de Lincourt. M. Renalle, de l'Agence artistique, à Nancy, voudrait vous parler.

Anne fit un signe de tête à Mitch qui décrocha le combiné de son téléphone juste avant qu'elle-même ne raccroche.

— Monsieur de Lincourt ?

— Bonjour, monsieur Renalle.

— Bonjour à vous aussi. Je suis désolé de ne pas vous avoir écrit à l'avance, monsieur de Lincourt. Il se trouve que ma société s'occupe de la succession d'un collectionneur, et l'affaire est un peu urgente, expliqua Mitch.

Son accent à lui consistait à prononcer certains sons de façon inhabituelle, les « k » du fond de la gorge, les « t » la langue collée au palais. Quant au « g » du mot « urgence », il l'avait laissé aux oubliettes.

— En quoi puis-je vous être utile ? s'enquit le marchand poliment.

— Je détiens un tableau qui devrait vous intéresser. C'est un Van Gogh des débuts intitulé *Le Fossoyeur*.

Quatre-vingt-seize centimètres sur soixante-quinze. Plutôt réussi.

— Splendide. Quand pouvons-nous venir le voir?

— Il se trouve que mon assistante est à Londres en ce moment. Au Hilton. Elle pourrait éventuellement vous rendre visite dans l'après-midi. Ou demain matin.

— Cet après-midi. Disons : deux heures et demie?

— *Bien.* Très bien. J'ai votre adresse.

— Vous avez un chiffre en tête, monsieur Renalle?

— Nous avons estimé cette œuvre à quatre-vingt-dix mille livres.

— Eh bien, nous pourrons en discuter plus tard.

— Certainement. Mon assistante a tout pouvoir pour conclure un accord.

— Eh bien, je l'attends avec impatience à deux heures et demie.

— Au revoir, monsieur de Lincourt.

Mitch reposa le combiné avec un soupir retentissant.

— Ma parole, tu es en nage! s'exclama Anne.

Il s'essuya le front de sa manche.

— J'ai bien cru que je n'arriverais jamais au bout. Putain d'accent! J'aurais dû m'entraîner davantage.

— Tu as été formidable. Je me demande ce que pense en ce moment ce crapaud de De Lincourt.

— Je vais te le dire, répondit Mitch en allumant une autre cigarette. Il se frotte les mains d'avoir affaire à un petit Français de province qui n'a aucune idée de ce que vaut un Van Gogh.

— Géniale, ta phrase sur la succession. Ça rend tout à fait plausible qu'un marchand de Nancy ait été chargé de la vente.

— La peur qu'un rival ne cherche à lui damer le pion va le pousser à clore l'affaire au plus vite... Bon, au suivant de ta liste !

Anne entreprit de composer un autre numéro.

Le taxi s'arrêta devant chez Crowforth's, à Piccadilly. Anne régla la course tandis que Mitch transportait le lourd portfolio contenant la toile jusque dans les splendides locaux du marchand de tableaux.

De la salle d'exposition, un large escalier à claire-voie en pin de Scandinavie permettait d'accéder aux bureaux à l'étage. Anne l'escalada devant Mitch et frappa à une porte.

Ramsey Crowforth était un homme sec et nerveux d'une soixantaine d'années, avec des cheveux blancs comme neige et un fort accent de Glasgow. Il tendit la main à ses visiteurs tout en les dévisageant par-dessus ses lunettes et les invita à s'asseoir. Mitch resta debout, le portfolio serré contre son cœur.

Une moquette roux orangé et des lambris du même bois que l'escalier. Bref, un bureau aussi mochard que son propriétaire était sans grâce, décréta Anne par-devers elle. Le galeriste, planté devant son bureau, se tenait en appui sur une jambe, un bras le long du corps. L'autre, plié au coude, le poing posé sur la hanche, repoussait sa veste en arrière, offrant aux visiteurs une vue imprenable sur des bretelles en Lurex. Ce monsieur était peut-être une sommité en matière d'expressionnisme allemand, pour le reste il avait un goût affreux.

— Ainsi, vous êtes mademoiselle Renalle. Et le M. Renalle que j'ai eu au téléphone ce matin est...

— Mon père, acheva Anne en évitant de regarder son compagnon.

— Bien. Voyons ce que vous avez là.

Sur un geste de la jeune femme, Mitch sortit la toile de son cocon et la tint sur une chaise. Crowforth croisa les bras et regarda l'œuvre fixement.

— Un Munch des débuts, lâcha-t-il à mi-voix pour lui-même autant que pour ses visiteurs. Avant qu'il ne devienne la proie de ses psychoses. Assez typique…

Il se détourna du tableau.

— Vous prendrez bien un verre de porto ?

Anne acquiesça.

— Et votre… assistant ?

Mitch déclina d'un signe de tête.

— Si j'ai bien compris, vous êtes mandatée par les héritiers, s'enquit-il tout en remplissant les verres.

— Oui.

Elle embraya, comprenant que par ce petit bavardage Crowforth se donnait le temps d'absorber le choc avant de prendre une décision.

— Roger Dubois était un industriel spécialisé dans les machines-outils agricoles. Sa collection n'est pas très vaste, mais très bien choisie.

— À l'évidence.

Crowforth lui remit son verre et se replaça dos au bureau pour recommencer à étudier le tableau.

— Ce n'est pas tout à fait mon époque. Je ne suis pas un spécialiste de Munch, vous savez ; je m'intéresse aux expressionnistes en général et on ne peut pas dire que ses premières œuvres aient été expressionnistes. À l'évidence. Je l'aime bien, ajouta-t-il en désignant la toile avec son verre. Cependant je souhaiterais avoir une seconde opinion.

Anne eut la sensation qu'on lui plantait un couteau dans le dos. Elle fit de son mieux pour empêcher le rouge de lui monter aux joues.

— Je peux vous le laisser en dépôt jusqu'à demain si vous voulez. Mais j'ai son certificat d'authenticité.

Elle sortit de sa serviette la chemise contenant le document fabriqué par ses soins et portant le tampon de chez Meunier.

— Oh! Voilà qui donne une tout autre coloration à l'affaire.

Il se plongea dans la lecture du papier.

— Je peux vous faire une proposition tout de suite.

Il se remit à contempler l'œuvre pendant un long moment.

— Quel montant m'avez-vous indiqué ce matin, déjà?

— Trente mille guinées, répondit Anne en refrénant son exultation.

Crowforth eut un sourire involontaire. S'efforçait-il lui aussi de dissimuler sa joie?

— Je pense que nous devrions pouvoir trouver cette somme.

Il sortit un chéquier du tiroir de son bureau et rédigea un chèque séance tenante.

« D'un simple claquement de doigts! » pensa-t-elle, ébahie. À voix haute, elle déclara :

— Pouvez-vous l'établir au nom d'Hollows et Cox? Ce sont nos représentants à Londres.

Et comme le galeriste marquait un certain étonnement, elle ajouta :

— C'est le cabinet d'experts-comptables qui s'occupera de transférer les fonds.

Crowforth obtempéra, rassuré par cette explication.

— Comptez-vous rester à Londres un certain temps ? s'enquit-il poliment.

— Juste quelques jours, répondit Anne, saisie du désir irrépressible de vider les lieux au plus vite.

Mais pour ne pas éveiller les soupçons et satisfaire aux règles de la bienséance, elle s'obligea à poursuivre la conversation. Enfin Crowforth lui tendit la main.

— Puis-je espérer vous revoir lors de votre prochain séjour ?

Ils quittèrent le bureau et descendirent l'escalier, le portfolio vide balançant au bout du bras de Mitch.

— Il ne m'a même pas reconnue ! souffla Anna au comble de l'excitation.

— Pas étonnant. Il t'a toujours vue de loin. Et, encore, sous l'aspect d'une petite souris insignifiante mariée à un peintre flamboyant. Maintenant tu es blonde, française et pleine de vivacité.

Ils attrapèrent un taxi devant la galerie et se firent conduire au Hilton. Anne, assise sur la banquette arrière, contempla le chèque signé par Crowforth.

— La vache ! souffla-t-elle dans un murmure et elle éclata en sanglots.

— Inutile de prendre racine ! déclara Mitch.

Il n'y avait pas vingt-quatre heures qu'ils avaient posé le pied dans cette suite. Il était maintenant une heure de l'après-midi le lendemain et ils venaient de livrer leur dernier faux dans une galerie de Chelsea. Dans son sac à main en véritable peau de lézard, Anne avait bel et bien les dix chèques prévus.

Les valises fermées, après un dernier coup d'œil à la chambre pour vérifier que ne traînait aucun stylo ou papier, ils essuyèrent les téléphones et toutes les surfaces polies à l'aide d'une serviette de toilette.

— Le reste n'a pas d'importance, expliqua Mitch. Ce n'est pas une malheureuse trace de doigt sur une vitre ou un mur qui renseignera la police. Le temps qu'elle se décide à relever les empreintes dans cette pièce, il y en aura eu tant d'autres qu'il lui faudra une éternité pour les trier toutes.

Cinq minutes plus tard, ils quittaient l'hôtel. Mitch avait réglé la note avec un chèque tiré sur le fameux compte ouvert au nom d'Hollows et Cox.

Ils prirent un taxi, se firent conduire chez Harrods et se séparèrent à l'intérieur du magasin. Anne alla s'enfermer dans une cabine des toilettes pour dames. De son sac posé sur le siège, elle sortit un imperméable et un chapeau de marin. Dans cette tenue, impossible d'apercevoir un bout de ses vêtements coûteux ou de ses boucles blondes. De toute façon, quelle importance, maintenant, si quelqu'un la reconnaissait ? Ce n'est qu'en se faisant cette réflexion qu'elle prit conscience de la tension dans laquelle elle avait vécu ces dernières heures.

En fait, la peur d'être démasquée ne l'avait pas lâchée un seul instant, bien qu'elle ne connaisse aucun galeriste. C'était Peter qui les rencontrait. Certes, il lui arrivait d'aller dans des vernissages de galeries underground, mais personne ne lui adressait la parole. Mais quand même. Quelqu'un pouvait avoir eu l'impression de l'avoir déjà rencontrée. D'avoir rencontré la personne qu'elle était en réalité.

Elle soupira et entreprit de se démaquiller. Pendant un jour et demi, elle avait été une femme du monde séduisante sur laquelle les têtes se retournaient dans la rue. Des hommes aux tempes argentées l'avaient flattée, lui avaient ouvert la porte ou avaient tenu des propos un peu indignes ; les femmes l'avaient détaillée d'un œil envieux. Maintenant elle redevenait cette… Comment Mitch avait-il dit, déjà ? Cette petite souris insignifiante, mariée à un peintre flamboyant… Pourtant, elle ne serait plus jamais tout à fait la même.

Jusqu'ici, la mode, le parfum et le maquillage ne l'avaient jamais vraiment intéressée. Elle se considérait comme une fille nature, heureuse de son statut d'épouse et de mère. À présent qu'elle avait goûté à la grande vie, qu'elle avait interprété avec succès ce double rôle de femme éblouissante et d'escroc, elle sentait confusément, au fin fond de son être, qu'elle avait répondu tout naturellement à ce jeu ; que le fantôme qui s'était échappé de son cœur ne réintégrerait jamais son ancienne prison.

Comment Peter réagirait-il à sa nouvelle personnalité ?

Elle laissa tomber dans la poubelle son Kleenex taché de rouge à lèvres et quitta le magasin par une entrée donnant sur une petite rue. La fourgonnette attendait le long du trottoir, Peter au volant. Mitch était déjà à l'arrière.

Anne grimpa à l'avant et embrassa son mari.

— Salut, chérie.

Il démarra. Des poils courts et drus ombrageaient déjà ses joues. Dans une semaine, il aurait retrouvé une barbe respectable. Il s'était recoiffé comme avant, ses cheveux mi-longs lui encadrant le visage. Comme elle l'aimait.

Elle ferma les yeux et se laissa aller contre la banquette, savourant avec plaisir la détente.

À Balham, Peter s'arrêta devant une grande maison à l'écart des autres, signalée par un panneau. Il alla sonner à la porte. Une femme ouvrit, un bébé dans les bras. Peter prit l'enfant dans les siens et revint vers la fourgonnette. Le panneau indiquait « Crèche de Greenhill ».

— Ma chérie ! s'exclama Anne en serrant la petite sur son cœur. Maman ne t'a pas trop manqué, hier soir ?

— Ah-reu.

— Qu'est-ce qu'on s'est amusés ! intervint Peter. Porridge au goûter et gâteau sec au petit déj'. Pas mal, hein, Vibeke ?

Anne retint les larmes qui lui montaient aux yeux.

De retour à la maison, Peter sortit une bouteille de champagne du réfrigérateur. Installés dans l'atelier, ils fêtèrent leur succès avec force éclats de rire, en se remémorant les moments les plus dangereux de l'aventure.

Puis Mitch remplit un bordereau de remise de chèques.

— Cinq cent quarante et une mille livres, mes amis !

À ces mots, l'exaltation d'Anne chuta d'un coup, remplacée par une soudaine lassitude. Elle se leva.

— À tout à l'heure. Je vais redonner à mes cheveux leur couleur de petite souris.

Mitch se leva à son tour.

— Je file à la banque avant que ça ferme. Plus vite on aura encaissé ces chèques, mieux ça vaudra.

— Et les portfolios ? demanda Peter. On s'en débarrasse ?

— Jette-les dans le canal ce soir.

Au rez-de-chaussée, il retira son chandail à col polo et passa une tenue plus digne : chemise, veston, cravate.

Peter le rejoignit.

— Tu prends la fourgonnette ?

— Non, le métro. Au cas où des petits gars s'amuseraient à relever les plaques. À tout à l'heure.

Quarante minutes porte à porte jusqu'à la banque dans la City. Le caissier se contenta de vérifier le total inscrit sur le bordereau. Sans réagir. Un coup de tampon, et il rendit à Mitch son carnet.

— Je voudrais voir le directeur si c'est possible, déclara celui-ci.

Le caissier quitta son poste. Deux minutes plus tard, il faisait signe à Mitch de franchir le portillon en verre blindé. « Facile comme bonjour ! Je commence à réfléchir comme un criminel », se dit Mitch, et cette pensée lui rappela une conversation avec des amis marxistes. Trois heures à tenter de les convaincre que les représentants les plus engagés de la classe ouvrière faisaient les meilleurs escrocs.

Le directeur de l'agence, petit homme rondouillard et affable, avait devant lui un papier avec un nom et des chiffres.

— Je constate avec plaisir que notre agence vous est utile, monsieur Hollows. J'apprends que vous venez de déposer plus d'un demi-million de livres.

— Une opération fructueuse, expliqua Mitch. De nos jours, l'art attire des capitaux importants.

— Je croyais que M. Cox et vous-même étiez professeurs d'université.

— Absolument. Mais nous avons décidé d'appliquer nos connaissances au marché de l'art. Décision assez positive, comme vous le voyez.

257

— J'en suis ravi. Eh bien, que pouvons-nous faire d'autre pour vous ?

— Quand ces chèques auront été compensés, je voudrais que vous placiez l'argent en titres négociables.

— Certainement. Il y aura des honoraires, naturellement.

— Cela va de soi. Changez cinq cent mille livres en titres et laissez le reste sur le compte. Pour couvrir les divers honoraires et les chèques que mon associé et moi-même pourrons être amenés à tirer.

Le directeur reporta ces instructions sur le papier devant lui.

— Autre chose, poursuivit Mitch. Je voudrais louer un coffre.

— C'est facile. Voulez-vous visiter la salle ?

Ben merde, alors ! Ils font tout pour simplifier la vie aux voleurs !

— Non, ce ne sera pas nécessaire, répondit Mitch tout haut. Mais puis-je en avoir la clef tout de suite ?

Il détourna les yeux et fixa la fenêtre, le temps que le directeur transmette ses ordres par téléphone.

— Vous aurez la clef dans deux minutes.

— Bon. Prévenez-moi quand vous aurez acheté les valeurs.

Un jeune homme entra et remit une clef au directeur, qui la donna à Mitch.

Sur ce, Mitch se leva.

— Je vous remercie.

— Le plaisir était pour moi, monsieur Hollows.

Une semaine plus tard, Mitch s'entendait confirmer par le directeur de l'agence que les titres et valeurs attendaient son bon vouloir. Muni d'une valise vide, il partit pour la banque en métro.

Il se fit remettre les titres. Mais au lieu de les déposer dans son coffre, il les rangea dans sa valise.

Une fois dans la rue, il marcha jusqu'à une autre agence. Là, il effectua toutes les démarches nécessaires pour louer un coffre et régla le montant demandé avec un chèque tiré sur son compte personnel. Valise et titres furent déposés dans ce second coffre.

Sur le chemin du retour, il s'arrêta dans une cabine téléphonique et appela un journal paraissant le dimanche.

CHAPITRE 5

Samantha regarda autour d'elle, émerveillée : plus d'ouvrier, pas le moindre vestige de tous les gravats, bidons de peinture et autres rouleaux de linoléum qui s'entassaient dans les coins lors de sa dernière visite. Aujourd'hui, la moquette épaisse, la jungle de projecteurs au plafond, les curieux meubles futuristes posés çà et là faisaient de la Black Gallery un lieu à la fois élégant et intime.

Julian se leva du bureau en verre et chrome placé près de l'entrée pour venir les saluer, elle et son compagnon. Poignée de main à l'actrice, signe de tête à Tom.

— Que je suis heureux que vous ayez accepté d'honorer de votre présence la soirée d'inauguration ! Je vous fais visiter ?

— Si je ne vous arrache pas à une tâche d'importance.

Julian eut un petit geste du revers de la main.

— Je ne faisais que tester mes talents de magicien sur quelques factures, histoire de les faire disparaître. Venez !

Elle l'observa pendant qu'il leur montrait les peintures et parlait des artistes, et le trouva changé. Son physique, tout d'abord, mais aussi sa façon de s'exprimer et sa démarche. Disparu, le côté pensionnaire bien élevé : sa coupe de cheveux, naturelle et à la mode, lui couvrait les oreilles. Il se dégageait de lui une confiance et une autorité nouvelles. Un de ses problèmes devait avoir trouvé sa solution. Lequel, le conjugal ou le financier ? Les deux ?

Ses choix artistiques lui plurent. Certes, il n'y avait rien de renversant parmi les œuvres exposées, sauf la sculpture dans l'alcôve – sorte de magma tremblotant en fibre de verre –, mais les tableaux étaient de bonne facture. Le genre de choses qu'on pouvait accrocher chez soi, se dit-elle en s'étonnant de voir combien cette formule exprimait avec justesse son sentiment.

Il abrégea la visite comme s'il craignait qu'ils ne s'ennuient. Samantha lui en sut gré. L'art, c'était très bien, mais une seule chose l'intéressait ces derniers temps : se défoncer. Ou alors dormir, mais, depuis quelque temps, Tom refusait parfois de lui donner des pilules, le matin notamment. Et quand elle n'en prenait pas, son humeur passait par des hauts et des bas sans raison.

Ils étaient revenus à la porte lorsque Samantha lança :

— J'aimerais vous demander quelque chose, Julian.

— Votre serviteur, madame.

— Pourriez-vous nous faire inviter à dîner chez votre beau-père ?

— Pour rencontrer ce vieux barbon ? Quelle drôle d'idée !

— Il me fascine. Ce n'est pas courant de rassembler une collection d'un million de livres pour s'en défaire ensuite… Je crois que c'est mon genre d'homme, minauda-t-elle en battant des cils.

— Si vous y tenez, ce n'est pas compliqué. Je vous emmènerai un de ces jours. Nous dînons chez lui une ou deux fois par semaine. Ça évite de faire à bouffer. Je vous passerai un coup de fil.

— Merci.

— Pour en revenir à l'ouverture, vous connaissez la date. Ce serait bien si vous pouviez arriver vers les six heures et demie.

— Julian, je suis ravie de vous rendre service, mais vous comprendrez que je ne peux pas faire autrement que d'être la dernière.

Il rit.

— Évidemment ! J'oubliais que vous étiez une star. Officiellement, l'ouverture est à sept heures et demie, huit heures. Disons huit heures, alors.

— D'accord. Mais d'abord le dîner chez lord Cardwell. Je compte sur vous ?

— Entendu.

Ils se serrèrent la main. Julian s'en retourna à son bureau et à ses factures.

Dans cette foule compacte du marché, impossible de marcher droit. Pourtant, vue de loin, cette place immense avait toujours l'air à moitié vide. C'était le propre des marchés en plein air que d'attirer le monde. Les clients aimaient ça, les commerçants aussi. Pour ne rien dire des pickpockets.

En bon connaisseur des coutumes du lieu, Tom ne se sentait pas à son aise parmi ces Orientales en saris, ces mamas antillaises et ces pâtres grecs au teint oli-vâtre. Le bruit, la multitude d'accents, les étals de vais-selle et de fripes d'occasion, tout cela lui rappelait un monde sur lequel il avait tiré un trait. S'il aimait à affi-cher ses origines ouvrières dans les cercles mondains qu'il fréquentait aujourd'hui, il ne leur conservait pas la moindre affection et il en voulait à tous ces gens de se sentir l'un des leurs : à ces vieux cockneys en cas-quette, à ces mères épuisées prises d'assaut par leur marmaille, à ces jeunes chômeurs qui frimaient dans des jeans bien évidemment « tombés du camion ».

Il se fraya tant bien que mal un chemin vers le pub au bout de la rue.

« Marchandise volée, mais faut pas le dire ! » La phrase prononcée derrière lui par une voix chantante lui arracha un sourire. Quelques-uns des bijoux que ce gars écoulait sur sa caisse d'oranges retournée prove-naient certainement de larcins – de larcins commis ici même, au marché –, mais pour la plupart, ce n'était que du rebut d'usine, des babioles de trop mauvaise qualité pour aboutir dans un magasin. Qu'importe ! La popu-lace croyait dur comme fer qu'une marchandise volée était forcément de meilleure qualité.

Enfin, il était arrivé ! Le Cock était un pub dans la plus pure tradition : mal éclairé, rempli de fumée et sentant fort, avec un sol en béton et des banquettes dures aux fesses le long des murs. Il s'avança jusqu'au comptoir.

— Whisky-soda, s'il vous plaît. Est-ce que Bill Wright est là ?

— Le vieux Wright Bon-Œil ? Là-bas, avec une Guinness.

Et le barman de désigner le fond de la salle.

— Une autre pour lui, alors.

Tom régla les boissons et les emporta jusqu'à une table ronde.

— Salut, mon adjudant !

Wright releva les yeux par-dessus sa chope d'une pinte.

— Effronté ! Tu m'as payé un verre, au moins ?

Ce surnom de Bon-Œil était une plaisanterie à double sens, typique du parler cockney, car Wright n'avait pas seulement des yeux exorbités et d'une curieuse couleur orangée, il avait aussi été soldat de métier dans une vie antérieure.

Tom avala une gorgée de son whisky en examinant son vis-à-vis : la couronne de cheveux drus et blancs coupés ras entourant la touffe de poils bruns et gras qui s'épanouissait au sommet de son crâne ; son bronzage indécent dû aux six semaines de vacances aux Caraïbes qu'il s'offrait deux fois l'an grâce à ses revenus de perceur de coffres-forts, carrière qu'il avait embrassée en quittant l'armée. La réputation d'habileté de Wright n'était plus à faire. Il n'avait été pris qu'une seule fois et encore, à la suite d'un incroyable concours de circonstances : un voleur qui s'était introduit dans la maison ayant déclenché l'alarme juste au moment où lui-même effectuait tranquillement son casse.

— Beau temps pour les gros coups, monsieur Wright, déclara Tom.

L'intéressé éclusa son verre et empoigna celui apporté par Tom.

— Tu sais ce qu'il est dit dans la Bible : « Le Seigneur répand son soleil et sa pluie sur le méchant comme sur le juste. » Ce verset a toujours été pour moi source de grande consolation.

Il descendit un bon quart de sa chope et reprit :

— Quant à toi, fiston, tu ne peux pas être tout à fait mauvais si tu payes à boire à un pauvre vieux comme moi.

Tom porta son verre à ses lèvres.

— Bonne chance ! La même que celle qui t'a permis de te payer ce costume.

Tendant le bras par-dessus la table, il palpa le revers de son interlocuteur.

— Savile Row, je suppose ?

— Tu supposes bien, gamin. Tu sais ce qu'il est dit aussi dans la Bible : « Tiens-toi à l'écart de toute manifestation du mal. » C'est un excellent précepte. Mais dis-moi : quel est le flic qui voudrait arrêter un vieil adjudant à cheveux courts si bien mis ?

— Et capable en plus de le noyer sous les citations bibliques.

— Humm.

Wright lampa goulûment plusieurs gorgées de bière.

— Si tu laissais tomber les allusions, jeune Thomas, et me disais plutôt ce qui t'amène ?

— Un boulot pour toi.

Wright plissa les yeux.

— Quoi donc ?

— De l'art.

— Des photos porno ? Tu peux pas…

— Non. Des œuvres d'art. De la marchandise rare.

Wright secoua la tête.

— Non, mon pote. Je saurais pas comment m'en débarrasser.

Tom eut un geste impatient.

— Je ne ferai pas ça tout seul. D'abord, parce que j'ai besoin d'un apport financier.

— Qui est sur le coup, avec toi ?

— C'est aussi ce dont je voudrais discuter avec toi. Je pense au Mandingue. T'en dis quoi ?

Wright inclina la tête pensivement.

— Ça partage le magot en beaucoup. Combien ?

— Un million en tout.

L'adjudant haussa ses sourcils d'un blond presque blanc.

— Voilà ce que je dis : si le Mandingue en est, j'en suis aussi.

— Parfait. Allons le trouver.

Ils quittèrent le pub et se dirigèrent vers une Citroën flambant neuve couleur moutarde, garée sous un panneau d'interdiction. Au moment où Wright en ouvrait la portière, un vieux barbu en pardessus taché apparut. Wright lui donna la pièce et monta en voiture.

— Il surveille la pervenche, expliqua-t-il en démarrant. Tu sais ce qu'il est dit dans la Bible : « Ne muselle pas le bœuf qui mange le maïs. » Les bœufs, c'est les contractuels.

Drôle de citation. En quoi correspondait-elle à la situation ? Tom se creusa la cervelle pendant tout le trajet.

— Il vit ici ? s'étonna-t-il quand Wright s'arrêta dans une rue étroite du quartier des théâtres.

— Ça marche bien pour lui.

Ils pénétrèrent dans un immeuble sans caractère.

Ils montèrent jusqu'au dernier étage par l'ascenseur. Une porte percée d'un œilleton. Wright frappa.

Ouvrit un jeune Noir en pantalon de matador et chemise éclatante, avec plusieurs rangs de perles en verre autour du cou et une cigarette entre ses doigts fins.

— Salut, le Mandingue !

— Hé, les mecs, entrez donc !

D'un mouvement de sa cigarette, il les invita à pénétrer dans l'appartement.

Déco luxueuse dans les tons rouge et noir, meubles de prix, profusion de joujoux électriques. Tout ce dont pouvait rêver un homme ayant plus d'argent qu'il ne peut en dépenser : un transistor sphérique, une télé couleurs accompagnée de sa petite sœur portative, une pendule numérique, une chaîne hi-fi et tous ses accessoires et un téléphone antédiluvien parfaitement incongru en ce lieu.

Avachie dans un profond fauteuil, une blonde blafarde se cachait derrière des lunettes noires, un verre dans une main, une cigarette dans l'autre. Petit signe de tête à l'adresse des nouveaux venus. Mépris total pour la cendre tombée sur le tapis.

Le trio prit place. Quelle différence entre ces deux hommes ! se dit Tom. Comment pouvaient-ils travailler ensemble ?

— Alors, mec, que me vaut l'honneur ?

Ce fut Wright qui répondit :

— Tom voudrait que tu finances un petit boulot.

— Tom Copper, c'est ça ? lâcha le Mandingue. Je croyais que tu avais laissé tomber les gribouillages pour te recycler dans la défonce ?

— C'est un gros coup, le Mandingue, répliqua Tom sèchement, irrité de se voir rappeler le temps où il imitait les signatures sur les chèques.

— Déballe !

— La collection de lord Cardwell. T'as lu dans les journaux, je suppose. J'ai une entrée dans la place.

— Tu m'épates, Tom. T'as peut-être fait du chemin, après tout. Il le garde où, son magot ?

— Chez lui, à Wimbledon.

— C'est pas la porte à côté. Je sais pas si je peux tenir les flics jusque-là.

— Pas besoin, dit Tom. Y a que trente tableaux. Tout aura été dégagé à l'avance. Bill est avec moi sur ce coup. Un boulot d'un quart d'heure, à tout casser.

— Un million en un quart d'heure… ça me botte.

Caresse distraite sur la cuisse de la blonde tout en réfléchissant à haute voix :

— La fourgonnette et deux gros bras, le stockage pendant que c'est chaud, les clients après. L'expédition aux States. Au mieux, un demi-million. Probablement deux ans pour se défaire du tout.

Il releva les yeux.

— D'accord. Cinquante pour cent pour moi. Le reste à partager entre vous. Mais ça prendra un bail avant que vous touchiez votre part.

— Cinquante pour cent ?! s'exclama Tom.

Wright posa une main apaisante sur son bras.

— T'emballe pas. Le Mandingue prend sur lui le stockage. C'est le risque le plus gros.

— Y a pas que ça, intervint l'autre comme s'il n'avait pas entendu. Je dois aussi mettre mes hommes en première ligne, avancer le pognon, dégotter l'entrepôt. Sans dire que rien que pour t'avoir parlé, je peux déjà être inculpé de complicité ! Alors, un petit conseil : te lance pas dans l'aventure si t'es pas certain à cent pour cent du résultat. Si tu foires, t'as intérêt à quitter le pays avant que je te mette la main dessus. J'ai ma réputation à tenir.

Wright se leva, Tom suivit le mouvement. Le Mandingue les raccompagna à la porte. Sur le seuil, il dit encore :

— Hé, Tom, c'est quoi, ton entrée dans la place ?

— Je dîne là-bas ce soir. À la prochaine !

Le Mandingue en riait encore à gorge déployée en refermant la porte.

QUATRIÈME PARTIE

Le vernis

Je crois que je sais à quoi ça ressemble d'être Dieu.

Pablo Picasso

CHAPITRE 1

Dans la salle de presse, le journaliste réfléchissait à son avenir. Que faire de mieux un mercredi, puisque toutes les décisions prises ce jour-là étaient systématiquement annulées le lendemain ? Aussi s'était-il fixé pour politique de ne pas en ficher une rame le mercredi.

Sa carrière, brève mais spectaculaire, avait de quoi nourrir ses pensées. Trois emplois à peine sorti d'Oxford : d'abord dans un petit hebdomadaire du sud de Londres, ensuite dans une agence de presse et, enfin, dans ce célèbre journal du dimanche. Le tout en moins de cinq ans !

Progression remarquable, mais en réalité rien de très consistant. Plutôt de la poudre aux yeux. Et le pire, c'était que ce démarrage sur les chapeaux de roues ne lui avait pas obtenu le poste de critique d'art dont il rêvait. Pourtant, c'était bien son objectif en prenant ces boulots mortels d'ennui : prouver de quoi il était capable. Mais force lui était de constater aujourd'hui, après trois mois dans ce journal du dimanche, qu'il était bel et bien le dernier dans la file des prétendants. Et à l'horizon, pas le moindre espoir de voir son rêve se réaliser.

Son sujet pour la semaine : la pollution d'un réservoir au sud du pays de Galles. Sujet qui pouvait très bien être remplacé dès demain par un autre, au Sussex ou ailleurs, et qui, de toute façon, n'aurait aucun rapport avec l'art ni de près ni de loin. Voilà pourquoi il rêvassait. Ou plutôt : « rassemblait les infos préliminaires », si jamais on lui posait la question.

Il s'apprêtait à saisir le gros dossier devant lui portant l'étiquette : « pollution – eau – réservoirs », quand son téléphone sonna. Sa main se déplaça vers le combiné.

— Rédaction.

— T'as ton stylo en main ?

Louis Broom tiqua. Des appels bizarroïdes, il en avait reçu pas mal en cinq années de métier, mais une entrée en matière comme celle-là, il n'y avait encore jamais eu droit. Il piocha dans son tiroir un bloc-notes et un Bic.

— Oui. C'est à quel sujet ?

Autre question en guise de réponse :

— T'y connais quelque chose en art ?

Louis tiqua de nouveau. Son correspondant n'avait pas l'air d'un illuminé. Il avait une voix posée, ni hystérique ni essoufflée, sans rien de l'intensité vibrante à laquelle on reconnaît souvent les cinglés.

— Curieusement, il se trouve que oui.

— Alors, ouvre grand tes oreilles parce que je ne vais pas répéter deux fois. La semaine dernière a été perpétrée à Londres la plus grande fraude de toute l'histoire de l'art.

« Oh, zut, encore un dingue ! » pensa Louis et il demanda poliment :

— Puis-je avoir votre nom, monsieur ?

— Ferme-la et écris. Claypole & Cie a acheté un Van Gogh intitulé *Le Fossoyeur* pour quatre-vingt-neuf mille livres, et Crowforth un Munch appelé *La Haute Chaise* pour trente mille.

Pris de frénésie, Louis se mit à noter la liste des dix tableaux et galeries que lui dévidait l'inconnu sur un ton monocorde.

— Le total se monte à plus d'un demi-million de livres. Je ne te demande pas de me croire, juste de vérifier. Nous te dirons le pourquoi du comment plus tard, quand l'article aura été publié.

— Juste une minute…

Un clic sonore et Louis n'entendit plus que la tonalité. Il raccrocha et se laissa retomber contre son dossier. Que faire maintenant ? Il alluma une cigarette. Quatre-vingt-dix-neuf chances sur cent pour que cet appel provienne d'un fou. Cependant, impossible de l'ignorer : c'était souvent dans le dernier pour cent que se cachaient les scoops.

Prévenir le rédac chef ? Non ! À tous les coups, il lui dirait de refiler l'info au critique d'art. Mieux valait creuser d'abord lui-même. Histoire d'établir son droit de propriété sur l'affaire. Au cas où.

Il trouva le numéro de la galerie Claypole dans l'annuaire.

— Avez-vous en vente un Van Gogh appelé *Le Fossoyeur* ?

— Un instant, monsieur, je me renseigne.

Louis profita de la pause pour allumer une autre cigarette.

— Bonjour ? Oui, nous avons bien cette œuvre.

— Pouvez-vous m'en dire le prix ?

— Cent six mille guinées.

— Merci.

Il appela ensuite Crowforth et Cie et constata qu'ils avaient effectivement un Munch appelé *La Haute Chaise*, en vente au prix de trente-neuf mille guinées.

L'histoire se tenait. Inutile de l'ébruiter. Mieux valait y réfléchir d'abord.

Il composa un autre numéro.

Peter Schmidt entra dans le bar. Ce grand blond énergique au visage rougeaud avait été à Oxford l'un des professeurs les plus érudits de la chaire d'histoire de l'art, malgré son zézaiement et son atroce accent allemand. Un véritable puits de science. Incollable sur Van Gogh notamment. Louis, qui suivait pourtant un cursus d'anglais, avait assisté à toutes ses conférences, pour le seul bonheur d'écouter ses théories enthousiastes et iconoclastes. Le professeur et l'élève avaient pris l'habitude de se retrouver en dehors de l'amphi pour débattre autour d'un verre des sujets qui leur tenaient à cœur, quitte à s'étriper en toute amitié.

Schmidt repéra Louis de loin et lui adressa un signe de la main avant de se propulser vers lui en s'appuyant lourdement sur sa béquille.

— Le ressort de votre affreuse guibole de rechange grince toujours autant ! lâcha Louis en guise d'accueil.

— Qu'est-ce qui t'empêche de le graisser à l'huile de whisky ? répliqua Schmidt. Après, tu me diras à quoi riment tous ces mystères.

Louis commanda un double scotch à l'intention du professeur.

— Une chance que j'aie réussi à vous mettre le grappin dessus !

— Surtout que je pars pour Berlin la semaine prochaine. C'est la folie, je n'ai pas une minute à moi.

— C'est d'autant plus gentil d'être venu.

— Oui. Bon, de quoi s'agit-il ?

— Je voudrais vous montrer un tableau.

Schmidt avala son scotch.

— J'espère qu'il en vaut la peine.

— C'est justement ce que je voudrais que vous me disiez. On y va ?

Ils suivirent Piccadilly et tournèrent dans James Street en direction du sud. Spectacle incongru dans ce quartier commerçant que celui de ce jeune homme en costume brun à fines rayures et souliers à semelles compensées, trottinant à côté d'un vieillard invalide en jean délavé et chemise bleue déboutonnée au col. Enfin ils arrivèrent à la galerie : une petite maison à fenêtres en encorbellement, coincée entre une élégante boutique de chapeaux et un restaurant français.

Il leur fallut la traverser d'un bout à l'autre, le fameux *Fossoyeur* étant accroché seul tout au fond de la salle, sur un mur savamment éclairé.

Un paysan aux membres lourds et aux traits las. Derrière lui, une plate campagne hollandaise s'étendant à l'infini et un ciel plombé pesant sur toutes choses. Oui, c'était bien la patte de Van Gogh, pensa Louis. Incontestablement. Et l'œuvre était signée.

— Professeur Schmidt, quel plaisir !

Le journaliste se retourna. Un homme frêle avec une barbe à la Van Dyck les avait rejoints et fixait le tableau.

— Bonjour, Claypole.

— Une découverte incroyable ! expliquait le galeriste. Une œuvre merveilleuse. Et pour la première fois sur le marché, vous savez !

— Vous pouvez me dire où vous l'avez dénichée ?

— Cela m'est impossible, je le crains. Secret professionnel, voyez-vous.

— Dites-moi comment elle s'est retrouvée entre vos mains et je vous dirai ce qu'elle vaut.

— Dans ce cas… Eh bien, c'est un coup de chance, vraiment. Un type de passage à Londres m'a contacté la semaine dernière. Un certain Renalle, d'une petite agence de Nancy. Il avait en dépôt une assez grande collection de tableaux provenant de la succession d'un industriel ou quelque chose comme ça. En fait, il en avait un avec lui au Hilton. Bref, il m'a tout simplement proposé ce tableau. J'étais le premier à qui il s'adressait.

— Il vous en a demandé cher ?

— Cent six mille guinées. Un prix correct, je pense.

Schmidt lâcha un grognement et s'appuya lourdement sur sa béquille, les yeux rivés sur le tableau.

— À votre avis, il vaut combien ? demanda Clay-pole.

— Dans les cent livres, répondit Schmidt. C'est le meilleur faux que j'aie vu de ma vie !

Louis avait pour rédacteur en chef un type de petite taille doté d'un fort accent du nord qui ponctuait ses discours de gros mots. Il tira sur son nez en bec d'aigle et résuma la situation par ces mots :

— Ce qu'on sait, c'est que ces putains de toiles ont toutes été achetées à la suite d'un coup de fil émanant d'un inconnu. Les prix demandés étaient apparemment corrects. Le mec en question s'appelait Renalle. Il était descendu au Hilton, mais ça, le connard qui nous a appelés ne nous l'avait pas dit. On sait enfin que dans le tas, il y a au moins une saloperie de faux.

Louis hocha la tête.

— Le type a dit aussi quelque chose du genre : « Je te dirai pourquoi on a fait ça. » Ce qui laisse à penser que c'était Renalle en personne.

— À mon avis, il a voulu se faire de la pub, déclara le rédacteur en chef sur un ton pénétré.

— Ça ne change rien au fait que c'est l'escroquerie la plus monumentale jamais commise à l'encontre du milieu de l'art londonien, réagit Louis.

— T'inquiète ! On va pas l'éventer bêtement, ta putain de nouvelle. Voilà comment on va procéder.

Et de se tourner vers Eddie Mackintosh, le critique d'art du journal.

— Toi, tu mets la main sur Disley, de la National Gallery, ou sur un autre mec occupant une position similaire dans une institution renommée. Quelqu'un qu'on puisse citer comme le plus grand expert de Grande-Bretagne. Et tu te débrouilles pour faire avec lui le tour de toutes les galeries concernées. Tu lui proposes des honoraires de consultant, si ça peut le décider. Qu'il authentifie ces putains de tableaux, mais pas un mot aux galeristes, surtout, même s'il s'agit de faux ! S'ils apprennent qu'ils se sont fait baiser, ils se précipiteront chez les flics, vent debout. Et Scotland Yard refilera illico l'info à un grand quotidien qui se fera un plaisir de nous couper l'herbe sous le pied.

« Toi, Louis, tu prends l'affaire par l'autre bout. Tu as déjà un sujet, indépendamment de ce que découvrira Eddie. Un faux de cette valeur, ça mérite un papier. Tu essaies de remonter la trace de ce Renalle. Trouve son numéro de chambre à l'hôtel, combien de personnes l'occupaient, etc. Pigé ?

Au ton du rédac chef, il était clair que l'entretien était terminé. Les deux journalistes s'éclipsèrent.

Cinq livres au concierge de l'hôtel, et Louis fut autorisé à jeter un coup d'œil au registre. Pas de Renalle de toute la semaine qui avait précédé le jour J. Pas davantage à la deuxième lecture. En revanche, quelqu'un s'était enregistré sous le nom d'Eric Clapton. Il le signala à l'employé.

— Oui, je me rappelle. Il était avec une Française plutôt belle qui s'appelait Renault ou quelque chose comme ça. Je m'en souviens parce qu'un taxi est venu lui livrer une quantité de tableaux très lourds. Et parce qu'il laissait aussi de bons pourboires.

Louis nota le numéro de la chambre.

— Quand un client règle par chèque, vous gardez la trace de la banque sur laquelle il a été tiré ?

— Oui.

Deux billets de cinq supplémentaires.

— Tu peux m'avoir le nom de cette banque et son adresse ?

— Pas dans l'instant. D'ici une demi-heure.

— Je t'appelle du bureau.

Pour tuer le temps, il rentra à pied au journal.

— Le chèque portait les noms de MM. Hollows et Cox, lui apprit le concierge. Signé de M. Hollows.

Louis se rendit à la banque en taxi.

— Nous ne donnons jamais les adresses de nos clients, déclara fermement le directeur.

Louis voulut discuter :

— Il faudra bien que vous les fournissiez à la police. Ces personnes sont impliquées dans une fraude d'envergure.

— Je ferai en temps voulu ce que la police me demandera. Si jamais elle me demande quelque chose. Et à condition qu'elle soit en possession de toutes les requêtes judiciaires en bonne et due forme.

— Auriez-vous alors la bonté de téléphoner vous-même à ces clients pour leur demander leur autorisation ?

— Pourquoi le ferais-je ?

— Quel avantage aurait votre banque à être dépeinte sous un jour déplaisant dans mon article ?

Le directeur garda le silence. Ses réflexions l'incitèrent à composer un numéro de téléphone. Que Louis s'appliqua à mémoriser.

— Pas de réponse !

À peine ressorti dans la rue, Louis appela les renseignements depuis une cabine et demanda l'adresse correspondant au numéro composé par le directeur. Il s'y rendit en taxi.

Un camping-car était garé dans l'allée et M. Hollows en descendait les bagages fixés sur le toit. Il revenait tout juste de vacances en Écosse avec sa famille.

Apprenant qu'un inconnu avait ouvert un compte bancaire à son nom, il s'inquiéta. Non, il n'avait pas la moindre idée de qui cela pouvait être. Oui, il voulait bien prêter une photo à Louis. Il en avait justement une avec M. Cox, son ami.

Louis rapporta les photos à la banque.

— Ce compte n'a été ouvert ni par l'un ni par l'autre de ces messieurs, affirma le directeur.

Il commençait à s'inquiéter. Sa conversation téléphonique avec M. Hollows ne fut pas pour le rassurer. Il alla jusqu'à confier à Louis que de grosses sommes avaient transité sur ce compte avant d'être converties en valeurs négociables et déposées dans la chambre forte de la banque.

Il y descendit en compagnie de Louis et se fit ouvrir le compartiment loué par M. Hollows. Vide !

Les deux hommes se regardèrent.

— La piste s'arrête ici, conclut Louis.

— Écoute ça, Mitch : « M. Jonathan Rand, le plus grand expert de Grande-Bretagne, estime que ces tableaux sont l'œuvre du meilleur faussaire de ce siècle. » De qui parle-t-il à ton avis ? De toi ou de moi ?

Installés dans l'atelier de la maison de Clapham, les deux compères en étaient à leur deuxième tasse de café après celle du petit déjeuner. Ils avaient chacun leur exemplaire du journal du dimanche, et ce qu'ils y lisaient sur eux-mêmes les remplissait d'une allégresse teintée de stupéfaction.

— Ils n'ont pas chômé, ces journalistes ! déclara Mitch. Le compte bancaire, le coffre-fort et même une interview de ce pauvre Hollows !

— Qu'est-ce que tu dis de ça : « Le faussaire a si bien effacé ses traces que Scotland Yard estime qu'il a dû profiter de l'aide d'un criminel expérimenté » ? Toi en l'occurrence, puisque je suis moi-même le brillant faussaire.

Mitch posa son journal par terre et souffla sur son café.

— Ça montre combien tout cela est facile à exécuter. CQFD !

— Et ça : « Le coup de maître de ce faussaire a été d'accompagner chaque toile d'un certificat d'origine, document similaire aux pedigrees qui ont cours dans le monde animal. Rédigés sur un papier à l'en-tête de la firme Meunier, ces certificats portaient le tampon de cette célèbre agence artistique de Paris, tampon vraisemblablement dérobé, de même que le papier… » J'aime assez le « coup de maître ».

Peter replia son journal et le balança au loin. Mitch se mit à gratter un blues sur la guitare d'Anne.

— J'espère qu'Arnaz trouve la farce à son goût, reprit Peter. Vu qu'il a payé pour.

— Alors qu'il ne croyait pas un instant au succès de l'entreprise, j'en suis persuadé.

— Ouais, c'est bien vrai, s'esclaffa Peter.

Mitch reposa soudain la guitare si brutalement que le bruit, amplifié par la caisse de résonance, retentit comme un coup de tonnerre.

— Reste le plus important. Autant s'y mettre tout de suite !

Peter avala son fond de café et se leva.

Les deux amis enfilèrent leurs vestes, dirent au revoir à Anne et sortirent.

Ils marchèrent jusqu'à la cabine téléphonique du coin de la rue.

— Il y a un truc qui me chiffonne, dit Peter en soulevant le combiné.

— Scotland Yard ?

— Ouais.

— Moi aussi. Ils sont sûrement déjà en train de remonter l'appel passé au journal. S'ils arrivent jusqu'à cette cabine, ils n'auront qu'à installer un cordon de sécurité autour du quartier et à interroger les voisins pour savoir qui fréquente le monde de l'art.

— Qu'est-ce que tu proposes ?

— On contacte un autre canard. À l'heure qu'il est, ils sont sûrement tous au courant de l'aventure.

— OK.

Peter dégagea l'annuaire de son support et l'ouvrit à la lettre D, pour *Daily*.

— Lequel on prend ?

Les yeux fermés, Mitch planta son doigt sur la page. Peter composa le numéro échu et demanda à parler à un journaliste.

Quand il en eut un au bout du fil, il demanda :

— Tu prends en sténo ?

286

— Évidemment, répondit une voix grincheuse.

— Alors, prépare-toi. Je suis Renalle, le fameux faussaire. Si j'ai commis cette géniale escroquerie, c'est pour montrer que le milieu de l'art londonien est archinul. Non seulement il ne s'intéresse qu'aux peintres morts et enterrés, mais en plus il ne sait apprécier que les chefs-d'œuvre reconnus. La preuve : les dix meilleurs marchands de Londres n'ont pas été foutus de repérer un faux. En fait, ce n'est pas l'amour de l'art qui les motive, pas du tout. C'est l'avidité, purement et simplement. Le snobisme. Par leur faute, l'argent investi dans l'art se retrouve totalement détourné de ceux qui en ont réellement besoin, je veux dire : les artistes.

— Pas si vite ! protesta le journaliste.

Peter n'y prêta pas attention.

— Je me propose donc de restituer aux galeristes l'ensemble des sommes déboursées, déduction faite de mes frais. Lesquels se montent à mille livres environ. Mais cela à deux conditions seulement. Premièrement, qu'ils consacrent le dixième de la somme totale, à peu près cinquante mille livres, à l'acquisition d'un lieu situé dans le centre de Londres où de jeunes artistes inconnus pourront louer des ateliers à bas prix. Pour ce faire, ils devront s'unir et constituer un fonds destiné à l'achat du bâtiment et à sa gestion. Deuxièmement, que la police abandonne toute enquête liée à cette affaire. J'attends la réponse à ces propositions dans les colonnes de votre journal.

— Êtes-vous un jeune peintre vous-même ? voulut demander le journaliste.

Mais Peter avait déjà raccroché.

— Tu as oublié l'accent français, fit remarquer Mitch.

— Ah, merde !

— Je ne crois pas que ça fasse tellement de différence, dit Mitch tandis qu'ils rentraient à la maison. Qu'est-ce qu'ils auront appris de plus ? Que le faussaire n'est pas français, et qu'on peut restreindre l'enquête au seul Royaume-Uni ? Et après ?

Peter se mordit la lèvre.

— Ça montre aussi que nous nous relâchons et ça, ce n'est pas bien. Faut pas vendre la peau de l'ours avant de lui avoir fait rendre gorge.

— Avant de l'avoir tué.

— Proverbe à la con.

À la maison, Anne jouait dans le jardinet avec Vibeke.

— Si on sortait ? proposa-t-elle. Il fait si beau.

— Bonne idée, répondit Peter après un coup d'œil à Mitch.

Mais voilà qu'une voix de basse au fort accent américain lança soudain depuis le trottoir :

— Comment vont nos heureux faussaires ?

Peter se retourna, blême. Ce n'était qu'Arnaz, un paquet sous le bras.

— T'as failli me coller une crise cardiaque !

Le sourire aux lèvres, le nouveau venu ouvrit le portillon en bois vermoulu.

— Rentrons, dit Peter.

Les trois hommes montèrent à l'atelier.

— Félicitations à tous les deux. Je n'aurais pas mieux fait moi-même, s'écria Arnaz, une fois tout le monde assis. Qu'est-ce que j'ai pu me taper le cul par terre, ce matin !

Mitch se releva pour aller faire le tour du personnage.

— Merde, alors. Tu t'es pas fait de bleus, j'espère ? lâcha-t-il les yeux rivés sur son postérieur. Ça te fait pas mal quand tu t'assieds ?

— Ça va, Mitch ! rigola Peter.

— Opération brillamment réussie, poursuivit Arnaz. Vraiment superbes, ces faux. Je suis passé voir le Van Gogh chez Claypole. Un peu plus et je l'achetais.

— Si tu te pointes ici, c'est que tu peux le faire sans danger, je suppose ? demanda Peter sur un ton pensif.

— J'imagine, oui. De toute façon, c'est indispensable si je veux tirer un petit bénéfice de l'affaire.

— Je croyais que ton but, c'était la rigolade ?

— L'un n'empêche pas l'autre ! répliqua Arnaz sans cesser de sourire. Je voulais surtout voir comment vous vous portiez tous les deux.

— Où tu veux en venir, mec ? insista Peter, qui commençait à ne pas se sentir très à l'aise.

— Comme je viens de le dire, je m'offrirais volontiers un petit retour sur investissement. Je voudrais donc obtenir encore un faux de chacun de vous. Pour moi, cette fois.

— Pas question ! réagit Peter. Nous les avons peints pour défendre un principe, pas pour gagner de l'argent. Nous sommes à deux doigts de nous en tirer sans problème. Alors, finis les faux !

— Je ne pense pas qu'on ait tellement le choix, Peter, objecta Mitch sur un ton paisible.

Arnaz opina du chef.

— C'est sans danger, les mecs. Sûr et certain, je vous le dis. Personne n'en saura rien. Les gens qui achèteront ces faux n'admettront jamais s'être fait rouler. Le seul fait de posséder ces pièces les impliquerait dans une affaire douteuse. En dehors de moi, personne ne saura que c'est vous qui les avez fabriquées.

— J'suis pas intéressé, s'obstina Peter.

À quoi Arnaz rétorqua :

— Mitch le sait déjà, lui, que tu finiras par accepter. Pas vrai, Mitch ?

— Oui, salopard.

— Alors, explique la chose à Peter.

— Arnaz nous tient par les couilles, mon vieux. Il peut nous donner à la police. Pour lui, c'est juste l'affaire de passer un coup de fil anonyme. Nous, nous n'avons toujours rien obtenu des marchands.

— Et après ? Il nous accuse, on l'accuse !

— Impossible ! répondit Mitch. On n'a rien contre lui. À aucun moment, il n'a pris part à l'opération. Personne n'a vu sa bobine, tandis que la mienne a été vue partout. La police peut nous faire participer à un tapissage, nous demander d'établir nos faits et gestes pour la journée en question, Dieu sait quoi encore. Lui, il peut tout nier. Qu'est-ce qu'il a fait, en fin de compte ? Uniquement nous prêter de l'argent. Et en liquide, par-dessus le marché !

Peter se tourna vers Arnaz.

— Tu les veux pour quand, tes faux ?

— Ce bon garçon ! Tout de suite. Je vais attendre.

Anne, la petite dans les bras, passa la tête par la porte.

— Alors, les gars, on y va, au parc, ou on n'y va pas ?

— Désolé, ma chérie, répondit Peter. Une commande inattendue.

290

Elle repartit, la mine impénétrable.

Mitch demanda :

— Qu'est-ce que tu veux, comme peinture ?

— Deux copies de ça.

Arnaz lui remit le colis qu'il avait apporté avec lui. Mitch défit le paquet et resta un moment à contempler le tableau d'un œil perplexe, avant d'en examiner la signature. Il siffla.

— Bon Dieu ! Où est-ce que t'as dégotté ça ?

CHAPITRE 2

Samantha jouait avec sa tasse en porcelaine, les yeux rivés sur un lord Cardwell occupé à croquer délicatement un morceau de biscotte tartiné d'une épaisse couche de Stilton. Avec ses cheveux blancs, son long nez et ses rides rieuses au coin des yeux, ce grand type lui plaisait, devait-elle reconnaître à son corps défendant. Tout au long du dîner, il lui avait posé des questions intelligentes sur le travail d'acteur et il avait paru véritablement intéressé – voire scandalisé – par les histoires qu'elle racontait.

Ils n'étaient que quatre autour de la table, Tom assis en face d'elle, et Julian vis-à-vis du maître de maison. Sarah n'était pas là et Julian n'avait pas donné d'explication à son absence. Pour l'heure, l'œil vif et le geste alerte, le jeune homme décrivait avec fièvre un tableau qu'il avait acquis récemment. Était-ce là la clé de sa transformation ? Peut-être…

— Modigliani voulait l'offrir à un rabbin de Livourne, c'est pour cela qu'il l'avait conservé, déclarait-il avec passion. Au moment de prendre sa retraite, le rabbin l'a emporté avec lui dans un petit village perdu. Un endroit incroyable. Et le tableau traînait là-bas depuis toutes ces années. Dans le cabanon d'un paysan !

— Vous êtes sûr que c'est un vrai ? insista Samantha.

— Absolument ! Il possède toutes les caractéristiques de ce peintre, il est signé et, en plus, nous connaissons son histoire. Que demande le peuple ? En outre, un des meilleurs experts doit venir le voir sous peu.

— Il a intérêt à être authentique, il nous a coûté assez cher ! laissa tomber lord Cardwell, et il lança une dernière miette de fromage dans sa bouche avant de se laisser retomber contre le haut dossier de son fauteuil.

Samantha suivit des yeux le maître d'hôtel qui s'avançait pour débarrasser.

— Nous ? répéta-t-elle avec une pointe de curiosité.

— C'est mon beau-père qui a financé l'opération, expliqua Julian hâtivement.

— C'est drôle, une de mes amies m'a justement parlé d'un Modigliani perdu, reprit Samantha.

Ses sourcils se froncèrent sous l'effort qu'elle faisait pour se rappeler les détails. Las, sa mémoire lui jouait des tours, ces temps-ci.

— Un mot qu'elle m'a écrit. Dee Sleign. C'est son nom.

— Il doit s'agir d'un autre tableau, déclara Julian.

Lord Cardwell but une gorgée de café.

— Vous savez, Julian n'aurait jamais réussi ce coup de maître sans mes conseils avisés. Ça ne t'ennuie pas que je le raconte, Julian ?

À l'expression du jeune homme, Samantha devina qu'il ne goûtait guère la situation, mais Cardwell n'en eut cure.

— Il débarque un beau jour et me demande de l'argent pour acheter des tableaux. Je lui dis qu'étant avant tout un homme d'affaires, je dois moi aussi trouver un intérêt dans cette opération. Charge à lui de me le démontrer. Et je lui conseille de se mettre en quête d'une œuvre qui en vaille véritablement la peine. S'il tombe sur quelque chose de vraiment remarquable, alors je risquerai mon argent. Et c'est ce qu'il a fait.

Samantha décrypta aisément le sourire de Julian : « Laissons ce vieux crétin radoter à sa guise. »

Tom intervint :

— Comment en êtes-vous venu à entrer dans le monde des affaires ?

— La faute à ma jeunesse dissolue, avoua Cardwell avec un sourire. Avant mes vingt et un ans, j'avais déjà goûté à tout. Renvoyé de l'université, j'avais fait le tour du monde, possédé une écurie de course, piloté des avions et multiplié toutes les bêtises possibles, le vin, les femmes, la ripaille…

Il s'interrompit, les yeux fixés sur sa tasse.

— À vingt et un ans, donc, mon héritage en poche, je me suis marié. En un rien de temps, un bébé était en route. Pas Sarah, naturellement, qui est arrivée bien plus tard. Et là, subitement, je me suis rendu compte que faire la bringue du matin au soir, c'était finalement assez limité. Pour autant, je ne voulais pas consacrer ma vie à m'occuper de nos terres ni travailler dans une des sociétés de mon père. J'ai emporté mon argent à la City. Là, j'ai découvert que les gens n'en savaient guère plus que moi sur la finance. À l'époque, la Bourse s'effondrait partout. Tout le monde était terrifié. J'ai racheté plusieurs sociétés qui, pour autant que j'y comprenne quelque chose, se fichaient du tiers comme du quart que le marché dégringole ou pas. Décision judicieuse. Quand le monde est reparti du bon pied, j'étais quatre fois plus riche qu'au départ. Cela dit, je n'ai plus jamais connu de succès aussi spectaculaire.

Samantha hocha la tête. Ce résumé était assez proche de ce qu'elle avait imaginé.

— Êtes-vous heureux d'avoir choisi cette voie ? demanda-t-elle.

— Je ne sais pas très bien, répondit le vieux lord, un rien las. À une époque, vous savez, je voulais changer le monde, comme tous les jeunes. Je pensais pouvoir employer ma fortune à dispenser le bien. Mais les affaires répondent à des lois bien différentes. Vous vous retrouvez parfois confronté à des problèmes de survie : vous devez en même temps empêcher à tout prix que votre société se délite et satisfaire vos actionnaires. Résultat : vous perdez de vue vos grands idéaux.

Il fit une pause et reprit avec un sourire désabusé :

— Et puis, comment le monde serait-il tout à fait mauvais quand il produit des cigares aussi bons ?

— Et des tableaux aussi beaux que les vôtres ! ajouta Samantha.

Julian demanda :

— Allez-vous montrer votre collection à Tom et à Sammy ?

— Naturellement, répondit le vieil homme en se levant. Autant lui dire adieu en bonne compagnie.

À peine Samantha eut-elle fait mine de quitter la table à son tour que le maître d'hôtel s'avança pour écarter sa chaise. Elle suivit Cardwell dans le vestibule et toute la compagnie monta au premier étage par l'escalier à double révolution.

Cardwell prit une clef cachée sous un grand vase chinois. Samantha jeta à Tom un regard en coin. Celui-ci avait déjà balayé les lieux de ses yeux vifs, enregistrant chaque détail. Quelque chose près du montant de la porte semblait retenir son attention.

Cardwell tourna la clef dans la serrure et s'écarta pour laisser passer ses invités. La galerie occupait une pièce d'angle. Probablement, une salle de dessin autrefois, pensa Samantha. Les fenêtres avaient des vitres en verre armé.

Manifestement, Cardwell prenait plaisir à déambuler avec elle le long des rangées de tableaux et à lui raconter comment il avait acquis chacun d'eux.

— La peinture, chez vous, c'est une passion de toujours ? lui demanda-t-elle.

— Oui. Je dois cela à mon éducation classique, qui a laissé de côté d'autres sujets d'étude tout aussi passionnants – le cinéma, par exemple.

Ils s'arrêtèrent devant un Modigliani représentant une femme nue, agenouillée par terre. Une vraie femme, pensa Samantha. Avec un visage plat, des cheveux en désordre, des os pointus et une peau imparfaite. Ce portrait lui plut.

Cardwell était un hôte si agréable et charmant qu'elle se sentit presque coupable d'effectuer ce repérage. Elle se ressaisit vite. N'avait-il pas prévu de se défaire de sa collection ? De toute façon, il toucherait l'assurance. Et puis, le shérif de Nottingham était sûrement un homme délicieux, lui aussi. Pour qui le connaissait.

Elle se demandait parfois si elle n'était pas devenue un peu folle au contact de Tom. La folie de son compagnon était-elle sexuellement transmissible ? Elle réprima un sourire. Seigneur, quelle force merveilleuse coulait à présent dans ses veines grâce à lui ! Le flot de la vie. Des années qu'elle n'avait pas éprouvé un tel sentiment de puissance !

— Je m'étonne que vous ayez décidé de vous séparer de vos tableaux, vous avez l'air de tant les aimer, dit-elle en sortant de la galerie.

Cardwell eut un sourire attristé.

— Certainement. Mais dès lors que l'on confie ses rênes au diable, nécessité fait loi !

— Oh, comme je vous comprends !

CHAPITRE 3

— C'est la merde, Willow, je le dis tout net ! s'exclama Charles Lampeth, jugeant que la situation autorisait une certaine grossièreté de langage.

En ce lundi matin, après un week-end passé à la campagne loin des problèmes et du téléphone, il avait retrouvé sa galerie noyée sous le scandale.

Willow, raide comme la justice, sortit une enveloppe de sa poche intérieure et la laissa choir sur le bureau de son associé.

— Ma démission.

— C'est parfaitement inutile, répliqua Lampeth. Toutes les galeries importantes de Londres se sont fait rouler. Et moi le premier, quand j'ai vu ce tableau.

— Je crois que ce serait mieux pour la galerie, insista Willow.

— Ridicule ! Bon, maintenant que tu as pris la pose et que j'ai refusé ta démission, prends un siège et raconte comment les choses se sont passées au type en face de toi. Il est sympa, il ne te mangera pas.

— Tout est décrit là-dedans, répondit Willow en désignant les journaux sur le bureau de Lampeth. L'histoire du faux est dans le canard d'hier, les exigences du faussaire dans celui d'aujourd'hui.

Il alluma un cigare.

— Raconte-moi quand même l'affaire en détail.

— Ça s'est passé pendant que tu étais en Cornouailles. J'ai reçu un appel d'un type qui s'est présenté sous le nom de Renalle. Il m'a dit qu'il était descendu au Hilton et avait un Pissarro susceptible de nous intéresser. Comme tu le sais, nous n'en possédons pas, ça m'a donc tout de suite accroché. L'après-midi même, il est passé à la galerie avec la toile.

Lampeth l'interrompit :

— Je croyais que c'était une femme qui présentait les tableaux ?

— Pas cette fois. C'est le type en personne qui est venu.

— Y aurait-il à cela une raison particulière ? marmonna le galeriste, réfléchissant tout haut. Qu'importe, continue !

— L'œuvre avait l'air authentique : elle ressemblait à un Pissarro, elle était signée et elle était accompagnée d'un certificat d'origine établi par Meunier. À mon sens, elle valait quatre-vingt-cinq mille livres, il en demandait soixante-neuf. J'ai sauté sur l'occasion. Comme il m'avait dit travailler pour une agence de Nancy, j'ai trouvé tout à fait plausible qu'il ait sous-évalué le tableau. Il ne devait pas souvent voir passer des œuvres de cette valeur entre ses mains. À ton retour, deux jours plus tard, tu as approuvé l'acquisition. Et nous avons accroché le tableau.

— Remercions le ciel qu'il n'ait pas été vendu ! s'exclama Lampeth avec ferveur. Tu l'as décroché, naturellement ?

— C'est la première chose que j'ai faite ce matin.

— Que penses-tu des derniers événements ?

— La demande de rançon ? Eh bien, ça nous permettrait de récupérer la plus grande partie de nos sous. C'est humiliant, évidemment, mais ce n'est rien comparé à la gêne de s'être fait rouler. Quant à cette idée d'ateliers à loyers modérés pour les artistes, je la trouve tout à fait louable.

— Alors, que proposes-tu ?

— De réunir tous les galeristes concernés. À mon avis, ce serait la meilleure chose à faire pour commencer.

— Très bien.

— Est-ce qu'on pourrait tenir la réunion ici même ?

— Qu'est-ce qui nous en empêcherait ? L'important, c'est de régler la situation au plus vite. Cette publicité est désastreuse pour nous.

— Et ce n'est que le début. La police doit passer ce matin.

— Alors, tâchons de travailler un peu avant.

Lampeth décrocha son téléphone.

— Mavis, du café, s'il vous plaît.

Il déboutonna son veston et se ficha un cigare entre les dents.

— Tout est prêt pour l'exposition Modigliani ?

— Oui. Ça devrait bien marcher.

— Qu'est-ce qu'on a, en tout ?

— Les trois tableaux de lord Cardwell, naturellement.

— Oui. Nous les enverrons chercher dans les jours à venir.

— Ensuite, les dessins que j'ai achetés au tout début. Ils sont arrivés sans problème.

— Des tableaux en dépôt ?

— Oui, nous nous sommes bien débrouillés. Dixon nous laisse deux portraits, les Magi plusieurs sculptures. Et nous avons obtenu de Deside une ou deux huile et crayon représentant des nus. J'ai encore quelques œuvres en vue. J'attends confirmation.

— Dixon réclame combien pour sa commission ?

— Il voulait vingt-cinq pour cent, je l'ai fait descendre à vingt.

— Celui-là, alors ! Faut toujours qu'il grappille, grogna Lampeth. À quoi ça lui sert ? Nous ne sommes pas une brocante de Chelsea !

— Nous aussi, on essaie chaque fois de lui soutirer le maximum, sourit Willow.

— C'est vrai.

— Tu disais que tu avais quelque chose dans ta manche.

— Oui, un tableau inconnu, lâcha Lampeth, et il regarda sa montre. Je dois aller le voir ce matin. Mais ça attendra que j'aie pris mon café.

Dans le taxi qui le conduisait à la City, Lampeth réfléchit. À l'évidence, ce faussaire était un fou. Un fou pétri de motifs altruistes. Facile d'être philanthrope avec l'argent des autres ! Mais il faudrait céder à ses exigences, c'était la seule chose intelligente à faire. Quelle engeance d'être à la merci d'un maître chanteur !

À peine eut-il pénétré dans les locaux de l'agence de détectives qu'un assistant vint l'aider à se défaire de son pardessus.

Lipsey l'attendait dans son bureau, un inévitable verre de porto déjà servi à son intention. Le corpulent Lampeth se cala dans l'étroit fauteuil et avala une gorgée d'alcool pour se réchauffer. Il soufflait une brise glacée en ce début du mois de septembre.

— Si je comprends bien, vous avez récupéré le tableau.

Lipsey pivota vers le mur et fit coulisser un pan de sa bibliothèque. Un caisson apparut. Il l'ouvrit à l'aide d'une clef retenue par une chaînette à la ceinture de son pantalon.

— Aussi efficace qu'un véritable coffre-fort, dit-il en plongeant les deux mains à l'intérieur.

Il en extirpa un tableau d'environ un mètre vingt sur quatre-vingt-dix centimètres et le posa sur son bureau en le tenant bien droit pour que son client puisse le voir, et il s'écarta un peu.

Le galeriste resta une minute entière à contempler l'œuvre, parfaitement immobile. Puis il reposa son verre et se leva pour l'examiner de plus près. Muni d'une petite loupe, il en étudia soigneusement la facture, recula d'un pas et le regarda encore.

— Combien l'avez-vous payé ? demanda-t-il.

— Cinquante mille livres. C'est le mieux que j'ai pu obtenir.

— Il en vaut le double.

Lipsey posa le tableau par terre et prit place à son bureau.

— Personnellement, je le trouve affreux, dit-il.

— Moi aussi, mais il est absolument unique. Tout à fait étonnant ! C'est un Modigliani, le doute n'est pas permis. Même si personne ne sait encore que ce peintre a pu faire des choses pareilles.

— Je suis heureux de vous voir satisfait, dit Lipsey, et le ton de sa voix laissa entendre qu'il souhaitait revenir à des sujets plus terre à terre.

— Assurément, vous avez confié cette affaire à un spécialiste.

— Au meilleur de mes limiers, répliqua Lipsey en réprimant un sourire. Il est allé à Paris, à Livourne, à Rimini…

— Et il a coiffé ma nièce au poteau.

— Pas exactement. En vérité…

— Je ne veux pas connaître les détails ! le coupa Lampeth. Avez-vous établi votre facture ? Je vais la régler sur-le-champ.

— Certainement.

Lipsey alla dire un mot à sa secrétaire et s'en revint, un papier à la main.

La note de frais se montait à mille neuf cent quatre livres, en sus des cinquante mille livres déjà déboursées pour le tableau. Lampeth sortit son chéquier personnel et y inscrivit le total indiqué.

— Il sera livré dans un camion blindé ?

— Naturellement, dit Lipsey. C'est inclus dans le prix. Le reste est-il à votre convenance ?

Lampeth détacha son chèque et le remit au détective.

— Je considère avoir fait une affaire.

On avait fermé la nouvelle salle et installé au centre une longue table de conférence. L'humeur de l'assemblée exclusivement masculine s'harmonisait parfaitement aux sombres et tristes paysages victoriens qui ornaient la pièce. Les représentants des neuf autres galeries flouées s'étaient tous déplacés. Ils avaient pris place autour de la table, laissant leurs assistants et leurs avocats occuper des chaises de cocktail derrière eux. Willow présidait, flanqué de Lampeth. La pluie crépitait paresseusement contre les hautes fenêtres étroites. L'air était alourdi par la fumée des cigares.

— Messieurs, commença Willow, nous avons tous subi de lourdes pertes, et nous sommes en plus passés pour de fieffés imbéciles. Concernant notre amour-propre, il n'y a pas grand-chose à faire. Il n'en va pas de même pour notre argent. Et c'est pour discuter de la meilleure façon de le récupérer que nous sommes tous réunis ce soir.

— Il n'y a rien de plus dangereux que de souscrire aux exigences d'un maître chanteur !

Ce fort accent écossais appartenait à Ramsey Crowforth. Il ponctua sa remarque en faisant claquer ses bretelles tout en regardant Willow par-dessus ses lunettes.

— Si nous acceptons de payer, nous risquons de nous retrouver confrontés à un chantage similaire. Si ce n'est de la part de ces gens-là, de celle d'autres filous ravis de réitérer ce beau coup.

John Dixon fit entendre sa voix douce et paisible :

— Je ne pense pas, Ramsey. Je ne crois pas possible de rééditer un coup pareil. Surtout qu'à l'avenir, nous serons tous beaucoup plus vigilants, notamment avec les certificats d'origine.

— Je partage l'avis de Dixon, renchérit un troisième invité.

Willow parcourut des yeux la tablée et s'arrêta sur le dernier à s'exprimer, Roberts, le plus âgé des galeristes présents. Les dents serrées autour de sa pipe, il poursuivait :

— À mon avis, ce bandit n'a strictement rien à perdre. De ce que j'ai pu lire dans la presse, il a si bien couvert ses traces que la police a fort peu d'espoir de le démasquer, pour ne pas dire aucun. Que nous acceptions ou non de retirer nos plaintes, cela ne changera pas grand-chose à l'affaire. En revanche, si nous rejetons ses propositions, il empochera notre demi-million de livres et voilà tout.

Willow hocha la tête : Roberts était probablement le marchand de tableaux le plus respecté de Londres – une sorte de vieux sage dans leur monde de l'art. Sa parole serait décisive. Il déclara donc :

— Messieurs, à tout hasard j'ai étudié certaines mesures susceptibles d'accélérer les choses, au cas où nous déciderions de consentir aux demandes exposées.

Il se baissa et sortit une liasse de papiers de la serviette posée à terre à ses pieds.

— J'ai notamment demandé à M. Jankers, notre avocat-conseil ici présent, d'établir un projet de fonds en fidéicommis.

Il fit circuler autour de la table la chemise placée sur le dessus de la pile.

— Jetez-y un coup d'œil, cela pourra vous intéresser. La clause la plus importante se trouve en page trois. Elle stipule que le fonds n'entreprendra aucune action tant qu'il n'aura pas reçu d'un certain M. Renalle une somme équivalant à environ cinq cent mille livres. À partir de ce moment-là, le fonds redistribuera entre nous quatre-vingt-dix pour cent du montant restitué, proportionnellement à la somme indiquée par chacun comme ayant été déboursée pour l'achat de son faux. Je crois que ce calcul vous paraîtra correct.

Crowforth intervint :

— Il faudra bien que quelqu'un dirige ce fonds !

— Concernant ce point, j'ai approché diverses personnes, précisa Willow. Leur nomination à ce poste sera soumise à votre approbation, bien entendu. M. Richard Pinkman, directeur du West London College of Art, a d'ores et déjà accepté de présider le conseil d'administration, si jamais nous le lui proposions. Personnellement, je pense que le poste de vice-président devrait revenir à l'un d'entre nous. À M. Roberts, peut-être.

« Enfin, j'estime que nous devrions tous, séparément, signer un document selon lequel nous nous engageons à ne réclamer aucune autre compensation financière. Et je crois que nous devrions retirer nos plaintes à la police à l'encontre de ce M. Renalle et de ses acolytes.

Crowforth intervint encore :

— Je ne signerai rien tant que mon conseil n'aura pas étudié ces propositions en détail.

— Cela va de soi, acquiesça Willow.

— Je conçois que certains d'entre nous aient des réserves, déclara Roberts, mais notre souhait à tous est quand même de régler cette affaire au plus vite. Ne pourrions-nous pas nous entendre dès aujourd'hui sur une convention de principe ? En deux ou trois jours de temps, nos avocats devraient avoir peaufiné ces propositions. Sauf si des problèmes se font jour.

— Excellente idée ! approuva Willow. M. Jankers pourrait-il éventuellement se charger de coordonner les activités de tous nos conseils ?

L'intéressé exprima son acquiescement par un hochement de tête.

— Sommes-nous tous d'accord, messieurs ?

Willow promena les yeux tout autour de la table à la recherche d'un éventuel dissident. Il n'y en avait pas.

— Dans ce cas, tout ce qui nous reste à faire, c'est de transmettre un communiqué à la presse. Voulez-vous que je m'en charge ?

Il ménagea une autre pause pour laisser encore à la dissidence la possibilité de s'exprimer.

— Dans ce cas, si vous voulez bien m'excuser, je m'en vais le rédiger de ce pas. Je vous laisse entre les mains de M. Lampeth. Je crois qu'il est prévu de vous servir un thé.

Sur ce, Willow se leva et quitta la salle.

Entré dans son bureau, il se laissa tomber près de son téléphone. Il s'apprêtait à soulever le combiné lorsqu'il interrompit son geste, se souriant à lui-même.

— Tu t'es bien racheté, Willow.

Quelques jours plus tard, Willow entrait dans le bureau de Lampeth, un quotidien du soir à la main.

— Apparemment, tout est terminé, dit-il. Jankers a annoncé à la presse que tous les accords avaient été signés.

Lampeth regarda sa montre.

— C'est l'heure du gin. Je t'en sers un ?

— Volontiers.

Lampeth ouvrit le coffret à liqueur et remplit deux verres.

— Terminée, cette affaire ? Pas si sûr. Pour l'heure, nous n'avons toujours pas récupéré l'argent.

Il déboucha une bouteille de tonic et en versa la moitié dans chaque verre.

— L'argent ? Oh, nous l'obtiendrons, répliqua Willow. Ces faussaires ne se seraient pas donné la peine de monter une affaire aussi compliquée à seule fin de nous casser les pieds ! D'ailleurs, plus vite ils nous rembourseront, plus vite la police abandonnera ses recherches.

— Il n'y a pas que l'argent ! rétorqua Lampeth en se laissant tomber lourdement dans son fauteuil.

Il descendit la moitié de son verre.

— Il faudra des années au monde de l'art pour se remettre d'un coup pareil. Désormais le public est convaincu que nous sommes tous des nuls et que nous ne savons pas faire la différence entre un chef-d'œuvre et une carte postale du bord de mer.

— Je dois dire… commença Willow d'une voix hésitante.

— Quoi ?

— Je ne peux pas m'empêcher de penser qu'ils ont réussi leur coup. Ils ont bel et bien prouvé quelque chose. Quoi exactement, je ne saurais le dire, mais quelque chose de très profond.

— De tout simple, au contraire ! Ils ont démontré que les prix colossaux des œuvres d'art reflétaient le snobisme des acheteurs plutôt que la valeur artistique de l'œuvre, ce que nous savions tous déjà, et qu'un authentique Pissaro ne valait pas mieux qu'une bonne copie. Mais c'est le public qui fait monter les prix, pas les marchands !

Willow sourit et regarda fixement par la fenêtre.

— Quand même, nous en tirons un bon pourcentage.

— Qu'attendent-ils de nous ? Si nous vendions des tableaux cinquante livres, nous ne gagnerions pas notre vie.

— Il y a des exemples… les magasins Woolworth.

— Tu as vu la qualité de leur marchandise ? Non, Willow, le faussaire a peut-être le cœur placé au bon endroit, cela ne change rien à la situation. Notre prestige a pris du plomb dans l'aile. Il nous faudra un moment pour nous relever de ce coup. Un long moment, j'imagine, mais finalement les choses reprendront leur cours. Et cela, pour la seule et bonne raison que c'est ainsi qu'il doit en être.

— Tu as raison, sans aucun doute, approuva Willow, et il termina son verre. Ils sont en train de fermer, en bas. Tu es prêt à partir ?

Lampeth se leva. Willow l'aida à enfiler son pardessus.

— À propos, que dit la police dans le journal ?

— Que les plaintes ayant été retirées, elle n'a d'autre choix que de cesser l'enquête. Mais on la sent frustrée de ne pas avoir mis la main sur ce Renalle.

— Je doute qu'on entende reparler de lui, dit le galeriste, et il franchit la porte, suivi de son associé.

Les deux hommes descendirent l'escalier en silence et traversèrent la galerie déserte. Lampeth jeta un coup d'œil par la fenêtre.

— Ma voiture n'est pas encore là. Tu as vu cette pluie ?

— Je marcherai vite.

310

— Non, attends. Je vais te déposer. Nous devons parler de l'exposition Modigliani. Nous n'avons pas eu cinq minutes à nous, ces derniers jours.

Brusquement, Willow désigna un paquet à l'autre bout de la galerie.

— Tiens, quelqu'un a oublié ses achats !

Lampeth tourna la tête. Dans un coin, sous un fusain sans grand intérêt, il y avait deux sacs Sainsbury posés l'un sur l'autre. Un paquet de lessive sortait de celui du dessus.

Willow s'en approcha.

— On devrait faire plus attention. Ces sacs pourraient contenir des bombes. Tu crois que l'IRA nous aurait pris pour cible ?

Lampeth rit.

— Ça m'étonnerait qu'ils fabriquent leurs explosifs avec de la poudre à laver.

Il traversa la pièce à son tour et attrapa un sac. Le papier humide se déchira. Willow laissa échapper une exclamation de dépit et se pencha pour rassembler les objets éparpillés par terre.

Sous la lessive et une laitue, il y avait un paquet enveloppé dans du journal et, à l'intérieur, une pile de cartons et de papiers épais.

Il les feuilleta et s'exclama bientôt, après en avoir examiné quelques-uns :

— Des actions et des obligations ! Des titres au porteur, des certificats de propriété négociables à signature. De ma vie, je n'ai jamais vu autant d'argent.

— Fin de l'histoire, le faussaire a remboursé ! dit Lampeth. Je suppose qu'il faut prévenir les journaux.

Il resta un bon moment à fixer cette fortune en titres.

— Un demi-million de livres! Tu te rends compte, Willow? Si tu t'emparais de ces sacs et prenais tes jambes à ton cou, tu pourrais mener la belle vie en Amérique du Sud pour le restant de tes jours!

Willow s'apprêtait à répondre quand la porte de la galerie s'ouvrit.

— Désolé, c'est fermé, cria Lampeth.

Un homme entra néanmoins.

— Je sais, monsieur Lampeth. Je m'appelle Louis Broom. Nous nous sommes rencontrés l'autre jour. Je viens de recevoir un coup de fil m'annonçant que le demi-million avait été remboursé. C'est vrai?

Lampeth échangea un regard avec son associé et tous les deux sourirent.

— Adieu, l'Amérique du Sud! soupira Lampeth.

Willow secoua la tête avec admiration.

— Ton ami Renalle pense à tout. Reconnaissons-lui ce talent!

CHAPITRE 4

Dans sa Cortina de location, Julian roulait lentement le long de l'étroite grand-rue d'un paisible village du Dorset, à la recherche de la maison de Gaston Moore. Pour tout renseignement, il n'avait que ces deux mots : Dunroamin, Cramford. Dunroamin ! Comment l'expert en art le plus pointu du pays avait-il pu donner un nom aussi banal à l'endroit où il avait choisi de passer sa retraite ? Pour rire, peut-être.

Car Moore était un excentrique, assurément. Il refusait de venir à Londres, n'avait pas le téléphone et ne répondait à aucune lettre. Grand manitou du monde de l'art ou simple mortel, quiconque avait un service à lui demander devait faire le voyage jusqu'à ce village et frapper à sa porte. Et lui régler ses honoraires en billets d'une livre tout neufs, car Moore n'avait pas non plus de compte en banque.

Les villages ont toujours l'air désert, songeait Julian quand un troupeau l'obligea à piler au beau milieu d'un virage. Il descendit de voiture pour aller interroger le vacher.

Il s'attendait à tomber sur un jeune pâtre aux cheveux coupés au bol, mâchonnant un brin d'herbe. Il aperçut un jeune, oui, mais coiffé à la dernière mode et vêtu d'un chandail rose et d'un pantalon pourpre enfoncé dans des bottes Wellington.

— Vous cherchez le peintre ? l'apostropha le berger avec un accent prononcé qui bourdonnait agréablement à l'oreille.

— Comment avez-vous deviné ? s'étonna Julian.

— C'est lui que cherchent la plupart des étrangers, expliqua le vacher, et d'ajouter en pointant le doigt :

— Reprenez par où vous êtes arrivé et tournez à la maison blanche. Vous verrez son bungalow.

Julian remonta en voiture et rebroussa chemin jusqu'à la maison indiquée. De là partait sur le côté un chemin défoncé qui menait à un grand portail blanc écaillé, surmonté du nom « Dunroamin » écrit en lettres gothiques.

Julian tapota sa poche. Il avait bien les billets sur lui. Il s'empara du paquet posé sur la banquette arrière avec mille précautions. Ayant ouvert le portail, il s'engagea sur le court sentier menant à la thébaïde de Gaston Moore.

Un bungalow, ça ? Jamais de la vie ! se dit-il. Plutôt un cottage ouvrier. Il s'agissait en vérité de deux maisonnettes réunies sous un unique toit de chaume qui descendait bas. De minuscules fenêtres à petits carreaux et des murs en pierre au joint émietté.

Un long moment s'écoula avant qu'un homme couronné d'une toison blanche ne vienne répondre à ses coups. Il avait les yeux cachés derrière des lunettes noires et s'appuyait sur une canne. Sa façon de pencher la tête le faisait ressembler à un oiseau.

314

— Monsieur Moore ? s'enquit Julian.

— Qu'est-ce qui lui arrivera si c'est lui ? rétorqua l'individu avec un fort accent du Yorkshire.

— Julian Black, de la Black Gallery. J'aurais voulu vous demander d'authentifier une peinture, si vous le voulez bien.

— Vous avez l'argent en espèces ? demanda Moore, la main sur la poignée, prêt à claquer la porte au nez de son visiteur.

— Oui.

— Alors avancez !

Sur cet ordre, il fit lui-même demi-tour.

— Attention à votre tête ! ajouta-t-il, bien inutilement d'ailleurs, car Julian ne risquait pas de se cogner aux poutres basses.

Le salon devait occuper presque toute la superficie d'un des deux cottages. Il était encombré d'un fatras de vieux meubles, parmi lesquels trônait une monumentale télévision en couleurs dont la modernité ressortait avec autant d'agressivité qu'un panaris sur un doigt. Ça sentait le pipi de chat et le vernis.

— Voyons ce que vous avez là !

Julian commença à déballer son paquet, défaisant les courroies en cuir l'une après l'autre, puis retirant les feuilles de polystyrène et enfin les couches de ouate qui protégeaient le tableau.

— Encore un faux, sans doute ! pérorait Moore. Ces derniers temps, on ne voit plus que ça. C'est fou ce qu'il peut y en avoir en circulation. L'autre jour à la télé, j'ai vu qu'un petit malin leur avait fichu la pétoche de leur vie, à tous ces spécialistes. Cette rigolade, je vous jure !

Julian lui tendit le tableau.

— Je crois que vous avez affaire ici à un original. Je voudrais m'en assurer.

Moore prit la toile sans y jeter un coup d'œil.

— Vous devez bien comprendre une chose : je ne peux en aucun cas prouver l'authenticité d'un tableau. Pour cela, il faudrait que j'aie vu l'artiste le peindre du début à la fin, puis que je l'emporte et que je l'enferme dans un coffre-fort. Ce serait le seul moyen pour moi d'être sûr de son authenticité. Ce que je peux faire, en revanche, c'est prouver qu'il s'agit d'un faux. Les contrefaçons finissent toujours par révéler leur vraie nature. Elles ont bien des manières de le faire, mais je les connais presque toutes. Toutefois, ce n'est pas parce que je n'aurai rien trouvé de bizarre dans une œuvre que son auteur ne se réveillera pas le lendemain pour clamer qu'elle n'est jamais sortie de ses mains. Et là, vous vous retrouverez le bec dans l'eau. C'est clair ?

— Parfaitement, dit Julian.

Moore continuait à scruter son visiteur, le tableau toujours posé sur ses genoux, face cachée.

Julian finit par demander :

— Et celui-ci, vous ne voulez pas l'examiner ?

— Vous ne m'avez pas encore payé.

— Oh, excusez-moi !

Julian extirpa les liasses de sa poche et les remit à son hôte.

Cet expert avait choisi la meilleure façon de couler ses vieux jours, se dit-il tout en le regardant compter les deux cents billets. Il vivait seul, en toute quiétude, conscient d'avoir mené ses années de labeur avec intelligence. Il faisait la nique au snobisme et à la pression de la capitale, veillait à ne pas dilapider ses immenses connaissances et obligeait les princes du monde de l'art à effectuer un fatigant pèlerinage jusque chez lui s'ils voulaient obtenir son avis. Il était digne et indépendant. Julian éprouva à son égard une sorte d'envie.

Ayant achevé son compte, Moore fourra les billets dans un tiroir sans plus de cérémonie et, enfin, s'intéressa à la peinture.

— Eh bien, si c'est un faux, il est sacrément réussi ! déclara-t-il tout de go.

— Comment pouvez-vous le dire aussi vite ?

— La signature est absolument parfaite, pas trop soignée. Erreur que font presque tous les faussaires. Ils la reproduisent avec tant d'exactitude qu'elle en paraît artificielle. Ici, elle coule en toute liberté.

Il laissa ses yeux errer sur la toile.

— Inhabituel, j'aime bien. Bon. Vous voulez que j'effectue le test chimique ?

— Pourquoi me demandez-vous ça ?

— Ça requiert de prélever un échantillon de peinture, ce qui laisse une marque sur la toile. Je peux le faire à un endroit qui sera en principe caché par le cadre, mais je préfère toujours poser la question avant de me lancer.

— Allez-y.

Moore se leva.

— Venez avec moi.

Ils retournèrent dans le petit vestibule et passèrent dans le second cottage. L'odeur du vernis se fit plus forte.

— Mon laboratoire, expliqua Moore.

C'était une pièce carrée, meublée d'un établi en bois courant le long d'un mur. Ici, les fenêtres avaient été agrandies et les murs peints en blanc. Un bandeau de lumière fluorescente pendait du plafond. Sur l'établi, plusieurs bidons contenant divers liquides.

Moore retira prestement son dentier et le laissa choir dans un vase à bec en Pyrex.

— Je ne peux pas travailler avec, confia-t-il.

Il s'assit à son établi et posa le tableau devant lui. Il commença par le dégager de son cadre.

— En vous regardant, jeune homme, j'éprouve un drôle de sentiment, dit-il sans lever le nez de son travail. Comme l'impression d'une ressemblance entre nous. Vos pairs ne vous acceptent pas comme l'un des leurs. C'est ça ?

— C'est possible… oui, répondit Julian quelque peu désarçonné.

— À vrai dire, j'en ai toujours su bien plus sur la peinture que les gens pour qui je travaillais. Ils respectaient mon savoir, mais ils n'avaient pas vraiment de respect pour moi. C'est pourquoi, aujourd'hui, je leur fais ma tête de mule. Vous, vous êtes comme un maître d'hôtel, voyez-vous. La plupart des bons maîtres d'hôtel en connaissent bien plus que leurs patrons sur le vin et la nourriture. Pourtant, leurs patrons les traitent de haut. Différence de classe, dit-on. J'ai passé ma vie à essayer d'être accepté par ces gens. Je croyais que le métier d'expert m'ouvrirait la voie. Je me trompais. Aucune voie ne mène à ce type d'intégration.

— Et le mariage ? avança Julian.

— C'est celle que vous avez choisie ? Alors, vous êtes encore plus mal parti que moi. Parce que maintenant, vous ne pouvez plus abandonner la course. Ça me désole pour vous, fiston.

318

Un côté du cadre était à présent démantelé. Moore dégagea le verre en le faisant coulisser. S'étant emparé d'une sorte de scalpel accroché au support devant lui, il se mit à scruter la toile. Puis, du bout de la lame, il racla délicatement un peu de peinture sur une longueur d'à peine un millimètre.

— Oh !

— Quoi ?

— En quelle année est mort Modigliani ?

— En 1920.

— Ah !

— Pourquoi ?

— La peinture est un peu molle, c'est tout. Ça ne veut rien dire encore. Attendez.

Il prit sur une étagère une bouteille remplie d'un liquide transparent et en versa quelques gouttes dans un tube à essai. Puis il y plongea le scalpel. Pendant deux à trois minutes – une éternité pour Julian –, rien ne se produisit. Puis la peinture collée au couteau commença à se dissoudre et à se propager à l'intérieur du tube à essai.

Moore regarda Julian.

— Voilà qui règle la question !

— Qu'avez-vous démontré ?

— Il n'y a pas trois mois que ce tableau a été peint, jeune homme. C'est un faux. Vous l'avez payé combien ?

Julian regarda le liquide se colorer de plus en plus.

— J'ai donné à peu près tout ce que je possédais, répondit-il calmement.

Il regagna Londres dans un état de stupeur. Comment la chose avait-elle pu se produire ? Il n'en avait pas la moindre idée. Que faire, maintenant ?

L'idée de s'adresser à l'expert lui était venue tardivement. Il s'y était décidé dans la seule intention de donner plus de valeur à ce tableau. Jusque-là, il n'avait pas douté un instant de son authenticité. Quelle bêtise d'avoir fait ce pénible voyage ! Pouvait-il prétendre ne pas s'être rendu chez Moore ? Il retournait la question dans son esprit, comme un joueur fait rouler les dés dans le creux de sa main.

Et s'il accrochait quand même le tableau dans sa galerie ? Qui saurait que c'était un faux ? Moore ne le verrait jamais, ne saurait jamais qu'il l'avait mis en vente.

Le problème, c'était la gaffe qu'il pourrait faire un jour, dans plusieurs années. Le risque de mentionner la chose en passant. Alors la vérité éclaterait en pleine lumière : Julian Black avait vendu un tableau en sachant pertinemment que c'était un faux. Ce jour-là, il pourrait dire adieu à sa carrière.

Cela dit, il y avait peu de chances pour que cela arrive, bon Dieu ! Et même, Moore ne serait certainement plus de ce monde pour le voir. Il devait bien avoir dans les soixante-dix ans. Si seulement il pouvait crever bientôt !

Julian se surprit à projeter la mort du vieux. Solution radicale mais absurde ! Il secoua la tête pour la débarrasser de ces affreuses pensées. Comparée à l'idée d'assassiner l'expert, celle d'accrocher le tableau ne lui parut plus aussi risquée. Qu'avait-il à perdre, au bout du compte ? Sans ce Modigliani, point d'avenir, car son beau-père ne lui donnerait pas un penny de plus. Avec sa galerie, il courait droit au fiasco.

C'était décidé. Il allait oublier Moore et accrocher le tableau.

L'essentiel, c'était d'agir comme si de rien n'était. Il était attendu à dîner chez lord Cardwell. Sarah y serait. Elle avait prévu de passer la nuit chez son père. Il resterait là-bas avec elle. Quoi de plus normal pour un couple ? Il prit la direction de Wimbledon.

À son arrivée, il aperçut une Daimler bleu foncé garée à côté de la Rolls de son beau-père. Il transféra son faux Modigliani dans le coffre de sa Cortina.

Au maître d'hôtel qui lui ouvrait la porte, il demanda si c'était bien la voiture de M. Lampeth.

— Oui, monsieur. Tout le monde est dans la galerie.

Julian lui tendit son manteau et se mit en demeure de rejoindre le groupe. La voix éplorée de Sarah lui parvint dans l'escalier. Entré à son tour dans la galerie, il s'immobilisa. Plus un tableau aux murs !

— Avance, Julian ! lui lança Cardwell. Viens associer ta voix au chœur antique. Charles a fait enlever toutes mes peintures.

Julian obtempéra. Il serra la main aux deux hommes et embrassa sa femme.

— C'est vrai que ces murs nus, ça fait un choc ! dit-il. L'endroit a presque l'air indécent.

— N'est-ce pas ? approuva Cardwell avec chaleur. Allez, un putain de bon dîner nous fera oublier tout ça ! Excuse-moi, Sarah.

— Ne te crois pas obligé de surveiller ton langage sous prétexte que je suis là ! rétorqua sa fille.

— Oh, mon Dieu ! s'exclama Julian d'une voix haletante, les yeux rivés sur un unique tableau resté accroché.

— Qu'avez-vous ? dit Lampeth. On dirait que vous venez de voir un fantôme. C'est juste une petite œuvre que je viens d'acquérir et que je voulais vous montrer. Quand on a une galerie chez soi, on ne peut pas la laisser vide !

L'esprit en plein désarroi, Julian alla près de la fenêtre. Cette peinture était la copie exacte de son faux Modigliani. Ce salopard de Lampeth possédait le vrai ! La haine l'étouffait presque.

Subitement, un plan sauvage, irréfléchi, prit forme dans son esprit. Il se retourna vivement. Tout le monde le regardait d'un air à la fois surpris et légèrement inquiet.

— J'étais justement en train de dire à Charles que tu as, toi aussi, un nouveau Modigliani, Julian, déclara Cardwell.

Le jeune homme se força à sourire.

— C'est la raison de mon choc. Ce tableau-ci est en tout point identique au mien.

— Dieu du ciel ! s'exclama Lampeth. Vous l'avez fait authentifier ?

— Non, mentit Julian. Et vous-même ?

— Non. Seigneur, j'étais persuadé de son authenticité !

— Eh bien, cela veut dire que l'un de vous deux possède un faux ! laissa tomber Cardwell. On dirait qu'il y a plus de faux que d'œuvres véritables dans le monde de l'art, ces temps-ci. Personnellement, j'espère que Julian possède le bon parce que c'est sur lui que j'ai misé !

Il rit de bon cœur.

— Ils peuvent très bien être bons tous les deux, dit Sarah. Des foules de peintres ont copié leurs œuvres.

— D'où tenez-vous le vôtre ? demanda Julian en se tournant vers Lampeth.

— Je l'ai acheté à quelqu'un, jeune Julian.

— Désolé, marmonna celui-ci, conscient d'avoir piétiné l'éthique de la profession.

Le maître d'hôtel sonna la cloche du dîner.

Samantha planait. Elle avait la tête légère et les nerfs tendus à l'extrême. Dans la soirée, Tom lui avait présenté sa drôle de petite boîte plate et elle y avait pioché six pilules bleues. Maintenant, assise à l'avant de la fourgonnette entre Wright Bon-Œil et Tom au volant, elle vibrait d'excitation à l'idée de ce qui allait suivre. À l'arrière, il y avait encore deux hommes.

Tom dit :

— Rappelez-vous bien ceci : surtout pas un bruit. On devrait pouvoir s'en sortir sans zigouiller personne. Au cas où on vous surprendrait, menacez l'individu de votre pétard et ligotez-le, mais pas de violence ! Maintenant, motus et bouche cousue. Nous voilà arrivés.

Il coupa le moteur et laissa le véhicule parcourir les derniers mètres en roue libre jusqu'au portail.

— Attendez le signal, lança-t-il par-dessus son épaule aux deux hommes à l'arrière.

Les trois passagers à l'avant descendirent. Ils portaient des bas remontés sur le front et les abaisseraient sur leur visage au besoin, pour ne pas être reconnus.

Ils remontèrent l'allée en tapinois. Arrivés à hauteur d'un regard, Tom s'arrêta.

— La sonnerie de l'alarme, chuchota-t-il.

Wright se pencha vers le sol et inséra une lame dans le couvercle du regard qui se souleva sans difficulté. Il examina l'intérieur du trou à l'aide d'un stylo torche.

— Du gâteau !

Fascinée, Samantha le regarda se plier en deux et plonger ses mains gantées dans un embrouillamini de câbles pour en séparer deux fils blancs.

D'une petite trousse, Bon-Œil sortit un câble terminé aux deux extrémités par des pinces crocodiles. Les fils blancs émergeaient d'un côté du trou et disparaissaient de l'autre. Wright raccorda son fil supplémentaire aux deux terminaux placés sur le côté du regard le plus éloigné de la maison. Il déconnecta ensuite les fils branchés aux deux terminaux opposés, et se releva.

— Court-circuit sur la ligne menant à la baraque, dit-il tout bas.

Ils s'approchèrent de la maison. Wright promena soigneusement sa lampe torche tout autour d'une fenêtre.

— Pile la bonne !

Il sortit de sa sacoche une pointe de diamant. Ayant tracé sur la vitre, à hauteur de l'espagnolette, les trois côtés d'un petit rectangle, il déchira avec les dents une longueur d'autocollant et en enroula un bout autour de son pouce. Il appliqua ensuite le reste de la bande contre le rectangle pour l'empêcher de tomber lorsqu'il découperait le quatrième côté. Ce à quoi il s'employa. Enfin, il déposa délicatement le morceau de verre par terre.

Tom passa alors la main dans l'ouverture et souleva l'espagnolette. Ayant repoussé les deux battants de la fenêtre, il se faufila à l'intérieur de la pièce.

Wright entraîna Samantha vers l'entrée de la demeure. Au bout d'un moment, la porte leur fut ouverte par Tom sans le moindre bruit.

Tous ensemble, ils traversèrent le vestibule et montèrent l'escalier. Arrivé devant la galerie, Tom désigna à Wright le bas de la porte. Une minuscule cellule photoélectrique était incrustée dans le bois

Wright posa sa trousse par terre. Il en sortit une lampe à infrarouge et l'alluma. Tenant d'une main le faisceau braqué sur la cellule, il sortit un trépied de sa sacoche et le plaça sous sa lampe. L'ayant réglé à bonne hauteur, il y déposa sa torche avec mille précautions et se releva.

Tom, qui s'était déjà emparé de la clef sous le vase, ouvrit la porte.

Allongé à côté de Sarah, Julian prêtait l'oreille à sa respiration. Ils avaient décidé de passer la nuit chez lord Cardwell. Sa femme dormait depuis un bon moment déjà. Deux heures et demie du matin, indiquait le cadran lumineux de sa montre.

L'heure du crime ! Il écarta le drap et s'assit lentement, puis il fit passer ses jambes par-dessus le bord du lit. Il avait l'estomac noué, comme si quelqu'un l'avait pris et en avait fait un nœud serré.

Son plan était d'une simplicité extrême : descendre dans la galerie, prendre le vrai Modigliani de Lampeth, le mettre dans le coffre de sa Cortina et retourner dans la galerie pour y accrocher son faux Modigliani.

Lampeth n'y verrait que du feu. Les deux tableaux étaient absolument identiques. Quand il constaterait que le sien était faux, il supposerait que Julian avait toujours possédé le vrai.

Il enfila la robe de chambre et les chaussons fournis par Sims et sortit de sa chambre.

Qui peut-on croiser dans une maison, en plein cœur de la nuit ? Théoriquement, personne. En réalité, c'était follement risqué.

Que dire si jamais il rencontrait le vieux barbon en chemin vers les toilettes ? S'il faisait tomber quelque chose ? Pire : s'il était surpris à l'intérieur de la galerie ?

Qu'il avait voulu comparer les deux Modigliani ? Oui, ça se tiendrait.

Arrivé sur le palier, Julian se figea : la porte de la galerie était ouverte !

Or Cardwell la tenait toujours fermée à double tour. Et ce soir, il l'avait refermée comme à son habitude et rangé la clef dans sa cachette, Julian s'en souvenait parfaitement.

Quelqu'un d'autre s'était donc levé au milieu de la nuit pour entrer dans la galerie.

Des chuchotements furieux lui parvinrent.

— Merde ! Ces putains de tableaux ont été retirés aujourd'hui !

Des voleurs, en plein cambriolage !

En entendant un léger craquement, il se plaqua contre le mur, derrière l'horloge comtoise. Trois silhouettes sortaient de la galerie et l'une d'elles avait le tableau dans les mains.

Ils emportaient le vrai Modigliani !

Julian allait hurler quand un des cambrioleurs lui apparut dans la lumière de la lune qui entrait à flots par une fenêtre. Samantha Winacre ! Visage reconnaissable entre tous ! La stupeur le laissa sans voix.

Sammy ! Comment était-ce possible ? Elle... Oui, c'était donc pour cela qu'elle voulait tant être invitée à dîner chez lord Cardwell ! Pour repérer les lieux ! Mais comment se retrouvait-elle embringuée avec ces malfrats ? Peu importe. Ce qui comptait, c'était de trouver une solution au plus vite. Arrêter les voleurs ? Non, inutile. Il savait où allait le tableau. N'empêche, son projet tombait à l'eau.

Mais non ! Pas du tout !

Dans l'obscurité, un sourire lui vint aux lèvres.

Un léger souffle d'air froid lui apprit que les cambrioleurs avaient ouvert la porte d'entrée. Il leur laissa une minute pour déguerpir.

Pauvre Sammy !

Il descendit doucement l'escalier et sortit sur le perron. Ayant ouvert sans bruit le coffre de sa Cortina, il en retira son faux Modigliani. En se retournant, il aperçut la fenêtre de la salle à manger ouverte et le rectangle découpé dans la vitre. Voilà donc par où ils s'étaient introduits dans les lieux !

Il rentra dans la demeure en prenant soin de laisser la porte ouverte, comme l'avaient fait les voleurs. Il monta à la galerie et accrocha son faux Modigliani à la place qu'occupait le vrai auparavant.

Son œuvre accomplie, il regagna sa chambre.

Le lendemain, il se réveilla de bonne heure malgré sa courte nuit. Il prit un bain, s'habilla rapidement et descendit à la cuisine. Sims s'y trouvait déjà. Il prenait son petit déjeuner pendant que la cuisinière préparait celui du maître de maison et de ses invités.

— Ne vous dérangez pas, dit Julian en le voyant se lever. Je dois partir très vite. Je vais juste prendre un café avec vous, si vous voulez bien. La cuisinière va s'en occuper.

— Il vaut mieux que je sois prêt, monsieur Black, répondit Sims. Quand un hôte se lève, les autres ne tardent pas à suivre.

Il empila sur sa fourchette son reste de bacon, d'œuf et de saucisse et engloutit le tout en une seule bouchée.

Julian se mit à siroter son café. Le maître d'hôtel quitta la pièce. Une minute plus tard retentissait le cri attendu.

Sims fit irruption dans la cuisine.

— Je crois que nous avons été cambriolés, monsieur.

— Quoi?! hurla Julian en feignant la surprise, et il bondit sur ses pieds.

— La fenêtre de la salle à manger est ouverte et un carré a été découpé dans la vitre. Ce matin déjà, en voyant la porte d'entrée ouverte, j'avais pensé que c'était la cuisinière. La porte de la galerie aussi était entrebâillée. Mais le tableau de M. Lampeth est toujours à sa place.

— Allons voir cette fenêtre, dit Julian.

Il traversa le vestibule et entra dans la salle à manger, Sims sur les talons. Il resta un moment à regarder le trou.

— S'ils sont venus pour les tableaux, ils ont dû être déçus! Quant au Modigliani, ils ont dû croire qu'il ne valait rien puisqu'il avait été laissé sur place. C'est un tableau inhabituel, ils n'ont peut-être pas reconnu la signature. Sims, appelez la police, c'est la première chose à faire. Ensuite, réveillez lord Cardwell. Après, vous ferez le tour de la maison pour voir s'il manque quelque chose.

— Très bien, monsieur.

Julian regarda sa montre.

— Je devrais rester, mais j'ai un rendez-vous important. Je crois que je vais y aller puisqu'à première vue rien ne semble avoir été dérobé. Dites à Mme Black que je l'appellerai plus tard.

Sims inclina la tête, Julian partit.

Il traversa Londres sans encombre, l'heure était matinale et la chaussée sèche. Il faisait du vent, c'est tout. Le tableau resterait au minimum toute la journée chez Sammy et ses complices – au nombre desquels il y avait vraisemblablement le fameux petit ami qu'il avait rencontré.

Il s'arrêta devant la maison d'Islington et bondit si vite hors de sa voiture qu'il en oublia ses clefs sur le contact. Son plan se fondait déjà sur trop de suppositions et de conjectures pour qu'il puisse penser à tout, et il était à bout de nerfs.

Il fit claquer le heurtoir violemment et attendit. Ne recevant pas de réponse, il recommença, frappant avec encore plus de vigueur.

Samantha finit par venir ouvrir la porte. On devinait la peur dans ses yeux.

— Pas trop tôt ! fit Julian, et il la bouscula pour franchir le seuil.

Tom se tenait dans l'entrée, une serviette autour des reins.

— Vous vous prenez pour qui pour pénétrer de force chez les gens !

— Ferme-la et descendons au sous-sol, nous avons à parler ! jeta Julian sèchement.

Tom échangea un regard avec Samantha. Elle acquiesça d'un signe de tête. Tom ouvrit la porte de l'escalier. Julian descendit.

S'étant assis sur le divan, il dit :

— Je suis venu récupérer mon bien.

— Je n'ai pas la moindre idée… commença Samantha.

— Ça va, Sammy, la coupa-t-il. Je sais tout. Cette nuit, vous vous êtes introduits chez lord Cardwell pour lui voler ses tableaux, mais ils n'étaient plus là. Vous avez donc emporté le seul qui restait. Malheureusement, il m'appartient. Si vous me le rendez, je ne dirai rien à la police.

Samantha se leva sans mot dire. Elle sortit le tableau d'un placard et le remit à Julian.

Il la regarda. Elle avait le visage blême, les cheveux en bataille et les joues creusées. Mais, dans ses yeux, il y avait quelque chose qui n'était ni de l'angoisse ni de la surprise.

Il lui prit la peinture des mains. Une sorte de soulagement s'abattit sur lui et il se sentit soudain tout faible.

Tom refusait de dire un mot. Assis dans le fauteuil, il fumait à la chaîne depuis trois ou quatre heures, les yeux droit devant lui. Samantha lui avait apporté un café préparé par Anita mais il n'y avait pas touché. Sur la table basse, le café était maintenant tout froid.

Elle fit une nouvelle tentative.

— Tom, qu'est-ce que tu as ? Il ne nous arrivera rien, il a promis de ne pas porter plainte. De toute façon, c'était juste pour rigoler !

Il ne répondit pas. Samantha laissa retomber sa tête en arrière et ferma les yeux. Elle se sentait vidée, épuisée. Fatigue nerveuse qui l'empêchait de se détendre. Elle aurait volontiers avalé une pilule, mais Tom n'en avait plus. Il aurait pu aller en chercher si seulement il avait bien voulu émerger de sa transe.

Des coups retentirent à la porte. Tom leva les yeux vers le haut des marches, tel un animal traqué. Samantha entendit Anita traverser le hall, et un bruit de voix étouffées lui parvint.

Soudain, trois paires de pieds surgirent dans l'escalier. Tom se leva.

Aucun des nouveaux venus ne jeta un regard à Samantha. Deux d'entre eux, des balèzes, se mouvaient avec une grâce d'athlète. Le troisième, court sur pattes, portait un manteau à col de velours. Ce fut lui qui prit la parole.

— T'as laissé tomber le gouverneur, Tom, et ça lui plaît pas des masses. Il veut te dire un mot.

Tom s'élança vers la porte. Les deux colosses furent plus rapides. Le premier tendit le pied au passage de Tom, le second le fit basculer par-dessus la jambe de son compagnon. Ensemble, ils le relevèrent, le tenant chacun par un bras.

Un sourire étrange, presque sexuel, s'épanouit sur les traits de leur acolyte et, des deux poings, il se mit à bourrer Tom de coups à l'estomac, le frappant bien après qu'il s'était écroulé, les yeux clos, dans les bras des deux autres.

Samantha, la bouche grande ouverte, était incapable de proférer un son.

Le petit assena des gifles à Tom jusqu'à ce qu'il rouvre les yeux et, tous les quatre, ils remontèrent l'escalier.

Samantha entendit claquer la porte d'entrée.

Juste à ce moment-là, le téléphone sonna. Elle décrocha, par automatisme.

— Oh, Joe, s'écria-t-elle, Joe ! Dieu merci, c'est toi !

Et elle fondit en larmes.

Pour la deuxième fois en l'espace de deux jours, Julian se retrouvait à Dunroamin. Moore parut étonné de le revoir.

— Cette fois, j'ai bien l'original.

— Espérons. Entrez donc, jeune homme, répondit Moore avec un sourire.

Il conduisit son hôte dans son laboratoire sans aucun préambule.

— Donnez-moi votre tableau.

Julian le lui remit.

— J'ai eu de la veine.

— Je veux bien le croire, mais il vaut mieux que vous gardiez les détails pour vous.

Moore retira son dentier.

— Il ressemble exactement à celui d'hier.

— Sauf que c'était une copie.

— Et maintenant, c'est pour celui-ci que vous voulez obtenir l'*approbatur* de Gaston Moore ?

À l'aide de son couteau, l'expert gratta une minuscule quantité de peinture sur le bord de la toile. Puis il

332

remplit son tube à essai du liquide adéquat et y plongea son couteau.

Ils attendirent tous les deux en silence.

— Ça a l'air d'être bon, dit Julian au bout de deux minutes.

— Ne criez pas victoire trop tôt !

Ils laissèrent encore passer du temps. Et soudain Julian poussa un hurlement.

La peinture se dissolvait dans le liquide, exactement comme la veille.

— Nouvelle déception. Je suis désolé pour vous, jeune homme.

Pris de fureur, Julian se mit à frapper l'établi en piaillant d'une voix stridente :

— Mais comment est-ce possible ?

Moore remit son dentier.

— Écoutez-moi, jeune homme. Un faux est un faux, ce n'est pas quelque chose dont on fait des copies. Si quelqu'un s'est donné le mal d'en fabriquer deux, c'est qu'à tous les coups, il existe un original quelque part. Tâchez de le retrouver. Cela vous est-il possible ?

Julian se leva, le corps très droit. Toute émotion l'avait quitté. Il avait toujours les traits défaits, mais il avait recouvré sa dignité. Comme si la bataille n'avait plus aucune importance puisqu'il savait maintenant comment il l'avait perdue.

— Je sais en toute certitude où se trouve l'original. Hélas, je n'ai aucun moyen de me l'approprier.

CHAPITRE 5

De retour dans leur nouvel appartement de Regent's Park, Mike Arnaz découvrit sa compagne lovée au creux d'un pouf géant, entièrement nue. Il retira son pardessus, s'en débarrassant avec de petites secousses des épaules.

— Je le trouve sexy, déclara Dee.

— Ce n'est jamais qu'un manteau.

— Quel insupportable narcisse tu fais ! s'écria-t-elle en riant. Je parlais du tableau.

Il laissa choir son vêtement sur la moquette et vint s'asseoir à côté d'elle. Ensemble, ils contemplèrent l'œuvre accrochée au mur.

Un Modigliani, indubitablement. En témoignaient les visages allongés de ces femmes, leurs nez si particuliers, leur expression indéchiffrable. Mais là s'arrêtait toute similitude avec le reste de l'œuvre de l'artiste. Ici, les personnages formaient un méli-mélo de membres et de torses distordus projetés les uns contre les autres jusqu'à se confondre avec les éléments tronqués constituant l'arrière-plan, des serviettes, des fleurs, des

tables. En cela, ce tableau préfigurait les recherches pic-
turales auxquelles Picasso s'intéresserait bientôt, y travaillant déjà en grand secret ces années-là, ces années
qui étaient les dernières de la vie de Modigliani. Mais
là aussi, on notait une différence chez Modigliani.
Tout d'abord, dans les couleurs elles-mêmes : rose
orangé, pourpres et verts aveuglants, psychédéliques
avant l'heure ; ensuite dans leur choix, qui n'avait
aucun rapport avec l'objet représenté – une jambe pou-
vant être verte, une pomme bleue et les cheveux d'une
femme turquoise ; enfin dans le rendu, dont l'éclat et
la violence se moquaient bien des codes en vigueur à
l'époque.

— Il me laisse froid, finit par déclarer Mike. En tout
cas, il ne me branche pas vraiment. Contrairement à
cette cuisse, ajouta-t-il en posant la tête sur la jambe
de Dee.

Elle passa la main dans ses cheveux bouclés.

— Mike, est-ce que tu y repenses souvent ?

— Nan.

— Moi si. Je trouve qu'on fait une paire d'escrocs
formidables, tous les deux. Affreux et géniaux. Regarde
tout ce que nous avons dégotté pour pratiquement trois
fois rien : un tableau superbe, du matériau pour ma
thèse et cinquante mille livres chacun, pour couronner
le tout !

Elle éclata de rire.

— C'est vrai, chérie, dit Mike en fermant les yeux.

Dee l'imita, et ils se rappelèrent une certaine auberge
paysanne d'un certain village italien.

Dee, entrée la première, repéra tout de suite le petit bonhomme guilleret qu'ils avaient envoyé sur une fausse piste, le matin même.

Mike, plus rapide, lui souffla à l'oreille :

— Si je quitte brusquement la pièce, tu continues à le faire parler jusqu'à mon retour.

Elle se ressaisit rapidement et s'avança jusqu'à la table de l'Anglais.

— Quelle bonne surprise ! lui lança-t-elle aimablement. Alors comme ça, vous êtes resté dans le coin, finalement ?

Il se leva.

— Décision dont j'ai été moi-même le premier surpris. Vous me tiendrez bien compagnie, n'est-ce pas ?

Le couple s'assit à sa table.

— Qu'est-ce que vous prendrez ? enchaîna l'inconnu.

— Cette fois, c'est mon tour ! répondit Mike et, se tournant vers le fond de la salle, il cria : Deux whiskys et une bière.

— Je m'appelle Lipsey, soit dit en passant.

— Moi, Michael Arnaz. Et je vous présente Dee Sleign.

Au nom d'Arnaz, Lipsey n'avait pu retenir son étonnement, et son regard l'avait trahi. Mais voilà que venait d'entrer dans la salle un autre visiteur, qui resta un instant à fixer leur tablée d'un air un peu hésitant avant de lancer :

— Puis-je me joindre à vous ? J'ai vu des plaques anglaises. Je m'appelle Julian Black.

Et tout le monde de se présenter.

— Tant d'Anglais dans un village aussi petit, c'est assez inattendu, reprit le nouveau venu.

Lipsey sourit.

— *Ces deux jeunes gens sont à la recherche d'un chef-d'œuvre disparu, expliqua-t-il sur un ton indulgent.*

— *Alors, je suis à la recherche du même tableau que vous, mademoiselle Sleign ! s'exclama Black.*

— *M. Lipsey aussi, intervint Mike vivement. Même s'il est le seul d'entre nous à ne pas l'avouer franchement.*

Le détective voulut répliquer, Mike le devança.

— *Hélas, vous arrivez trop tard l'un et l'autre, car j'ai déjà le tableau. Dans le coffre de ma voiture. Vous voulez le voir ?*

Sans attendre leur réponse, Mike sortit de la salle.

Dee s'efforça de cacher sa surprise. Comme Lipsey bafouillait des explications gênées, elle l'interrompit :

— *En ce qui me concerne, c'est par le plus grand des hasards que j'ai retrouvé la trace de ce tableau. Qu'en a-t-il été pour vous ? Racontez-moi ça, tous les deux.*

— *Pour être franc avec vous, répondit Black, ce qui m'a lancé sur sa piste, c'est une carte postale que vous avez envoyée à une amie que nous avons en commun, Sammy Winacre. Comme je suis en train de monter une galerie de tableaux, je n'ai pas pu résister à la tentation de me jeter dans l'aventure.*

— *Donc, vous, déclara Dee en s'adressant à Lipsey, si vous êtes à Poglio, c'est sur ordre de mon oncle.*

— *Pas du tout ! répliqua celui-ci. Vous faites erreur. Il se trouve que j'ai rencontré à Paris un vieux monsieur qui m'a parlé de ce tableau. Je crois d'ailleurs qu'il vous en a parlé aussi.*

Un appel retentit dans la maison. Le serveur partit voir ce que sa femme lui voulait.

338

— *Ce vieux m'a envoyée à Livourne. Il vous a envoyé là-bas, vous aussi ? demanda Dee, en respectant fidèlement les instructions de Mike mais sans avoir la moindre idée de ce à quoi son ami pouvait s'employer en ce moment.*

— *Oui, reconnut Lipsey. À partir de là, je n'ai plus eu qu'à vous suivre. En espérant vous doubler à l'arrivée. Manifestement, j'ai échoué.*

Sous les yeux éberlués de Dee, la porte s'ouvrit alors sur un Mike portant effectivement un tableau sous le bras.

— *Voilà, messieurs, la peinture pour laquelle vous avez effectué tout ce périple.*

Il posa le tableau sur la table. Tout le monde le contempla.

Lipsey finit par demander :

— *Que comptez-vous en faire, monsieur Arnaz ?*

— *Le vendre à l'un de vous deux. Mais à des conditions tout à fait particulières, puisque je n'ai remporté la victoire que d'un cheveu.*

— *Précisez ! ordonna Black.*

— *Le problème, c'est qu'il va falloir le sortir du pays. Or, selon la loi italienne, les œuvres d'art ne sont pas censées quitter le territoire. Si nous demandons une dérogation pour celle-ci, les autorités feront des pieds et des mains pour la récupérer. Je me propose donc de l'emporter à Londres discrètement. Ce qui signifie que je devrai contourner les lois de deux pays, puisque je devrai aussi le faire entrer en Grande-Bretagne en contrebande. Pour me couvrir, je demanderai donc à celui de vous qui m'en offrira le meilleur prix de me signer un papier stipulant que la somme versée correspond à une ancienne dette de jeu.*

— *Pourquoi ne pas le vendre ici, tout simplement?* s'étonna Black.

— *Parce que j'en tirerai un bien meilleur prix là-bas,* expliqua Mike avec un grand sourire.

Il reprit le tableau.

— *À la revoyure à Londres. Je suis dans l'annuaire.*

Et tandis que la Mercedes bleue s'éloignait sur la route de Rimini, Dee s'enquit :

— *Comment diable as-tu fait pour dénicher ce tableau ?*

— *Eh bien, j'ai fait le tour de la maison,* expliqua *Mike. Je suis tombé sur une femme et lui ai demandé si c'était bien ici qu'avait vécu Danielli. Elle a répondu que oui. Je lui ai demandé ensuite s'il avait laissé des tableaux après sa mort. Elle m'a montré celui-ci. Je lui ai demandé enfin combien elle en voulait et c'est là qu'elle a appelé son mari. Il a mentionné une somme équivalant à cent livres.*

— *Quoi ?! s'écria Dee.*

— *Ne t'énerve pas, je l'ai fait descendre à quatre-vingts !*

Dee rouvrit les yeux.

— Après, tout est allé comme sur des roulettes. Aucun problème à la douane. Les faussaires ont fabriqué encore deux copies du fameux Modigliani perdu et, en échange d'un tableau prétendument unique et authentique, Lipsey et Black nous ont versé chacun cinquante mille livres censées couvrir des dettes de jeu. Pour ma part, je n'ai pas le moindre remords à avoir arnaqué ces deux affreux. Ils auraient fait pareil à notre place. Surtout Lipsey. Car je continue de croire qu'il travaillait pour oncle Charles.

— Mmmm.

Mike frotta son nez contre Dee.

— À propos de travail, tu as bossé sur ta thèse aujourd'hui ?

— Non. Je crois que je vais laisser tomber.

Il souleva la tête pour la regarder.

— Pourquoi ?

— Ça me paraît tellement irréel, après ce qu'on vient de vivre.

— Qu'est-ce que tu vas faire, alors ?

— Eh bien, tu ne m'avais pas proposé de travailler avec toi ?

— Tu as refusé.

— Maintenant, c'est différent : j'ai fait mes preuves. Tu le sais très bien, d'ailleurs. À nous deux, nous faisons une équipe du tonnerre, en affaires comme au lit.

— Est-ce que le moment est bien choisi pour te demander en mariage ?

— Non. Mais il y a autre chose que tu peux faire.

Mike sourit.

— Je sais quoi.

S'étant redressé sur les genoux, il posa les lèvres sur son ventre, prenant plaisir à s'y promener.

— Attends ! Il y a un truc que je n'ai toujours pas pigé.

— Merde, à la fin ! Tu ne peux pas te concentrer un moment ?

— Tout à l'heure. Ces faussaires, Usher et Mitchell, c'est bien toi qui les as financés, n'est-ce pas ?

— Oui.

— Quand ça ?

— Quand j'ai fait un saut à Londres.

— Ton idée, c'était de les mettre dans une position telle qu'ils seraient obligés de fabriquer ensuite des copies pour nous ?

— Oui. Est-ce qu'on pourrait revenir là où on en était ?

— Une minute.

Elle éloigna la tête de Mike de ses seins.

— Mais quand tu es allé à Londres, tu ne savais même pas que j'étais sur la trace d'un tableau !

— En effet.

— Alors, comment as-tu pu avoir l'idée de leur tendre ce traquenard ?

— J'avais foi en toi, bébé.

Le silence prit peu à peu possession de la pièce, en même temps que le soir s'emparait de la ville.

Table

Ken Follett
dans Le Livre de Poche

Apocalypse sur commande   n° 14926

Le séisme qui vient d'avoir lieu en Californie, de faible intensité, aurait pu passer inaperçu s'il n'avait été revendiqué par des terroristes. Revendication que ni le FBI ni la police ne prennent au sérieux. Seul le sismologue Michael Quercus est troublé, car tout indique que ce tremblement de terre a été provoqué artificiellement.

L'Arme à l'œil   n° 7445

1944. Il faut faire croire à Hitler que le débarquement se fera dans le Pas-de-Calais et non pas en Normandie. Qu'un agent ennemi découvre la vérité, et alors… Son nom de code est *Die Nadel* (l'Aiguille), car son arme préférée, c'est le stylet. Et il risque de découvrir le secret qui peut faire échouer le débarquement…

La Chute des géants   n° 32413

À la veille de la guerre de 1914-1918, les grandes puissances vivent leurs derniers moments d'insouciance. De l'Europe aux États-Unis, du fond des mines du pays de Galles aux antichambres du pouvoir soviétique, en passant par les tranchées de la Somme, cinq familles vont se croiser, s'unir, se déchirer. Passions contrariées, jeux politiques et trahisons, toute la gamme des sentiments à travers le destin de personnages exceptionnels...

Le Code Rebecca   n° 7473

1942. L'Égypte est sur le point de tomber aux mains des nazis. Au Caire, une lutte à mort s'engage entre un espion allemand qui transmet chaque jour des renseignements à Rommel en utilisant un émetteur radio et un exemplaire de *Rebecca* de Daphné Du Maurier contenant la clef du code, et un major des services secrets britanniques.

Code Zéro   n° 15604

Gare de Washington, le 29 janvier 1958, cinq heures du matin. Luke se réveille, habillé comme un clochard... Que fait-il là ? Il ne se souvient plus de rien. Bientôt, il se rend compte que deux hommes le filent. Pourquoi ? Luke est persuadé que son amnésie n'a rien d'accidentel. Mais ses poursuivants sont prêts à tout pour l'empêcher de reconstituer son passé…

Comme un vol d'aigles   n° 7693

Décembre 1978. À Téhéran, à quelques jours de la chute du Shah, deux ingénieurs américains de l'Electronic Data Systems sont jetés en prison. À Dallas, Ross Perot, le patron de cette multinationale, remue ciel et terre pour obtenir leur libération. En vain : le gouvernement américain ne veut pas s'engager pour le moment. Perot décide alors d'agir seul.

L'Homme de Saint-Pétersbourg   n° 7628

À la veille de la Première Guerre mondiale, un envoyé du tsar, le prince Orlov, arrive à Londres avec pour mission de renforcer l'alliance entre la Russie et le Royaume-Uni. En même temps que lui débarque dans la capitale anglaise un redoutable anarchiste échappé du fond de la Sibérie…

Les Lions du Panshir   n° 7519

Jane, jeune étudiante anglaise qui vit à Paris, découvre que l'homme de sa vie, un Américain du nom d'Ellis, n'est pas le poète sans le sou qu'il prétend être, mais un agent de la CIA. Par dépit, elle épouse Jean-Pierre, un jeune médecin idéaliste comme elle, qui l'emmène en Afghanistan.

La Marque de Windfield   n° 13909

En 1866, plusieurs élèves du collège de Windfield sont les témoins d'un accident au cours duquel un des leurs trouve la mort. Mais cette noyade est-elle vraiment un accident ? Les secrets qui entourent cet épisode vont marquer à jamais les destins de trois jeunes gens.

La Nuit de tous les dangers   n° 13505

Southampton, Angleterre, septembre 1939 : l'Europe entre en guerre, et le Clipper de la Pan American décolle pour la dernière fois vers l'Amérique. Durant trente heures de traversée, la tempête va secouer l'appareil. Au-dehors… et au-dedans.

Paper Money   n° 32558

Londres, années 1970. Un homme politique en vue s'éveille au côté d'une parfaite inconnue. Au même moment, un mafieux rassemble ses hommes de main et un magnat de l'édition décide de se retirer des affaires. Une avalanche d'informations sans rapport apparent déferle sur la rédaction de l'*Evening Post*. Les journalistes parviendront-ils à assembler les pièces du puzzle à temps pour l'édition du soir ?

Le Pays de la liberté   n° 14330

Entre le jeune Mack, condamné à un quasi-esclavage dans les mines de charbon des Jamisson, et l'anti-conformiste Lizzie, épouse déçue d'un des fils du maître, il n'a fallu que quelques regards et rencontres furtives pour faire naître l'attirance des cœurs. Mais dans la société anglaise du XVIIIe siècle, l'un et l'autre n'ont de choix qu'entre la soumission et la révolte.

Peur blanche   n° 37132

Vent de panique sur la Grande-Bretagne : un échantillon du virus Madoba-2 a disparu du laboratoire Oxenford Medical. Le Madoba-2, contre lequel Oxenford cherchait à créer un vaccin, pourrait devenir une arme biologique effroyable, susceptible de contaminer une ville entière en quelques heures.

Les Piliers de la terre   nº 4305

Dans l'Angleterre du XIIᵉ siècle ravagée par la guerre et la famine, des êtres luttent pour s'assurer le pouvoir, la gloire, la sainteté, l'amour, ou simplement de quoi survivre. Promené de pendaisons en meurtres, des forêts anglaises au cœur de l'Andalousie, de Tours à Saint-Denis, le lecteur se trouve irrésistiblement happé dans le tourbillon d'une superbe épopée romanesque dont il aimerait qu'elle n'eût pas de fin.

Le Réseau Corneille   nº 37029

France, 1944. Betty a vingt-neuf ans, elle est officier de l'armée anglaise, l'une des meilleures expertes en matière de sabotage. À l'approche du débarquement allié, elle a pour mission d'anéantir le système de communication allemand en France.

Triangle   nº 7465

En 1968, les services secrets israéliens apprennent que l'Égypte est sur le point de posséder la bombe atomique. L'agent israélien Nathaniel Dickstein va concevoir un plan qui lui permettra de s'emparer en haute mer d'un chargement d'uranium sans laisser aucune trace qui puisse incriminer sa patrie.

Le Troisième Jumeau   nº 14505

Comment deux vrais jumeaux, dotés du même code ADN, peuvent-ils être nés de parents différents, à des dates différentes ? Tel est pourtant l'extraordinaire cas de Steve, brillant étudiant en droit, et de Dennis, un dangereux criminel qui purge une peine de prison à vie.

Un monde sans fin   n° 31616

1327. Quatre enfants sont les témoins d'une poursuite meurtrière dans les bois : un chevalier tue deux soldats au service de la reine, avant d'enfouir dans le sol une lettre mystérieuse dont la teneur pourrait mettre en danger la couronne d'Angleterre. Ce jour lie à jamais leur sort…

Le Vol du Frelon   n° 37084

Juin 1941. La plupart des bombardiers anglais tombent sous le feu ennemi. Comme si la Luftwaffe parvenait à détecter les avions… Les Allemands auraient-ils doublé les Anglais dans la mise au point de ce nouvel outil stratégique : le radar ? Winston Churchill, très préoccupé, demande à ses meilleurs agents d'éclaircir la situation dans les plus brefs délais.

Composition réalisée par DATAGRAFIX

Achevé d'imprimer en octobre 2013 en Espagne sur Presse Offset par
BLACK PRINT CPI IBERICA, S.L.
Sant Andreu de la Barca (Barcelona)
Dépôt legal 1re publication : mai 2011
Édition 09 – octobre 2013
LIBRAIRIE GÉNÉRALE FRANÇAISE – 31, rue de Fleurus – 75278 Paris Cedex 06

31/5973/8